Gloria Murphy wird nicht zu Unrecht als Erbin von Mary Higgins Clark bezeichnet. Die Autorin zahlloser Romane lebt heute in Oakland, New Jersey.

Von Gloria Murphy sind außerdem erschienen:

Dachbodengeflüster (Band 60546)
Sommeralptraum (Band 60547)
Stimme des Blutes (60548)
Tunnellabyrinth (Band 60549)
Ein perfektes Opfer (Band 60550)

Dieses Buch wurde auf chlor- und säurefreiem Papier gedruckt.

Vollständige Taschenbuchausgabe April 1996

Dieses Buch erschien im Knaur Verlag als deutsche Erstausgabe
bereits im Dezember 1991 unter der Bandnummer 3134

Titel der Originalausgabe »Cry of the Mouse«

Umschlaggestaltung Angela Dobrick, Hamburg
Umschlagfoto Thomas Schlömann
Satz MPM, Wasserburg
Druck und Bindung Elsnerdruck, Berlin
Printed in Germany
ISBN 3-426-60545-7

2 4 5 3 1

GLORIA MURPHY

Verlassene Väter

Psychothriller

Aus dem Amerikanischen von
Gabriele Schönberger-Klar

Knaur

Zur Erinnerung an
Joseph Stephen und Muriel Wilkes Murphy

Danksagung

Noch einmal danke ich meiner Tochter Laurie Gitelmann. Niemals war sie zu beschäftigt, um sich hinzusetzen und ein Brainstorming zu machen —mir ein wenig von ihrer Kreativität abzugeben.

PROLOG

Es war Lucas aus der Diätküche des Krankenhauses, der Benny als erster die Rechtsberatungsstelle empfohlen hatte. Als Bennys Frau die Scheidung einreichte — sein Sohn war eben zwei Jahre alt—, wandte er sich dorthin, und mit Hilfe seines Anwalts und des Rechtsanwalts seiner Frau wurde eine schlichte, außergerichtliche Einigung erreicht: Claire wurden das Sorgerecht für Adam und fünfundsiebzig Dollar wöchentlich für das Kind zugesprochen, und Benny bekam die Erlaubnis, seinen Sohn sonntags von zwei bis fünf Uhr nachmittags zu besuchen. Er hatte darum gebeten, mehr Zeit mit seinem Sohn verbringen zu können, ihn vielleicht einen ganzen Tag oder sogar über eine Nacht bei sich behalten zu dürfen. Damals hatte er eine billige Dreizimmerwohnung in Cambridge in Aussicht gehabt; sie lag etwas außerhalb von Boston.

Doch Barry Millerman, sein Anwalt, hatte vorgeschlagen, sich mit diesem Kompromiß abzufinden und realistischer zu sein. Denn Claire hatte sein Ansinnen von vornherein abgelehnt. Selbstverständlich war Millerman bereit, vor Gericht zu gehen und Bennys Sache durchzukämpfen, aber es war auch seine Pflicht, ihn darauf hinzuweisen, daß solch ein Rechtsstreit nicht nur mit hohen Kosten verbunden sein würde — vielleicht sogar zu hohen Kosten für Bennys Verhältnisse —, sondern daß es auch noch höchst unwahrscheinlich war, ihn zu gewinnen.

»Wenn der Junge ein paar Jahre älter ist, dann gelingt es

uns vielleicht, die Vereinbarung abändern zu lassen«, hatte Millerman erklärt. »Aber wenn die Kinder noch so klein sind, dann neigen die Richter zu der Annahme, daß sie in der Obhut einer Mutter besser aufgehoben sind.«
Als Benny nun in der Rechtsberatungsstelle angerufen hatte, um den heutigen Termin zu vereinbaren, hatte er ausdrücklich darum gebeten, mit Millerman zu sprechen. Nicht, daß Benny etwa viel für Rechtsanwälte übrig gehabt hätte, aber Millerman war mit seinem Fall bereits vertraut. Wie war gleich noch mal das Wort, das die Anwälte so gerne benutzten? Kontinuität. Ja, Kontinuität war wichtig.
Der Anwalt beugte sich über seinen Schreibtisch, streckte Benny seine feuchte Hand hin und spähte dann durch seine dicke Brille, die tief auf seiner Hakennase saß, auf eine Aktennotiz, die eben auf seinen Schreibtisch gelegt worden war. Schließlich schob er den Aktendeckel beiseite, faltete die Hände auf dem Schreibtisch und wandte seine Aufmerksamkeit wieder Benny zu.
»Nun, das ist ja bereits eine ganze Weile her, nicht wahr? Wie ist es Ihnen in der Zwischenzeit ergangen, Mr. Shandling?«
Benny rutschte unbehaglich auf seinem Stuhl hin und her und versuchte, sich in einer Umgebung wohl zu fühlen, die alles andere als dafür geeignet war. »Nicht so gut«, erwiderte Benny und fuhr sich mit seiner großen Hand über seinen dunklen, sorgfältig gekämmten Hinterkopf. »Wissen Sie, ich habe immer diese Kopfschmerzen.«
Millerman runzelte höflich die Stirn. »Es tut mir leid, das zu hören. Nun, was kann ich heute für Sie tun?«
»Es geht um meinen Jungen . . . Adam.«
»Aha. Wie alt ist er denn jetzt, sechs, sieben? Du meine Güte, sie werden so schnell größer, finden Sie nicht auch?«

»Fünf ist er jetzt, vergangenen Monat hatte er Geburtstag. Die Sache ist die, daß ich ihn nicht mehr sehr oft zu Gesicht bekomme.«

»Der Scheidungsvereinbarung zufolge ...« Der Anwalt beugte sich vor, holte Bennys Akte aus dem Korb auf seinem Schreibtisch, schlug sie auf und blätterte auf die zweite Seite des dreiseitigen Dokumentes. »... sollten Sie den Jungen drei Stunden am Sonntag sehen dürfen.«

Benny nickte. »Stimmt, so sind die Vereinbarungen. Aber so läuft es nicht.«

»Nun, warum erzählen Sie mir nicht, was inzwischen passiert ist?«

»Es ist Claire. Ich würde sagen, es ist hauptsächlich ihre Schuld«, begann er. »Sie nutzt jede Chance, die sich ihr bietet, um mich daran zu hindern, den Jungen zu sehen. Wenn nicht aus dem einen, dann aus dem anderen Grund: ein kleiner Schnupfen, Müdigkeit, alles mögliche; oder der Junge darf nicht mit mir kommen, weil es draußen regnet oder weil die Straßen zu rutschig sind.« Benny listete diese Gründe mit demselben heuchlerisch-entschuldigenden Tonfall auf, den Claire immer benutzte. »Nennen Sie irgendeinen Grund, Mr. Millerman — sie hat ihn bestimmt schon vorgebracht.«

»Vielleicht sind die Entschuldigungen ja gerechtfertigt. Schließlich muß man bei Kindern mit diesen Dingen rechnen.«

»Nein, nein, Sie verstehen nicht. Sie lügt. Zuerst hat sie es nur ab und zu getan, aber im Lauf der Zeit immer öfter. Jetzt macht sie das regelmäßig. Nach der Scheidung ist sie an die Nordküste, nach Salem, gezogen, um in der Nähe ihrer Familie zu sein. Ich fahre jedesmal von Boston aus mit dem Zug dahin. Eineinhalb bis zwei Stunden brauche ich, um hinzukommen. Sobald ich dort bin, kommt sie mit einer dieser billigen Entschuldigungen daher. Es ist wie ein Spiel, das keiner zugibt — ich weiß, daß sie mir ins Gesicht lügt, und sie weiß, daß ich es weiß.«

»Wie reagieren Sie denn dann?«

Benny zuckte mit den Achseln. »Ich gehe wieder. Was soll ich denn sonst tun? Mir den Jungen packen und mit ihm davonlaufen?«

»Nein, nein, selbstverständlich nicht. Es ist immer ratsam, sich an den Rechtsweg zu halten.«

»In sechs Monaten habe ich Adam vielleicht dreimal gesehen, und jetzt schon seit zwei Monaten gar nicht mehr.«

Mr. Millerman nahm einen Kugelschreiber und machte sich ein paar Notizen.

»Welche Art von Mutter ist Mrs. Shandling?«

»Sie heißt jetzt Cranston, das ist ihr Mädchenname.«

»Ich verstehe. Nun, was für eine Mutter ist sie denn?«

»Was wollen Sie damit sagen?«

»Ich meine, kümmert sie sich gut um Adam, sorgt sie dafür, daß er sauber gekleidet ist und gut versorgt wird? Solche Dinge eben.«

Benny nickte. »Ja, ich nehme schon an, daß sie das tut.«

»Dann können wir also keine stichhaltigen Beschwerden vorbringen, was ihre Pflichterfüllung gegenüber dem Kind betrifft?«

Nach einer Pause meinte er: »Nein, ich glaube nicht. Es ist nichts zu beanstanden außer dem, was ich Ihnen erzählt habe. Sehen Sie, ihre Lügen, ihre Weigerung, mich den Jungen sehen zu lassen — das ist es, was mir zu schaffen macht. So etwas sollte eine Mutter doch nicht tun.«

Millerman nickte. »Und Sie — sind Sie mit Ihren wöchentlichen Zahlungen auf dem laufenden?«

»Ja, fast jedenfalls.« Das entsprach nur teilweise der Wahr-

heit, aber Benny wollte jetzt nicht näher darauf eingehen.
Millerman lehnte sich in seinem Stuhl zurück, überlegte und beugte sich dann wieder vor: »Nun, wir haben die Möglichkeit, eine Zwangsvollstreckung gegen sie zu beantragen. Bei Ihrer Scheidung wurde die Vereinbarung, die von Ihnen und der Mutter Ihres Sohnes unterschrieben wurde, vom Gericht zu den Akten genommen. Das heißt, daß sie nicht nur ihren Teil der Abmachung nicht einhält, sondern sich auch noch ganz offensichtlich einem Gerichtsbeschluß widersetzt.«
»Dann können Sie das also wieder in Ordnung bringen?«
»Nun, wir können es versuchen. Doch denken Sie daran, Mr. Shandling, die Gerichte haben nur beschränkte Möglichkeiten. Vielleicht wird sie verwarnt und sogar dazu verurteilt, Ihre Gerichtskosten zu zahlen. Aber grundsätzlich ist zu sagen, daß Urteile bei Familienrechtsangelegenheiten nur sehr schwer durchzusetzen sind. Immer wieder hat man es mit einem Vater oder einer Mutter zu tun, die ständig gegen eine gerichtliche Anordnung verstoßen.«
»Das verstehe ich nicht. Wenn das so funktioniert, was hat das Ganze dann für einen Sinn? Ich meine, ein Richter — soll er denn nicht das letzte Wort haben?«
»Selbstverständlich, und das hat er auch. Er hat die Macht, die schuldige Partei ins Gefängnis zu schicken; er kann sogar das Sorgerecht ändern, wo es ihm angebracht erscheint, aber in den vielen Jahren, in denen ich mich nun mit dem Familienrecht befasse, ist es mir nur selten untergekommen, daß ein Richter so etwas getan hätte. Das ist ein ganz besonderes Rechtsgebiet: Die Interessen des Kindes haben immer Vorrang. Was sollte es da schon nützen, den Elternteil, der das Sorgerecht hat, oder den Verwandten, der sich in erster Linie um das Kind küm-

mert, ins Gefängnis zu stecken? Oder das Sorgerecht zu ändern, wenn nicht gewährleistet ist, daß es auch funktioniert? Die Bestrafung würde nur dazu führen, dem Kind einen weiteren seelischen Schock zuzufügen.« Millerman seufzte. »Nein, normalerweise führt das nur zu einem langen Rechtsstreit, der erst dann endet, wenn das Kind schließlich volljährig ist.«

Ein vertrauter Schmerz durchzuckte plötzlich Bennys Kopf, und nicht zum erstenmal diagnostizierte er an sich selbst einen Gehirntumor. Manchmal wünschte er sich, nicht als Pfleger in einem Krankenhaus zu arbeiten und soviel über Krankheit und Tod zu wissen. Er hielt die Luft an, strich sich mit der Handfläche über den Kopf, wo der Schmerz noch nachpochte, und sah dann Millerman an: Dem Anwalt war nicht anzusehen, ob er etwas bemerkt hatte oder nicht.

»Aus Ihrem Mund klingt das ja so, als sei jeder Versuch hoffnungslos«, sagte Benny, als ihm Millermans Worte wieder ins Bewußtsein drangen.

»Das liegt nicht in meiner Absicht. Nein, es ist ganz und gar nicht hoffnungslos. Zum Glück lassen sich die meisten Leute von einem wütenden Richter einschüchtern. Warten wir doch mal ab, ob das nicht auch in Ihrem Fall passiert.«

Benny nickte. »Da gibt es noch etwas, was ich bisher nicht erwähnt habe.«

»Dann raus mit der Sprache. Es ist besser, ich erfahre es jetzt als im Gerichtssaal, wenn ich nicht darauf vorbereitet bin.«

»Es geht um den Jungen.«

Schweigen.

Benny seufzte. »Nun, sehen Sie, es sind ihre Lügen ... jetzt fangen sie bereits bei ihm zu wirken an. Als ich ihn das letzte Mal abholte, kam Claire nicht mit einer ihrer

Entschuldigungen daher; das mußte sie gar nicht mehr.«
»Ich begreife nicht ganz.«
Benny rieb mit der Fingerspitze über einen imaginären Fleck am Knie seiner Jeans. »Sehen Sie, das letzte Mal war es Adam selbst . . . Als ich ankam, da wollte er nicht zu mir kommen. Es war, als fürchtete er sich. Können Sie das begreifen, sich vor mir, seinem eigenen Vater, zu fürchten?«
Schließlich hob Benny den Kopf und blickte Millerman an. »Also dachte ich mir, ich würde die Situation etwas entkrampfen und ihn zum Lachen bringen, wissen Sie. Eines habe ich fertiggebracht, seit er ein kleines Baby war, ich habe Adam immer zum Lachen gebracht. Wissen Sie, ich kann ganz gut Stimmen imitieren . . . Geräusche nachmachen. Manchmal mache ich das, was ich und Adam unser 'Mäusespiel' nennen. Ich verstelle meine Stimme, die dann ganz hoch und seltsam quietschend klingt, und —« Benny hielt mitten im Satz inne. So, wie der Anwalt ihn jetzt musterte, schien er einen Narren aus sich zu machen.
»Aber das war keine Lösung des Problems, habe ich recht?« sagte Millerman.
Benny nickte.
Der Anwalt setzte die Brille ab und musterte Benny.
»Warum sollte er denn Angst vor Ihnen haben, Mr. Shandling?«
»Ich wüßte keinen Grund. Es sind ihre Lügen, die daran schuld sind. Sie hat ihn dazu gebracht, Dinge über mich zu glauben, Dinge, die nicht stimmen.«
»Was für Dinge denn?«
Benny zuckte mit den Achseln. »Ich weiß nicht, Dinge eben.«
»Und es gibt keinen Grund für die Ängste des Jungen — nicht einen einzigen?«
»Ich schwöre Ihnen, ich habe dem Jungen nie weh getan.

Niemals. Wissen Sie, ich hatte keinen Vater, zumindest erinnere ich mich nicht daran, einen gehabt zu haben ... Aber ich habe mir selbst und meiner Mutter geschworen, daß ich ein guter Vater sein würde, wenn ich jemals selbst ein Kind hätte. Und das war ich auch. Ich habe mit Adam immer viel unternommen — bin mit ihm in den Zoo, ins Kino, in den Park, an den Strand gegangen; Claire wohnt nicht sehr weit vom Meer entfernt. Einmal bin ich mit ihm im Regen zum Beverly-Flughafen gefahren, um mir mit ihm die startenden Flugzeuge anzusehen.«

Der Anwalt lehnte sich in seinem Stuhl zurück, rieb sich die Augen und klemmte sich dann die Bügel seiner Brille hinter die Ohren.

»Das Gericht kann eine Menge Dinge bewerkstelligen, Mr. Shandling, aber einen Fünfjährigen davon zu überzeugen, daß er sich nicht fürchten muß, gehört nicht dazu. Selbstverständlich kann es darauf bestehen, daß er sich mit Ihnen trifft — immer vorausgesetzt natürlich, daß wir dem Gericht beweisen können, daß seine Ängste unbegründet sind. Aber die Frage ist doch, können Sie mit dem Jungen umgehen, wenn er sich weigert, mit Ihnen zu kommen?«

Benny saß mit geschlossenen Augen da und versuchte, sich solch eine Szene vorzustellen. Würde er Adam tatsächlich dazu zwingen können, mit ihm zu gehen? Nicht ein einziges Mal hatte er die Stimme oder die Hand gegen ihn erhoben, selbst in Zeiten, wo er es vielleicht getan haben sollte. Würde er den Jungen mit sich zerren können, obwohl dieser weinte und klagte, daß er zu seiner Mutter zurückwollte? Benny saß schweigend da und kaute auf seiner Unterlippe.

»Das ist es, was mir dabei durch den Kopf geht, Mr. Shandling, ich habe eine solche Situation bereits früher erlebt, öfter sogar. Und sie sind nicht schön. Die Eltern leiden, die Kinder leiden . . . Lassen Sie mich Ihnen einen Vorschlag machen — gehen Sie irgendwann einmal zum Familiengericht und überzeugen Sie sich selbst. Und vergessen Sie nicht — die erbitterten Kämpfe und Beschimpfungen sind nichts im Vergleich zu dem Schmerz, den man den Kindern zufügt. Und alles wird von den Menschen verursacht, die die Kinder doch eigentlich über alles lieben sollten.«

»Dann wollten Sie also sagen, daß ich alles so lassen soll, wie es ist?«

Millerman zuckte mit den Schultern. »Die Entscheidung liegt ganz bei Ihnen. Aber wie Sie sicher wissen dürften, wird die Sache sehr kostspielig werden, wenn Sie sich zur Klage entscheiden. Und selbstverständlich kann ich für einen Erfolg nicht garantieren. Aber wenn Sie sich entscheiden, nicht zu kämpfen, dann heißt das noch lange nicht, daß alles verloren ist. Ich habe es oft genug erlebt — Kinder werden älter, sie begreifen, was geschehen ist, und bestehen dann von sich auf darauf, Kontakt mit dem abwesenden Elternteil zu haben.«

Benny ballte seine Hand zur Faust, fuhr sich mit den Knöcheln über die Lippen und sagte lange Zeit nichts.

»Es ist ziemlich schwer für mich«, meinte er schließlich. »Fast zu schwer. Manchmal habe ich Angst, daß ich wie ein dummer Junge zu heulen anfange, aber es kommen keine Tränen. Und ich fühle mich . . . ich weiß nicht, enttäuscht vielleicht. Wie bei diesen Feuerrettungsübungen in der Schule: Man läuft ganz schnell ohne Mantel und Schal nach draußen und friert sich den Hintern ab. Und dann ist da gar kein Feuer. Man will natürlich gar nicht, daß es wirklich brennt, aber wer weiß, vielleicht will man es doch.« Er sah Millerman an. »Verstehen Sie, was ich meine?«

Der Rechtsanwalt nickte. »Ich glaube schon.«
»Dann kommen mir manchmal diese verrückten, exzentrischen Gedanken.«
»Welche Gedanken?«
Benny zuckte mit den Achseln. »Ach, ich weiß nicht so recht, Gedanken eben, die in meinem Kopf rumoren.«
Millerman warf einen Blick auf seine Uhr, ließ Bennys Akte in den Kasten zurückgleiten, stand auf und erklärte ihr Gespräch damit für beendet.
»Der beste Rat, den ich Ihnen geben kann, Mr. Shandling, ist der, nicht mehr soviel über die Sache nachzugrübeln. Leben Sie Ihr Leben. Eines Tages wird Ihr Junge vor Ihnen stehen — Sie werden schon sehen.«
Auf dem Weg zurück zur Arbeit fragte sich Benny, warum er sich überhaupt die Mühe gemacht hatte, zum Anwalt zu gehen. Sechzig Dollar, um herauszufinden, was er bereits vorher gewußt hatte: Claire hatte es so eingerichtet, daß der Junge nichts mehr mit ihm zu tun haben wollte, und es gab keinen, der das hätte ändern können. Man kann niemanden zur Liebe zwingen, wenn sie nicht vorhanden ist. Genauso, wie es unmöglich ist, die eigene Liebe abzutöten, wie sehr man sich auch anstrengt.
Doch etwas hatte Millerman vorgeschlagen, das einer ernsthaften Überlegung wert sein könnte — ins Gericht zu gehen und sich selbst davon zu überzeugen, was dort vor sich ging; einen Schritt zurückzutreten und sich mit etwas Abstand anzuschauen, was dort den anderen Männern geschah.
Das erschien ihm sinnvoll. Wenn er sich nicht mehr so allein fühlte, dann würde es vielleicht auch nicht mehr so schrecklich weh tun.

1. KAPITEL

Obwohl Benny in Boston geboren und aufgewachsen war, hatte er erst kurz nach seinem Gespräch mit Millerman zum erstenmal die Gerichtsgebäude am Pemberton Square gesehen. In seinem marineblauen Sergeanzug, den er extra für diesen Anlaß günstig bei Filenes erstanden hatte, hatte Benny den Außenfahrstuhl in der Tremont Street genommen und dann den aus Ziegeln erbauten Gerichtshof betreten: Zu seiner Linken lag ein Bürogebäude, Dutzende kleiner Geschäfte und Restaurants säumten die Seite, die sich zur Tremont Street hin erstreckte, und direkt vor ihm lag schließlich das Gerichtsgebäude des Verwaltungsbezirks Suffolk, das einen einschüchternden Anblick bot. Benny kroch ein Schauer über den Rücken. Ein ähnliches Gefühl empfand er sonst nur, wenn er vor einem Spiel der Boston Redsock im Fenway Park der amerikanischen Nationalhymne oder den Klängen einer Blaskapelle lauschte, die hinter einer im Wind flatternden amerikanischen Fahne die Commons hinabmarschierte.

Jetzt, acht Monate später, war Benny wohl vertraut mit den Gerichtsgebäuden — sowohl mit dem alten als auch mit dem neuen Bau —, so, wie er sich auch in den verschachtelten unterirdischen Gängen im Krankenhaus auskannte, wo er fünf Tage in der Woche in der Schicht von drei Uhr nachmittags bis nachts um elf arbeitete. Doch es war das alte Gerichtsgebäude, das, in dem Familienrechtsangelegenheiten verhandelt und verurteilt wurden, in dem Benny den größten Teil seiner Vormittage verbrachte und das er am besten kannte: die höhlenartige, steinerne Eingangshalle, über der sich die drei Stockwerke öffneten, die veralteten Aufzüge, die Sitzungssäle, die Arbeitsräume, das Büro des Geschäftsstellenleiters, Dutzende von kleineren Gerichtszimmern, die Konferenzräume und den Aufenthaltsraum der Richter — ein elegant eingerichteter Raum, in dem sich die Richter jeden Morgen versammelten, bevor sie ihren Tag begannen.

Und dann war da noch Rufus ... Rufus Choate, die bronzene Statue eines Rechtsanwalts aus dem achtzehnten Jahrhundert, die sich fünf Meter hoch in der Eingangshalle des alten Gerichtsgebäudes erhob. So, wie Benny es sah, war die Statue des großen Streiters für Gerechtigkeit — Benny hatte sich beim Gerichtsbibliothekar über Rufus' Meriten erkundigt — aus dem Grund dort aufgestellt worden, um einen hohen Standard für das gesamte Rechtssystem zu setzen. Doch es dauerte nicht lange, bis Benny dahinterkam, daß das nichts als Makulatur war: Das, was in diesen Gebäuden vor sich ging, hatte nicht sehr viel mit Gerechtigkeit zu tun.

Der kleine Kaffeeausschank, der sich im hinteren Teil der Eingangshalle befand und vom Blindeninstitut geführt wurde, war normalerweise von ungeduldigen Kunden umlagert. Aber Benny, der jetzt ein regelmäßiger Besucher bei Gericht war, kam bereits immer vor dem Ansturm um acht Uhr dreißig dort an. Er bestellte sich jedesmal einen Kaffee, und das pausbäckige schwarze Mädchen hinter der Theke erkannte ihn bald an der Stimme.

»Wieder einmal in der Gegend, Benny, hmm?« fragte Celia und legte ihre Finger vorsichtig um den Pappbecher, um zu ertasten, wie die heiße Flüssigkeit darin aufstieg. »Haben Sie heute eine Verhandlung?«

»Ja, Sie kennen mich doch ... wieder eine große Sache.«

»Nun, dann wünsche ich Ihnen viel Glück«, sagte sie, als Benny das abgezählte Kleingeld auf den Teller legte, seine Kaffee nahm, mit der freien Hand seine Aktenmappe packte und sich dann auf eine Bank setzte. Er hatte die Aktenmappe in einem Second-hand-Laden für Lederwaren erstanden und sie so lange poliert, bis sie glänzte. Und die kleine blaue Karte, die er in seiner Brieftasche mit sich führte und die besagte, daß Ben Shandling Mitglied der Anwaltskammer von Massachusetts war, die hatte sein Freund Lucas gegen ein kleines Entgelt für ihn drucken lassen.

Benny gab sich nur dann als Anwalt aus, wenn es nicht zu umgehen war—zum Beispiel im Büro des Geschäftsstellenleiters, wenn er eine Akte von dort benötigte. Dann unterschrieb er die Empfangsbestätigung immer mit R. Choate, wobei das R selbstverständlich für Rufus stand — ein kleiner Scherz, den nie jemand verstand. Und was das blinde Mädchen betraf — sie ging einfach davon aus, daß er Anwalt war, und es erschien ihm unnötig, ihr den wahren Sachverhalt zu erklären.

Er sah sich unter den Leuten um, die die Halle betraten; er konnte immer diejenigen darunter erkennen, die wegen einer Verhandlung kamen, konnte die Angst vor dem Unbekannten auf ihren Gesichtern lesen. Und dann die Anwälte ... wie viele hatte er hier bereits gesehen: so aufgeblasen, so selbstsicher, so wichtigtuerisch.

Heute war Benny mehr als nur ein bißchen aufgeregt wegen der Verhandlung, der er beiwohnen wollte. Es war ein komplizierter Fall, den er verfolgte, seit die erste einstweilige Anordnung auf Sorgerecht vor einigen Monaten eingereicht und abgelehnt worden war; der Vater, Frank Chandler, der mit seiner baldigen Exfrau um das Sorgerecht für den neunjährigen Sohn Andrew stritt, wurde von Rechtsanwältin Margaret Grant vertreten.

Benny hatte fast die gesamten Akten dazu gelesen, und obwohl ein Teil davon nur dummes Geschwätz und der andere nur Lügen enthielt, hatte er ein gutes Gespür für die Situation. Wenn man ein paar Einzelheiten außer acht ließ, dann hätte er sogar so weit gehen und behaupten können, daß das genau sein Fall war, für den Millerman sich nie Mühe gemacht hatte, einen Schriftsatz einzureichen. Der große Unterschied war der, daß Frank Chandler, im Gegensatz zu Benny, immer noch eine Chance hatte, den Jungen zu bekommen: den Aussagen eines Psychologen zufolge hatte dessen Frau bis jetzt noch kein Glück dabei gehabt, den Jungen gegen seinen Vater aufzubringen.

Doch der Fall wurde vor Richter Malcolm Greenspon verhandelt. Von den fünf Vormundschaftsrichtern des Verwaltungsbezirkes Suffolk waren alle — bis auf Campbell, den Oberrichter — eindeutig auf der Seite der Frauen. Aber Greenspon — ein kleingewachsener Mann, dessen Ego aufblühte, wenn er in seine schwarze Robe stieg — war der Schlimmste von allen.

Maggie Grants dickes, schwarzbraunes Haar schwang um ihre Schultern, als sie von den Akten aufblickte und sich ihrem Mandanten zuwandte, der neben ihr saß.

»Entspannen Sie sich, Frank«, sagte sie.

»Wie kommen Sie darauf, daß ich nervös sein könnte?«

Sie deutete auf seine Finger, die auf dem Tisch lagen. »Trommeln Sie immer so mit Ihren Fingern?«

Er zog seine Hand vom Tisch zurück, schaute auf die Uhr und faltete dann seine Hände im Schoß, wobei er es sorgfältig vermied, einen Blick auf den ähnlich aussehenden Mahagonitisch zu werfen, an dem Sondra und ihr Anwalt saßen.

»Wann geht es denn endlich los?«

»Jeden Augenblick. Greenspon soll angeblich bereits im Amtszimmer sein.« Sie drehte sich wieder um und holte einige Dokumente aus den Akten. Die Gerichtsstenographin, um die Maggie gebeten hatte, ging zu ihrem Platz vor der Richterbank und baute flink ihre Transkriptionsmaschine auf.

»Was ist aus Richter Campbell geworden?« fragte Frank. »Ich dachte, er sollte diesen Fall hier verhandeln.«

»Kennen Sie den Satz, daß selbst die besten Pläne schiefgehen können? Campbell scheint wegen einer Grippe auszufallen . . . seit letzter Woche, und Greenspon springt für ihn ein. Ich hatte eigentlich gehofft, er würde rechtzeitig wieder zurücksein.«

»Dann ist der hier nicht so gut?«

»Das habe ich nicht gesagt. Hören Sie, vergessen Sie's, es macht keinen Unterschied. Wir müssen uns darauf konzentrieren, den Fall verständlich und solide zu präsentieren. Und genau das habe ich auch vor.«

»Hören Sie, es tut mir leid, ich will Ihnen nicht auf die Nerven gehen. Ich fühle mich in meinem Maklerbüro, ja vielleicht sogar in einer Küche zu Hause, aber nicht in einem Gerichtssaal. Himmel, ich habe das Gefühl, daß mein Herz gleich stehenbleibt.«

Maggie wandte sich ihm lächelnd wieder zu. Dabei funkelten ihre grünen Augen, was ihre allzu scharfen Gesichtszüge — unter denen sie als schüchterner Teenager gelitten hatte — anziehender machte.

»Ich finde, Sie sehen ganz gesund aus.«

»Ich fühle mich aber nicht so. Ich habe seit fast einer Woche nicht mehr schlafen können. Dauernd geht mir im Kopf herum, daß ich in den Zeugenstand treten und irgend etwas Dummes sagen könnte, etwas, das meinem Fall schadet.«

»Antworten Sie einfach nur auf die Fragen, ohne Reden zu halten oder theatralisch zu werden. Wenn etwas geklärt werden soll, dann erledige ich das im Kreuzverhör. Halten Sie sich in erster Linie an die Wahrheit.«

»Was ist mit Sondras Version der Wahrheit? Und Palmers aufgeblasener Bericht, was machen wir damit?«

»Das überlassen Sie mir.«

»Was ist, wenn —«

»Frank, lassen Sie das.«

Maggie wandte sich wieder ihrer Arbeit zu und ordnete die Dokumente zu vier Stapeln; Frank sah sich im rückwärtigen Teil des kleinen Gerichtssaales um: Ungefähr zwölf Leute saßen auf den Bänken. Ein paar von ihnen kannte er ... in einer Frau erkannte er Sylvia Palmer, eine nicht mehr ganz junge Psychologin, die als Jugendamtsvertreterin vom Gericht dazu bestellt worden war, die Aussagen beider Parteien zu überprüfen. Frank hatte vom ersten Moment an, als die ältliche Frau in seine Wohnung marschiert war, das Gefühl, daß sie ihm Probleme bereiten würde, so wie eine dieser lästigen Sozialarbeiterinnen, die die Wohnung nach Staub absuchten. Und ihrem Bericht nach zu schließen, mußte sie eine Menge davon entdeckt haben.

Vor der Palmer saß Kevin O'Malley, ein vom Gericht bestellter Rechtsanwalt, der die Interessen seines Sohnes Andy vertrat. Es war Maggie gewesen, die erbittert um dessen Anwesenheit gekämpft hatte; die gegnerische

Seite hatte sich gegen eine Vertretung von Andy mit dem Einwand gewehrt, man könne von einem Neunjährigen nicht verlangen, daß er wisse, was am besten für ihn sei. Andy wollte bei seinem Vater leben, nicht bei seiner Mutter, und das war Frank nur recht. Und wenn jeder Pfennig seines Geldes dafür benötigt werden sollte, er mußte es versuchen. Seine Anwältin war offen zu ihm gewesen, als sie ihm im voraus erklärt hatte, daß die Karten schlecht für ihn standen. Aber wenn er schon kämpfen mußte, dann war er froh, es mit Maggie Grant an der Seite zu tun. Auch wenn sie es herunterspielte: Ihr Ruf, auch für die Väter das Sorgerecht herauszuschlagen, war ausgezeichnet.

Frank warf einen flüchtigen Blick auf den Mann in der letzten Bank ... er war ihm völlig fremd. Sein schlecht sitzender, marineblauer Anzug und sein blaugestreiftes Hemd paßten überhaupt nicht zu seiner grellgrünen Krawatte. In der Geschäftswelt hättest du nicht die geringste Chance, Freundchen, dachte er. Frank drehte sich wieder um, fixierte die Richterbank und rang seine schweißnassen Hände. Wann, zum Teufel, wollte dieser Richter Greenspon wohl endlich auftauchen?

Plötzlich stieß ein Gerichtsdiener eine Seitentür auf und wies die Anwesenden an, sich zu erheben. Alle standen auf, und der Gerichtsdiener leierte seinen Spruch herunter.

»Zum Aufruf kommt die Sache Chandler gegen Chandler. Jeder, der vor den ehrenwerten Richtern des Vormundschaftsgerichts von Suffolk gehört werden will, der möge näher treten, und er wird gehört werden. Gott segne das Commonwealth von Massachusetts. Bitte setzen Sie sich wieder.«

Gegen Ende des Vormittags stellte Clyde Wentworth, der gegnerische Anwalt, den Antrag, mit dem Bericht der Jugendamtsvertreterin in die Beweisaufnahme einzutreten, damit Sylvia Palmer den Gerichtssaal verlassen könne, um einen beruflichen Termin wahrzunehmen. Maggie legte Einspruch ein, und Greenspon rief beide Anwälte zur Richterbank.

»Ich sehe kein Problem darin. Schließlich spricht der Bericht für sich selbst«, sagte der Richter und fuhr sich über seinen kurzen, stachligen Bart.

»Hohes Gericht«, sagte Maggie, »es ist mein Recht, sowohl den Bericht als auch die Person, die ihn verfaßt hat, in Frage zu stellen.«

»Mit welcher Begründung?«

»Teile des Berichts basieren lediglich auf ungenauen Aussagen, die Miss Palmer gegenüber von Personen geäußert wurden, die ein persönliches Interesse an dem Fall haben.«

»Ja, wie bei jedem Bericht dieser Art, Frau Rechtsanwältin. Und ich bin mir ziemlich sicher, daß es mir nicht schwerfallen wird, diese Teile als solche zu erkennen.«

»Zusätzlich enthält er eine Reihe ungünstiger Schlußfolgerungen über meinen Mandanten, die auf einer falschen und veralteten psychologischen Theorie beruhen.«

»Mit anderen Worten, Sie wollen Miss Palmers Fähigkeiten in Frage stellen?«

»Ja, wenn es notwendig sein sollte.« Maggie drehte sich um, trat ein paar Schritte zurück, nahm einen Stapel Papiere vom Tisch und wandte sich dann wieder der Richterbank zu. »Ich habe hier drei Artikel aus kürzlich erschienenen Ausgaben psychologischer Fachzeitschriften, die in direktem Widerspruch zu —«

Richter Greenspon klopfte mit seinem Hammer auf den

Tisch. »Genug!« Dann, sich zu ihr vorbeugend: »Sagen Sie doch mal, Frau Rechtsanwältin, haben Sie Psychologie studiert?«

»Nein. Aber ich sehe nicht, daß das von Bedeutung sein sollte.«

Die Falten auf Greenspons Stirn vertieften sie zu gezackten Furchen.

»Die Vertreterin des Jugendamtes ist seit mehr als dreißig Jahren als anerkannte Psychologin des Staates Massachusetts zugelassen. Ich würde also vorschlagen, daß wir sie ihre Arbeit machen lassen. Und Sie, Frau Rechtsanwältin, wären besser damit beraten, sich auf Ihr eigenes Fachgebiet zu konzentrieren.«

»Herr Vorsitzender, wir haben es hier mit einem rechtmäßigen Anspruch zu tun! Es ist mein absolutes Recht —«

Greenspon blickte zu dem Gerichtsdiener hinüber. »Einspruch abgelehnt. Mit dem Bericht der Jugendamtsvertreterin wird in die Beweisaufnahme eingetreten. Und Miss Palmer ist umgehend von der Teilnahme an dieser Verhandlung befreit.«

Es dauerte ein paar Sekunden, bis Maggie ihre Fassung wiedererlangt hatte, aber dann sagte sie: »Ich würde gern ein Beweismittel zu Protokoll nehmen lassen, Hohes Gericht.«

»Ich sehe nicht ein, daß das notwendig ist.«

»Im Gegenteil, es ist notwendig.« Ohne seine Zustimmung abzuwarten, wandte Maggie sich an die Gerichtsstenographin und sagte: »Wenn die Anwältin des Klägers die Gelegenheit gehabt hätte, Sylvia Palmer zu befragen, dann hätte sie gezeigt, daß Miss Palmers Meinung nicht auf Tatsachen beruht, die in dieser familiären Situation begründet sind, sondern auf vorgefaßten Meinungen und auf einer veralteten psychologischen Theorie, die davon ausgeht, daß nur eine Mutter dazu in der Lage ist, ein Kind aufzuziehen. Darüber hinaus hätte die Anwältin aufgezeigt, daß Miss Palmers Karriere auf ihrer Auseinandersetzung mit den emotionalen Problemen von Frauen begründet ist und daß sie niemals — ich wiederhole niemals — einen Mann oder ein Kind unter ihren Klienten gehabt hat.«

»Sind Sie fertig?«

Maggie nickte.

Er ließ seinen Hammer auf den Tisch sausen. »Mittagspause. Die Verhandlung wird um zwei Uhr fortgesetzt.«

Maggie ging zu dem Tisch zurück, an dem Frank saß.

»Nicht so gut, hmm?« meinte er.

In der Sitzung am Nachmittag gelang es Maggie, Sondra Chandler als eine kalte, materialistische Frau hinzustellen, die mehr Gedanken an ihr reges Gesellschaftsleben als an ihren neun Jahre alten Sohn verschwendete. Dennoch hatte sich Greenspon nur wenig Notizen von dieser Zeugenbefragung gemacht.

Bis er vor sieben Monaten das eheliche Heim verlassen hatte, war es Frank Chandler gewesen, der regelmäßig die Einkäufe gemacht, das Pausenbrot für seinen Sohn eingepackt, den Jungen ins Bett gebracht, seine Hausaufgaben überwacht und einen großen Teil seiner Abende und Wochenenden zusammen mit Andy verbracht hatte. Es war Frank gewesen, den im letzten Jahr die Schulschwester zweimal verständigt hatte, als Andy krank geworden war. Sondra Chandler war nur selten zu erreichen gewesen.

Doch trotz dieser Zeugenaussage und der Einrede, die am folgenden Tag O'Malley, Andys Anwalt, erheben wollte, würde der Bericht der Jugendamtsvertreterin für

Greenspon der Beweis mit der größten Wirkungskraft sein. Maggie wußte, daß sie keine Chance hatte, wenn es ihr nicht gelang, die überholte Meinung von Miss Palmer zu entkräften. Und obwohl sie Frank Chandler gegenüber nicht ganz so offen gewesen war, so war er doch nicht dumm. Am Ende dieses Tages würde er die Chancen selbst beurteilen können.

Ausgerechnet dieser Greenspon ... Natürlich hatte sie durch das Beweismittel ihr Recht auf Berufung gesichert, aber bei Familienrechtsangelegenheiten bei einem höheren Gericht Berufung einzulegen war oft ein nutzloses Unterfangen. Die Zeit war das Problem. Die Kinder wurden zwangsläufig älter, während der Prozeß sich im Schneckentempo dahinschleppte.

Zu Zeiten wie diesen fragte Maggie sich oft, ob ihr Vater vielleicht nicht recht gehabt hatte, als er versuchte, sie zu überreden, doch in seine Anwaltspraxis in Manhattan einzutreten. »Um auf einem weniger unerfreulichen Rechtsgebiet tätig zu sein«, wie er gesagt hatte. Wie hätte der ehrenwerte Seymour Templeton angesichts eines skrupellosen Richters wie Greenspon wohl reagiert?

Ja, das Familienrecht hatte viele unangenehme Begleiterscheinungen: verbitterte, empörte Eheleute, die sich rächen, ihre schwer angeschlagene Psyche wieder zusammenflicken wollten. Und doch war der unangenehmste Teil der Angelegenheit — die Regelung des Sorgerechts, das, was mit den Kindern geschehen sollte — für Maggie zugleich auch der lohnendste. Zumindest war es so, wenn eine vernünftige Lösung gefunden werden konnte.

In den acht Jahren ihrer Berufserfahrung hatte Maggie nur einmal einen Mandanten angenommen, an den sie nicht wirklich geglaubt hatte. Nach einer schrecklichen Schlacht

vor Gericht gewann sie das Sorgerecht für diese Mutter, litt anschließend aber wochenlang Seelenqualen wegen des Urteils und schwor sich dann, nie mehr wissentlich auf der falschen Seite eines Sorgerechtfalls zu stehen.
Obwohl sie versuchte, sich an den Schwur zu halten, bedeutete es keine große Gewissenserleichterung für sie. Zwei Jahre später las sie im *Boston Globe* einen Artikel über eine junge Mutter, die verhaftet worden war, nachdem sie ihren vier Jahre alten Sohn in der Badewanne ertränkt hatte: Die junge Mutter war die Mandantin gewesen, die Maggie vor Gericht vertreten hatte.

Als Maggie an diesem Abend ihr kleines, eineinhalbstöckiges Haus erreichte, das auf einem großen, baumbestandenen Grundstück in Brookline lag und das sie kurz nach ihrer Scheidung erworben hatte, blockierte Pauls gelbe Corvette die breite Auffahrt. Sie schluckte ihren Ärger hinunter und parkte am Straßenrand.
»Du bist spät dran«, rief Paul ihr aus dem Wohnzimmer zu, als sie ins Haus trat. Sie ging durch die Küche und dann zwei Stufen hinunter in das Wohnzimmer, wo ihr Exmann neben der eingebauten Bar stand.
»Hallo, wo ist Richie?« fragte sie.
Mit den Fingerspitzen rührte Paul vorsichtig die Eiswürfel im Glas um und führte dann die bernsteinfarbene Flüssigkeit zum Mund.
»Paul, wo ist Richie?«
»Du bist eine Viertelstunde zu spät zu Hause«, sagte er.
»Tut mir leid, der Verkehr war mörderisch.« Sie zog ihren dunkelblauen Trenchcoat aus, warf ihn zusammen mit ihrer Aktenmappe auf das Sofa und wandte sich wieder den Stufen zu.
»He, wo gehst du hin?«

»Unseren Sohn suchen. Aus dir scheine ich ja keine Antwort herauszubekommen.«

Er deutete mit dem halbvollen Glas in eine Richtung. »Draußen im Hof.«

Sie warf einen Blick aus dem Fenster, entdeckte Richie auf dem verwitterten Abenteuerspielplatz und drehte sich wieder zu Paul um. Er trug einen dicken, weißen Pullover und enge Designer-Jeans ... er war immer noch so jungenhaft schlank wie an dem Tag, an dem sie ihn kennengelernt hatte. Und als hätte er ihre Gedanken gelesen, fragte er: »Sag mal, hast du zugenommen?«

Verlegen strich sie sich mit der Hand über die Hüften. »Ein paar Pfund vielleicht.«

»Steht dir aber nicht schlecht«, meinte er und musterte sie. »Du siehst dadurch sehr sinnlich aus. Aber mehr solltest du nicht zunehmen.«

»Danke für die Warnung. Aber wenn du nichts dagegen hast, Paul, ich muß jetzt das Abendessen machen.«

»Ja bitte, laß dich von mir nicht stören.« Er hob die Flasche mit dem Whiskey und füllte erneut sein Glas.

Maggie ging zu ihm und legte ihre Hand über das Glas. »Ich möchte gern, daß du gehst, Paul. Sofort.«

Er packte sein Glas und verschüttete dabei die Hälfte des Drinks auf der Bar. »Warte, ich wisch es weg«, sagte er, zog ein Taschentuch aus der Hosentasche und beseitigte die Pfütze.

Sie blickte ihm in seine blauen Augen und entdeckte dort die vertraute Glasigkeit.

»Du hast schon getrunken, bevor du hierhergekommen bist, stimmt's?«

»Beruhige dich, Maggie, ich hatte nur ein paar Drinks.«

»Ich möchte nicht, daß du trinkst und dabei mit Richie im Auto fährst.«

»Richie geht es gut, überzeug dich selbst. Würdest du jetzt zur Abwechslung mal von etwas anderem reden? Himmel, hast du schon mal was von dem Wort 'Dankbarkeit' gehört?«

»Das ist mir im Zusammenhang mit dir nicht mehr geläufig.«

»Dankbarkeit. Mir scheint, du solltest wirklich deinem Glücksstern danken, daß ich bereit bin, mich so oft um Richie zu kümmern. Und dürfte ich vielleicht noch erwähnen, daß ich dir damit eine große Last abnehme.«

»Du bist doch derjenige, der eine freizügige Umgangsregelung wollte, und du hast sie auch bekommen . . . sooft du willst. Wenn du jetzt die Verantwortung nicht mehr übernehmen willst oder damit nicht mehr umgehen kannst, dann sag es einfach. Aber ich werde nicht zulassen, daß du unseren Sohn irgendwelchen Gefahren aussetzt . . . verstehst du mich?«

»Mommy, ist das Abendessen schon fertig?«

Maggie drehte sich um und sah, daß Richie auf den Stufen stand. Der Sechsjährige war ein getreues Abbild sowohl von ihr als auch von Paul. Er hatte Pauls sandblondes Haar und seine ebenmäßigen Züge, aber ihre olivdunkle Haut und grünen Augen. Maggie mochte es gar nicht, wenn er ihre Streitereien mitbekam — in den Jahren vor ihrer Scheidung hatte er bereits zu viele davon mit anhören müssen.

»Noch nicht, Liebling«, sagte sie. »Also gut, erzähl mir doch, ob es dir heute in Daddys Wohnung gefallen hat?«

Endlich lächelte er und zeigte dabei seine beiden Zahnlücken. »Und wie. Und weißt du was?«

»Was?«

»Da ist jetzt ein Mann, der den Swimmingpool saubermacht. Mit einer großen, langen Bürste, mit der er überall hinkommt. Im nächsten Monat, meint Daddy, wird der Pool wieder gefüllt, und dann können wir schwimmen gehen.«

Sie lächelte, kniete sich hin und gab ihm einen Kuß auf den Nacken.

»Klingt gut.« Dann, mit dem Kopf in Richtung Paul deutend, sagte sie: »Sag Daddy auf Wiedersehen, er geht jetzt.«

Dann rannte Richie nach oben, um sich die Hände zu waschen, und Maggie schaute vom Vorderfenster aus zu, wie Pauls Sportwagen quietschend aus der Auffahrt fuhr. Er trank wirklich zuviel. Aber vielleicht hätte sie ihn doch nicht so schnell aus dem Haus werfen sollen . . .

Sich vom Fenster abwendend, kehrte sie in die Küche zurück und ging zum Kühlschrank — aufgetaute Ravioli und ein rasch angemachter Salat würden für heute abend genügen müssen. Ihre Gedanken wanderten wieder zu der Verhandlung zurück. Sie hatte sie verpatzt, und Frank Chandler würde das wahrscheinlich teuer zu stehen kommen: Sie hätte versuchen sollen, die Sitzung zu verschieben, sobald sie erfahren hatte, daß Greenspon Campbell vertreten würde.

2. KAPITEL

Wenn sie genauer hätte sagen sollen, was ihr zuerst an ihm aufgefallen war, dann hätte sie geantwortet, daß es die Traurigkeit in seinen Augen war. Natürlich hatte er außerdem auch noch gut ausgesehen — nachdem sie ihn mehr als einmal verstohlen gemustert hatte, war ihr sein kantiges Profil bereits tief ins Gedächtnis eingegraben. Doch als ihr auffiel, wie seine grauen Augen wie zufällig aufblickten und sie in dem Spiegel hinter der Reihe von Whiskeyflaschen ansahen, sich aber sofort wieder auf sein Bierglas senkten, da wußte sie, daß er sie niemals ansprechen würde. Wenn sie ihn kennenlernen wollte, dann mußte sie ihren ganzen Mut aufbringen und die Sache selbst in die Hand nehmen.

Als sie gegen halb zwölf abends in Bennigans Grillbar im Norden Bostons kam, setzte sie sich neben ihn, bestellte sich ein Bier vom Faß, riß umständlich das Papier von einer Packung Marlboroughs und zog eine Zigarette heraus.

»Entschuldigen Sie«, sagte sie und hoffte, man möge ihrer Stimme ihre Unerfahrenheit nicht anmerken, »haben Sie vielleicht Feuer?«

Zuerst dachte sie, er hätte sie nicht gehört oder, schlimmer noch, würde sie ignorieren. Es folgte ein langes Schweigen, aber dann beugte er sich unvermittelt vor und fischte ein Streichholzbriefchen von Bennigans Bar aus einem Korb auf der Theke.

Sie spürte, wie ihr warm im Gesicht wurde. »Daß es mich nicht gebissen hat . . .«

Er brach ein Streichholz ab, zündete es an, schützte die Flamme mit der hohlen Hand und meinte: »Und, wollen Sie sie auch rauchen?« Ihr fiel auf, daß seine grauen Augen mit winzigen schwarzen Punkten gesprenkelt waren.

Sie steckte sich die Zigarette zwischen die Lippen und hielt sie an die Flamme; sie nahm einen Zug, hustete ein paarmal, nahm dann noch einen tiefen Zug, und die Flamme setzte ihre Zigarette in Brand. Sie riß sich die Zigarette aus dem Mund und drückte sie im Aschenbecher aus.

»Vergessen Sie's«, meinte sie.

Er warf das Streichholz weg, wandte sich wieder seinem Bier zu, und sie saß da und versuchte so zu tun, als wäre das Fiasko nicht passiert. Schließlich schaute er sie doch an.

»He, Sie rauchen doch eigentlich gar nicht, stimmt's?«

»Sagen Sie bloß nicht, das haben Sie eben erst bemerkt.«

Er zuckte mit den Achseln und wandte sich wieder ab.

»Hören Sie, es tut mir leid, ich wollte nicht unhöflich sein. Ich habe nur das Gefühl, mich rechtfertigen zu müssen. Sie wissen doch sicher, wie es ist, wenn man bemerkt, daß man sich zum Narren gemacht hat.« Sie lächelte und entblößte dabei einen Schneidezahn, an dem ein Stück fehlte. »Wer weiß, vielleicht wissen Sie es ja auch nicht.«

Ohne auf ihre Bemerkung einzugehen, sagte er: »Ich sehe es nicht gerne, wenn Frauen rauchen.«

Schweigen.

»Wollen Sie damit sagen, Sie haben das alles nur auf sich genommen, um mich kennenzulernen?«

»Reicht es nicht schon, daß ich es getan habe, muß ich es Ihnen auch noch schriftlich geben?«

»Warum?«

»Warum was?«
»Warum wollten Sie mich kennenlernen?«
»Nun, mir ist aufgefallen, daß Sie immer nach elf Uhr hier hereinkommen. Dann sitzen Sie einfach so eine oder zwei Stunden herum und machen dabei einen ziemlich niedergeschlagenen Eindruck. Ich habe nie bemerkt, daß Sie mit jemandem gesprochen hätten.« Sie zögerte und lachte dann verlegen. »Ich weiß nicht, warum will man wohl jemanden kennenlernen?«
Er schien eine Weile über die Frage nachzudenken, als wäre sie von großer Bedeutung.
»Wie heißen Sie?« fragte er schließlich.
»Es ist ein ziemlich alberner Name ... versprechen Sie mir, daß Sie mich nicht auslachen werden, wenn Sie ihn hören?«
Er nickte. Er hatte schmale Lippen, die nicht oft zu lächeln schienen.
»Daisey ... so wie das Gänseblümchen, Daisey Bradley.«
Er nickte ein paarmal und sagte dann: »Ich kannte einmal ein Mädchen namens Rose, und in der siebten Klasse saß ich neben einer Violet. Aber ich habe noch nie eine Daisey kennengelernt. Das ist ein hübscher Name, der ist schon in Ordnung.«
»Sie wollen doch nur höflich sein. Aber trotzdem, vielen Dank.«
Sie schwiegen ein paar Minuten. »Ich heiße Benny Shandling«, sagte er schließlich. »Wo haben Sie sich Ihren Schneidezahn abgebrochen?«
»Beim Rollschuhlaufen ... als ich noch klein war. Sieht fürchterlich aus, stimmt's?«
»Nein. Ich war nur neugierig, das ist alles.«
»Aha.« Nach einer Pause fragte sie: »Sind Sie verheiratet, Benny?«

»Wenn ich es wäre, was würde ich dann hier treiben?«
»Wenn Sie sich ab und zu mal umhörten, dann kämen Sie vielleicht dahinter, daß die Hälfte der Männer, die in solchen Bars verkehren, *verheiratet* ist. Die andere Hälfte ist natürlich geschieden.«
»Ich interessiere mich nicht sehr für Dinge, die außerhalb meines Kreises passieren.«
»Aus welchen Menschen besteht denn Ihr Kreis, Benny?«
»Oh, das ist nicht so wörtlich zu nehmen. Ich versuche einfach nur, meine Nase nicht in Dinge zu stecken, die mich nichts angehen. Natürlich passiert mir das manchmal ohne mein Zutun, aber dann kann ich nichts daran ändern.«
Sie nahm einen Schluck Bier und stellte dann das Glas auf die Theke.
»Ich gehe auch nicht sehr viel unter die Leute. Ab und zu gehen Liz, das ist meine Freundin und Arbeitskollegin, und ich nach der Arbeit zusammen weg. Ich arbeite als Verkäuferin in einem Antiquariat ... nicht gerade ein sehr aufregender Job.«
Er nickte zustimmend.
»Hierher komme ich natürlich ziemlich regelmäßig. Das ist die einzige Bar, in die ich es wage, alleine zu gehen. In den meisten anderen Kneipen fühle ich mich unwohl. Hier fühle ich mich fast wie zu Hause.« Sie zuckte mit den Achseln. »Vielleicht weil ich daran gewöhnt bin.«
»Als ich noch verheiratet war, da bin ich nicht oft in Bars gegangen. Ich halte eigentlich nicht viel davon. Wenn man verheiratet ist, dann sollte man meiner Meinung nach daheim bei seiner Familie sein. Aber wenn man allein ist, dann bleibt einem natürlich nicht viel anderes übrig, oder?«
»Wann wurden Sie denn geschieden?«

»Es ist jetzt mehr als drei Jahre her.« Ein paar Minuten lang herrschte verlegenes Schweigen, dann fragte Benny: »Wollen Sie ein Foto von meinem Jungen sehen?«
»Sicher — ich habe Kinder sehr gern.«
Benny holte eine abgewetzte Schweinslederbrieftasche aus der Gesäßtasche seiner Jeans und schlug das Bild eines ungefähr dreijährigen Jungen auf: er hatte braunes Haar und dunkle Haut wie er selbst. Dann blätterte er zu einem anderen Foto weiter, das aber so unscharf war, daß sie kaum etwas darauf erkennen konnte.
»Was ist denn damit passiert?« fragte sie.
»Ich stand ziemlich weit weg. Das ist die beste Aufnahme, die ich machen konnte.«
»Warum haben Sie ihn nicht näher vor die Kamera gestellt?«
»Das hätte ich ja auch, aber Adam will mich nicht sehen. Ich habe das Foto heimlich aufgenommen, ohne daß er es bemerkt hat.«
Daisey musterte ein paar Augenblicke Bennys Gesicht und schaute dann wieder auf das erste Foto.
»Wie alt ist Adam jetzt?«
»Fünf. Es ist kaum zu glauben — er geht bereits in die Schule.«
»Er ist ein richtig hübsches Kind. Er sieht Ihnen ähnlich.«
»Ja, finden Sie?«
»Das finde ich nicht nur, das ist so.«
Er nickte und deutete dann auf das Handgelenk des Jungen. »Ich weiß nicht, ob Sie das auf dem Foto erkennen können, aber er hat ein Muttermal. Sehen Sie, es ist wie ein Hammer geformt.« Auf der Innenseite des linken Handgelenks deutete Benny stolz auf sein eigenes rotes, hammerförmiges Muttermal.
Als Daisey schließlich die Bar verließ, hatte sie einiges

über Benny erfahren. Seit seinem sechzehnten Lebensjahr arbeitete er als Krankenpfleger am Massachusetts General Hospital. Er hatte ein schäbiges Zimmer in einer Pension ohne Fahrstuhl im Norden der Stadt, um Geld für seinen Sohn auf die Seite legen zu können; obwohl seine Exfrau ihm immer die Schecks zurücksandte, die er ihr nach der Scheidung für das Kind geschickt hatte, ging er jeden Freitag auf die Shawmut-Bank und zahlte dort fünfundsiebzig Dollar, manchmal auch mehr, auf ein Konto ein, das auf Adams Namen lautete und ihn selbst als Treuhänder auswies.

»Eines Tages wird er eine Menge Geld haben«, erklärte Benny ihr. »Wer weiß, vielleicht macht er sogar sein eigenes Geschäft auf.«

Daisey hatte eine Menge geschiedener Männer in Bars kennengelernt, aber noch nie einen wie Benny. Etwas begriff sie nicht und wagte auch nicht, danach zu fragen — schließlich kannten sie einander kaum —, aber warum sollte sich ein Fünfjähriger weigern, seinen eigenen Vater zu sehen, besonders einen so netten wie Benny?

Benny hatte Daisey gefragt, ob sie sich am nächsten Abend um dieselbe Zeit und am selben Ort mit ihm treffen wolle. Und sie hatte bereitwillig zugestimmt. Normalerweise hatte er zwar Schwierigkeiten mit dem aufgesetzten und oft falschen Gehabe von Frauen, aber Daisey war da ganz anders. Sicher, sie hatte es mit einem Trick erreicht, daß sie sich kennengelernt hatten, aber was war daran so schlimm?

Daisey war bei weitem nicht die schönste Frau, die er jemals kennengelernt hatte: sie hatte dichtes, krauses, karottenrotes Haar, und Dutzende von Sommersprossen überzogen ihre blasse Haut. Und obwohl sie beinahe vierundzwanzig Jahre alt war — sechs Jahre jünger als er selbst —, so hatte sie immer noch den jungenhaften Körper einer Dreizehnjährigen. Aber das Aussehen spielte für Benny keine so große Rolle. Das Ausschlaggebende war der Charakter.

Wie es zum Beispiel bei seiner Exfrau Claire der Fall war: oberflächliche Schönheit, hinter der nichts steckte, aber er war nicht schlau genug gewesen, das zu durchschauen, bis es zu spät war. Und heute bei der Verhandlung — Sondra Chandler: Mit ihrem langen blonden Haar und ihrem üppigen Körper glich sie einer jener Göttinnen in einem Frauenmagazin. Doch Benny hatte die Art durchschaut, in der sie mit Greenspon gespielt hatte; und dann dieser durchtriebene Ausdruck von Genugtuung auf ihrem Gesicht, wenn er wieder zu ihren Gunsten entschieden hatte.

Der arme Frank, er hatte keine Chance. Und obwohl Franks Rechtsanwältin eine ziemlich geschickte Kämpferin zu sein schien, so konnte sie doch gegen die Verderbtheit, die heute im Gerichtssaal vorgeherrscht hatte, nicht ankommen. Benny hatte lange über den möglichen Ausgang des Chandler-Falles nachgedacht, seit er zum erstenmal begriffen hatte, wie verlogen das ganze System war. Und obwohl er sein Leben lang seine Nase nie in die Angelegenheiten anderer gesteckt und sich von allem Ärger ferngehalten hatte: Dies war einer jener Fälle, die — wie er es Daisey beschrieben hatte — ihn ohne sein eigenes Zutun etwas angingen.

Es war bereits neun Uhr, als Maggie Richie gebadet, zu Bett gebracht und ihm vorgelesen hatte. Dann ließ sie sich auf das Sofa sinken, zog das Telefon auf den Beistelltisch und wählte Pauls Nummer.

Eine Frau antwortete.

»Könnte ich bitte mit Paul sprechen. Sagen Sie ihm, es ist Maggie.«

»Einen Moment bitte«, flüsterte die Stimme.

Maggie wartete einige Augenblicke, dann ließ sich Pauls Stimme vernehmen. »Tut mir leid, daß du warten mußtest, aber ich war unter der Dusche. Ist mit Richie etwas nicht in Ordnung?«

»Nein, nein, ihm geht es gut. Ich habe ihm eben gute Nacht gesagt. Natürlich erst, nachdem ich ihm ausgiebig aus der Brownschen Enzyklopädie vorgelesen hatte. Er wird immer besser im Lösen der Rätsel.«

»Hör mal, das Mädchen am Telefon — sie ist eine der Sekretärinnen. Ich mußte dringend noch etwas aufarbeiten, und so —«

»Paul, wir leben jetzt getrennt, jeder hat sein eigenes Leben. Du mußt mir nichts erklären. Im Ernst.«

»Nun, ich wollte nicht, daß du glaubst —«

»Paul, bitte, versteh doch. Und wenn du dich entschließt, sämtliche Frauen aus deinem Büro ins Bett zu schleifen, dann geht das nur dich etwas an. Ich könnte mir Schlimmeres vorstellen.«

Paul kicherte. »Du hattest immer schon einen etwas verdrehten Sinn für Humor. Warum rufst du mich an?«

»Es ist wegen deiner Trinkerei.«

»Wozu dann das Gerede über persönliche Freiheit?«

»Das gilt nur insofern, als es Richie nicht betrifft. Aber wenn er deinen selbstmörderischen Neigungen ausgeliefert ist, dann geht mich das sehr wohl etwas an.«

»Ich hoffe, du setzt dir nicht irgendwelche dummen Gedanken in den Kopf — wie zum Beispiel zu versuchen, mir meine Umgangsregelung zu kürzen.«

Maggie seufzte. »Das will ich nicht. Und ganz bestimmt will Richie das auch nicht.«

»Was dann?«
»Wenn er dich in Zukunft besucht, dann werde ich es so einrichten, daß er nach der Schule bei dir vorbeigebracht wird. Am Abend werde ich dann nach der Arbeit kommen und ihn holen.«
»Maggie, Maggie — immer tüchtig und auf Draht.«
»Paul, entweder so oder gar nicht.«
»Wer wird ihn denn vorbeibringen, oder geht mich das auch nichts an?«
»Hast du schon mal was von Taxis gehört?«
»Ich nehme an, daß ich die Rechnungen zahlen soll, oder?«
»Das wäre nett. Aber falls du der Meinung bist, daß das deine Finanzen zu sehr belastet . . .«
»Erspar mir deinen Sarkasmus.«
»Schön. Paul, außerdem würde es mich sehr erleichtern, wenn du es dir abgewöhnen würdest, in Richies Gegenwart zu trinken. Wenn du schon trinken mußt, dann mach es allein.«
Ein paar Augenblicke herrschte Schweigen, dann: »He, bist du jetzt fertig, oder willst du mit deiner Gardinenpredigt weitermachen?«
»Ich bin jetzt fertig. Warum gehst du nicht wieder zu deiner Sekretärin zurück?«
Sie legte den Hörer auf und wußte genau, daß ihre letzte Bemerkung überflüssig gewesen war. Sie war dumm und kindisch gewesen. Sie lehnte sich auf dem Sofa zurück. O ja, auch sie hatte ab und zu das Recht . . .

Sie hatte erst eine Viertelstunde geschlafen, als das Telefon klingelte. Sie streckte sich und packte den Hörer. »Hallo«, meldete sie sich.
Eine tiefe Stimme. »Schläfst du?«

»Douglas, hallo. Nein, ich habe nicht richtig geschlafen, nur ein paar Minuten die Augen zugemacht. Einfach so.«

»Wie ist es heute im Gericht gelaufen?«

»Miserabel.«

»Wer hatte den Vorsitz?«

»Greenspon. Ich hätte mich nicht darauf verlassen sollen, daß Campbell bis dahin wieder zurück ist. Ich hätte die Verhandlung verschieben sollen.«

»War es nicht Greenspon gewesen, der einmal einem Anwalt, der zum Begräbnis seines Vaters mußte, eine Vertagung verweigert hat?«

Maggie kicherte. »Himmel, das ist doch einfach fürchterlich, das macht einen ja krank. Aber ich glaube, das war Richter Leeder.«

»Was hat Greenspon denn heute getan?«

»Besser wäre zu fragen, was er nicht getan hat. Er hat sich zu keiner meiner Zeugenbefragungen Notizen gemacht. Er hat es nicht zugelassen, daß ich die Jugendamtsvertreterin befragte. Und ihr Bericht ist tödlich für die Sache.«

»Klingt mir ganz danach, als müßtest du in die Berufung gehen.«

»Das ist nur kostspielig, dauert und bringt am Ende nichts. Ein Jahr vergeht, das Berufungsgericht mischt sich ein, gibt dem Richter des niedrigeren Gerichts was auf die Pfoten und setzt eine Wiederaufnahme an. In der Zwischenzeit wurde ein Präzedenzfall geschaffen, das Kind ist älter geworden und kommt ganz gut zurecht. Und dann sollte man besser auch keine Unruhe mehr schaffen, indem man das Sorgerecht ändert.«

»Ach du meine Güte, so eine junge Frau und schon so pessimistisch.«

»Ich fühle mich nicht so jung.«

»Dann sollte ich vielleicht auf einen Sprung vorbeikommen und mal sehen, ob ich nicht ein Mittel dagegen finde. Ich könnte in, sagen wir mal, vierzig Minuten dasein. Mit einem Becher voll Eiscreme in fünfundvierzig Minuten.«

Es war bereits kurz vor Mitternacht, als sie endlich zu der Eiscreme kamen. Douglas Woods, einer von vier Stellvertretern der Staatsanwaltschaft des Bezirks von Suffolk, die von Eric McGivins geleitet wurde, verfügte über Qualitäten, die Paul vermissen ließ — Beständigkeit und Solidarität. In frühester Jugend bereits hatte Douglas die Verantwortung für eine kleinere Schwester und eine kranke Mutter übernommen, und später hatte er abends Jura studiert und tagsüber gearbeitet. Obwohl sie und Douglas sich bereits gekannt hatten, als Maggie ihr Examen an der juristischen Fakultät von Boston ablegte, hatte er erst nach ihrer Scheidung vor einem Jahr begonnen, ihr den Hof zu machen.

»Warum hast du so lange damit gewartet?« hatte sie ihn einmal nach einer leidenschaftlichen Liebesnacht gefragt.

»Ich nahm an, ich könnte mit Paul nicht konkurrieren. Du kennst mich doch, ich bin langsam und brauche Zeit. Bis ich endlich den Mut aufgebracht hatte, etwas zu unternehmen, da war das Rennen bereits gelaufen und entschieden.«

Sie dachte einen Augenblick darüber nach. »So, wie es aussieht, hätte ich dich damals auch nicht zu schätzen gewußt.«

»Wieso das?«

»Die Qualitäten, die ich an dir schätze, deine Verläßlichkeit, Nachdenklichkeit, Nüchternheit — das sind einfach nicht die Eigenschaften, die ein junges Mädchen anziehen.«

»Wenn das ein Kompliment gewesen sein soll, warum habe ich dann das Gefühl, eben einen Schlag ins Gesicht bekommen zu haben?«

Jetzt saßen sie beide auf dem Bett — Maggie mit gekreuzten Beinen und Douglas mit dem breiten Rücken an das Kopfbrett gelehnt — und löffelten Eiscreme. Dunkle, durchdringende Augen, die von dichten Augenbrauen überschattet wurden, bildeten den anziehenden Mittelpunkt in Douglas' sonst eher unauffälligem Gesicht.

»Ich sehe dir doch an, daß du nachdenkst — worüber denn?« fragte sie.

Douglas zuckte mit den Achseln. »Über meine Arbeit. Die Presse macht einen ganz schönen Rummel um diese junge Mutter, die in Beacon Hill in ihrer Wohnung ermordet wurde. McGivins will, daß ich eine Ermittlungsgruppe zusammenstelle und deren Arbeit überwache.«

Maggie nickte. »Ich erinnere mich, darüber gelesen zu haben — sie wurde erwürgt. Wie war gleich noch mal der Name . . . Silvers?«

»Brenda Raycliff Silvers. Die Familie der Ermordeten, das sind *die* Raycliffs, denen das Kaufhaus gehört. Viel Geld und viel Einfluß. Die Ermittlung ist bereits fast einen Monat alt, und nichts tut sich — wir kommen nicht weiter.«

»Gibt es irgendeinen Hinweis darauf, womit sie erwürgt wurde?«

»Der Polizeiarzt tippt auf ein dickes Nylonseil, vielleicht ein Strumpf. Er hat auch Spuren von Seconal, einem starken Beruhigungsmittel, in ihrem Blut gefunden. Soweit wir sagen können, war es ihr nicht verschrieben worden; aber die Leute kommen doch ziemlich einfach an Tabletten heran. Auf jeden Fall war die Todesursache eindeutig Ersticken.«

»Habe ich das richtig im Kopf — zum Zeitpunkt des Mordes war ein Kind in der Wohnung?«
»Richtig, ein kleines Mädchen, zwei Jahre alt. Das Kind wurde Gott sei Dank nicht angerührt. Allen Anzeichen nach zu schließen, hat es die ganze Zeit über geschlafen.«
»Was ist mit einem Motiv?«
»Wer weiß schon, was heutzutage ein Motiv ist? Es könnten lausige zwanzig Dollar für ein Fläschchen Crack sein. Aber in dem Fall hier wurde ihr Geld nicht angerührt. Eigentlich wurde gar nichts angerührt. Kein gewaltsames Eindringen ... offensichtlich muß es jemand gewesen sein, den sie kannte oder zumindest wiedererkannt hat.«
»Wo war der Ehemann zu der Zeit?«
»Der Exmann, und genau der war unser Tatverdächtiger, zumindest bis gestern, als er uns sein Alibi bestätigen konnte. Es sieht so aus, als sei er übers Wochenende in Maine auf der Entenjagd gewesen. Ist dort oben keiner Menschenseele begegnet — das heißt, bis er sich an einem Metallstück die Hand aufgerissen hat und zu einem Arzt gegangen ist, um sich verbinden zu lassen. Es hat sich herausgestellt, daß der Arzt in Europa auf Urlaub war und erst gestern wieder erreicht werden konnte.«
»Ich würde sagen, das war ein Glückstreffer für Silvers.«
»So könnte man es sehen. Aber unser Hauptverdächtiger scheidet so aus.«
»Wieso Hauptverdächtiger, was habt ihr gegen ihn in der Hand?«
»Ein Motiv, und ein verdammt gutes noch dazu.«
»Welches denn?«
»Nun, er und seine Exfrau stritten sich wie die Weltmeister. Sie lebten seit fast einem Jahr nicht mehr zusammen,

aber den Nachbarn zufolge war es nicht ungewöhnlich, daß er sich in der Gegend herumgetrieben, an die Türen gehämmert und gebrüllt hat, er wolle in die Wohnung und das Kind sehen. Vor gar nicht langer Zeit haben sie sich vor Gericht um das Sorgerecht gestritten. Hier am Vormundschaftsgericht in Suffolk, vor Richter Cagney. Als das Urteil gefällt und dem Vater das Umgangsrecht verweigert wurde, da hat er ein paar häßliche Drohungen ausgestoßen.«

»Meinst du nicht, daß du da etwas übertreibst, was ein mögliches Motiv anbelangt? Tausende von Männern machen diese Art von demütigendem Streit durch, und ich behaupte ja nicht, daß er nicht wirklich schrecklich ist. Vielleicht gehen sie in ihrer Wut sogar so weit, ein paar häßliche Dinge anzudrohen. Aber wenn ein Vater sein Kind liebt, welchen Vorteil kann er sich von der Ermordung der Mutter des Kindes dann schon erhoffen?«

»Falls er sauber aus dieser Sache herauskommt — was bei Silvers selbstverständlich der Fall sein wird —, dann wäre das Sorgerecht über das Kind der große Preis, würde ich meinen.«

3. KAPITEL

Obwohl Andys Anwalt die Wünsche des Jungen klar herausstellte, schien sein emotionsloser Vortrag doch nur wenig Eindruck auf Greenspon gemacht zu haben. Als O'Malley sich wieder setzte, stand Maggie auf und hoffte, daß die eiligen Arrangements, die sie an diesem Morgen getroffen hatte, nicht umsonst gewesen seien.

»Herr Vorsitzender, ich möchte bezüglich meines Mandanten eine Anregung geben«, sagte sie.

Greenspon seufzte hörbar auf. »Ja, was gibt es denn, Frau Rechtsanwältin?«

»Obwohl es im allgemeinen besser ist, Kinder vom Gerichtssaal fernzuhalten, bin ich der Meinung, daß es in diesem Fall für Sie nützlich wäre, direkt mit dem Kind, mit Andrew Chandler, zu sprechen.«

Sondras Anwalt, Clyde Wentworth, sprang sofort auf.

»Ich erhebe Einspruch, Hohes Gericht. Das hier ist kein Platz für ein Kind.«

»Kommen Sie zur Bank«, sagte der Richter, und die beiden Anwälte traten vor.

»Wenn Sie mich bitte anhören wollen . . .«, sagte Maggie.

»Reden Sie. Aber machen Sie es kurz.«

»Obwohl Andy erst neun Jahre alt ist, ist er ein kluger, reifer Neunjähriger, ein Junge, der sich über seine eigenen Gefühle durchaus im klaren ist. Er selbst hat sogar den Wunsch geäußert, vor Gericht zu erscheinen. Ich schlage Ihnen deshalb vor, sich doch unter vier Augen und hinter verschlossenen Türen mit ihm zu unterhalten.«

»Der Junge ist in der Schule, Euer Ehren«, sagte Wentworth. »Es würde nicht nur eine gewisse Zeit dauern, ihn hierherzubringen, seine Mutter ist auch noch strikt dagegen, daß er den Unterricht versäumt.«

Der Richter schaute auf die Uhr, dann wieder zu Maggie. »Frau Anwältin, ich habe nicht die Absicht, diese Verhandlung hinauszuzögern. Trotz Ihrer ständigen Bemühungen, dieses Verfahren in die Länge zu ziehen, werden wir diese Angelegenheit heute termingerecht zu Ende bringen.«

»Euer Ehren, ich habe bereits für eine Transportmöglichkeit gesorgt, die vor der Schule wartet, und der psychologische Betreuer der Schule ist bereits über eine solche Eventualität informiert. Ein Anruf, und Andy kann in einer halben Stunde hiersein. Und was das Unterrichtsversäumnis angeht, der Junge hat momentan Sportunterricht, und die beiden nächsten Stunden sind Musik und Kunst. Ich glaube doch wohl nicht, daß die Folgen eines eventuellen Versäumnisses des Musik- und Kunstunterrichtes mit der Entscheidung zu vergleichen sind, die heute über seine Zukunft getroffen wird.«

»Aha . . . offensichtlich sind Sie also keine große Kunstliebhaberin, Frau Anwältin.« Wentworth lachte über den schwachen Scherz des Richters, aber Maggie konnte nur mit Mühe den Schein wahren. »Wie auch immer, Frau Anwältin«, sagte Greenspon wieder im selben strengen Tonfall wie zuvor, »eine Unterhaltung mit dem Jungen ist völlig unnötig. Ich habe nicht nur den Bericht der Jugendamtsvertreterin hier vor mir liegen, sondern bin auch noch weitschweifig vom Anwalt des Jungen informiert worden.«

»Aber wenn Sie den Sachverhalt direkt aus dem Mund des Jungen hören, können Sie sich ein weitaus besseres Bild von dieser einmaligen familiären Situation machen.«
»Rechtsanwältin Grant, seit zwei Tagen höre ich mir jetzt Ihr ununterbrochenes Gejammer und Gezeter an. Ich bin ein sehr geduldiger Mensch, aber nicht Sie sind für diese Verhandlung verantwortlich, sondern ich bin es nun mal. Vielleicht sollten Sie sich darüber im klaren sein, wenn Sie das nächste Mal vor meine Richterbank treten. Dieser Fall hier wird nach sorgfältiger Überlegung und nicht auf rein emotionaler Basis entschieden werden, so, wie Sie es gerne hätten. Ersparen Sie mir also bitte Ihre effekthascherischen Auftritte in letzter Minute.«
Maggie konnte fühlen, wie ihr die Wut heiß ins Gesicht stieg.
»Gut, wenn wir damit also fertig wären«, sagte er und schaute erneut auf die Uhr. Dann wandte er sich wieder an sie und Wentworth. »Es ist jetzt elf Uhr. Die Verhandlung wird unterbrochen. Seien Sie bitte um zwei Uhr wieder hier, dann werde ich Ihnen meine Entscheidung mitteilen.«
Maggie eilte an ihren Tisch zurück, und es fiel ihr entsetzlich schwer, sich den Schmerz auf Frank Chandlers Gesicht ansehen zu müssen. Es geschah schon selten genug, daß ein Sorgerechtsfall innerhalb einer Woche entschieden wurde, geschweige denn in drei Stunden. Und die dreistündige Unterbrechung bedeutete nicht mehr, als daß Greenspon in dieser Zeit in aller Ruhe zu Mittag essen oder ein Nickerchen im Richterzimmer machen würde. Ganz offensichtlich hatte der Mistkerl die Entscheidung bereits getroffen, bevor er an diesem Morgen seinen Richtersitz eingenommen hatte.

Als Daisey an diesem Morgen zur Arbeit gekommen war, hatte sie Liz auf der Stelle von Benny, dem Mann, den sie am Abend zuvor kennengelernt hatte, erzählt. Liz, eine mollige junge Frau mit langem, strähnigem Haar und Brille, die normalerweise überschwenglich auf die bloße Erwähnung eines Mannes reagierte, zeigte nur wenig Begeisterung über Daiseys Glück.

»Das ist keine gute Idee, sich mit einem geschiedenen Mann einzulassen. Du kennst doch den Spruch, daß man sich damit nur den Ärger anderer einhandelt.«

»Es ist mir egal, was *man* sagt. Tatsache ist, daß Benny ein wunderbarer Mensch ist. Das konnte ich bereits nach unserer kurzen Unterhaltung sehen. Ich meine, es ist doch ganz klar, so, wie er über sein Kind spricht.«

»Genau das hat dir noch gefehlt — ein Mann, der Probleme mit seiner Exfrau hat.«

»Nun, ich weiß natürlich nicht mit Sicherheit, ob das stimmt. Aber wenn ich mir vorstelle, daß sein Sohn Angst vor ihm haben soll, dann fällt mir automatisch ein, daß das an der Mutter liegen muß.«

»Ich hoffe, du wirst nicht gleich mit ihm ins Bett hüpfen.«

Daisey sah sie an. »Warum bist du nur so verdammt kritisch?«

»Ich sage doch nur, daß du dich hoffentlich nicht mit ihm einlassen wirst, bevor du nicht weißt, wer er ist. Das ist alles, was ich sage. Und warum reagierst du so abwehrend, Daisey? Himmel, du kennst den Mann doch kaum.«

Wann immer es in der Arbeit eine Pause gab, eilte Benny in den vierten Stock, in die Kinderabteilung. Er brachte die Kinder gern zum Lachen, alle . . . aber am liebsten Charlie. Der siebenjährige Charlie Rosetti war ein Straßenkind, so, wie Benny eines gewesen war. Von seinen

neun Schwestern und Brüdern — die beengt in einer Fünfzimmerwohnung in einem heruntergekommenen Block in Chelsea hausten — war Charlie der große Pechvogel, der, der sterben würde.
Niemand hatte Benny das gesagt. Nie wurden einem Krankenpfleger solche Dinge anvertraut, aber er konnte sich selbst davon überzeugen: Charlies Ausflüge nach Hause wurden immer weniger, und seine straff gespannte Haut wurde grau und übelriechend wie bei den Leichen, die Benny jeden Morgen in die Leichenhalle hinunterfuhr.
Als die Oberschwester ihren Kopf in das Sechsbettzimmer steckte, war Benny gerade dabei, die verschiedensten Tierstimmen nachzumachen, doch während die restlichen fünf Patienten vor Entzücken quietschten, konnte er Charlie nicht einmal ein Lächeln entlocken.
»Benny«, rief die Schwester, »tut mir leid, euren Spaß unterbrechen zu müssen, aber du wirst in der Notaufnahme gesucht — ein Exitus, Herzstillstand.«
»Geh nicht weg«, sagte Charlie plötzlich und packte Bennys Arm.
»Ich muß, sie rufen mich, und ich muß gehen. Das weißt du doch.«
»Kommst du zurück?«
»Klar komme ich wieder . . . tue ich das nicht immer?«
Benny schob die Rollbahre zum Fahrstuhl. Vielleicht würde er nach dem Mittagessen wieder hochkommen und Charlie eine Tüte mit Doritoes bringen können; das Kind mochte zur Zeit kein Essen, aber es mochte diese besonderen Chips.
Benny dachte wieder an die Verhandlung des heutigen Tages zurück. Er war sofort, nachdem Greenspon unterbrochen hatte, gegangen und hatte nicht einmal mehr das

Urteil abgewartet. Warum sich die Mühe machen, wo er es doch bereits wußte? Die Mutter würde das Sorgerecht bekommen, den Vater würde man mit Brosamen abspeisen ... und die würden immer weniger werden. So langsam, daß Frank vielleicht nicht einmal bemerken würde, daß das der Fall war. Und das Kind ... ja, das war das schlimmste von allem, das Kind. Es würde bei lebendigem Leib aufgefressen werden. So wie der kleine Charlie da oben.

Greenspon sprach die Scheidung aus, übertrug das alleinige Sorgerecht Sondra Chandler und gestand Frank jedes zweite Wochenende (Samstag morgen bis Sonntag nachmittag vier Uhr), den Vatertag, Franks Geburtstag und zwei Wochen während der Sommerferien zu und legte ihm eine Zahlung von dreitausendzweihundert Dollar monatlich für das Kind auf.

»Ziemlich schäbig, aber ich nehme an, das ist momentan die übliche Regelung«, sagte Frank bei einer Tasse Kaffee in Maggies Büro, das zwei Blocks vom Gericht entfernt war.

»Eigentlich übersteigt sie sogar Greenspons Norm; ich habe schon erlebt, daß er grundlos Übernachtbesuche verweigert hat. Deswegen wird es Ihnen wahrscheinlich nicht bessergehen, aber ich bin überzeugt, daß er seine Regelung für ziemlich großzügig hält.«

»Großzügig, daß ich mein Kind zweimal im Monat sehen darf?«

»Viele Richter, die bei solchen Fällen den Vorsitz haben, halten einen Vater schon dann für engagiert, wenn er sein Kind ab und zu mal am Samstagnachmittag ins Sportstadion führt. Einen wirklich engagierten Vater wie Sie erkennen sie nicht an, und die Einstellung, die dahintersteckt, ist ihnen erst recht fremd. Und Greenspon ist schlimmer als die meisten.«

»Dann war es ein Fehler, vor diesem Kerl zu verhandeln.«

Maggie nickte. »Ja, meiner.«

»Kommen Sie, gönnen Sie sich mal eine Pause. Schließlich waren es nicht Sie, die Campbell außer Gefecht gesetzt hat.«

»Ich hätte versuchen können, die Sache zu verschieben. Ich weiß nicht, ob es mir gelungen wäre, aber ich hätte es versuchen sollen.«

Ein paar Minuten herrschte Schweigen. »Wir haben ein Rechtsmittel in der Hand, Frank«, sagte Maggie. »Eines, das Erfolg haben und eine Wiederaufnahme in Gang setzen dürfte. Doch grundsätzlich ist zu sagen, daß eine echte Chance besteht, eine großzügigere Umgangsregelung herauszuholen, vorausgesetzt, wir bekommen einen anderen Richter; ich kann aber nicht sagen, ob ein erneutes Verfahren uns das Sorgerecht einbringen wird — besonders bei dem bereits vorliegenden Urteil —, es sei denn, wir können Sondra gegenüber stärkere Geschütze auffahren.« Maggie schüttelte den Kopf. »Ich fürchte, Egoismus, materialistische Einstellung und Gefühlskälte allein scheinen die meisten dieser Richter nicht sehr zu beeindrucken. Der Grund ist der, daß sie diese Eigenschaften allen Frauen als Makel zuschreiben.«

»Warum begünstigen sie sie dann?«

»Weil sie Mütter sind. Und in diesem System ist Mutterschaft immer noch ein geheiligtes Wort.«

Wegen einer kurzen Geschäftsreise, die Frank unternehmen mußte und die sich eventuell bis zum folgenden Wochenende hinziehen konnte, bat er Maggie, es so zu arrangieren, daß sein ihm zustehendes Wochenende mit seinem Sohn sofort stattfinden konnte. Kurz danach verließ er die Kanzlei; er wollte über eine Berufung nachdenken und sie dann seine Entscheidung wissen lassen. Im Augenblick konnte er nur daran denken, wie er die Sache seinem Sohn erklären sollte. Wie sollte man einem Neunjährigen erklären, daß irgend so ein Fremder, der in einem majestätischen Sessel in einem Gerichtssaal sitzt, die Macht hatte, seinen Vater, der ihn sein ganzes Leben geliebt und umsorgt hatte, einfach so zu verbannen?

Maggie schlang sich ihre Tasche um die Schulter und verließ die Kanzlei im siebten Stock, die sie sich mit vier anderen Anwälten teilte. Sie würde früh nach Hause fahren, den Babysitter heimschicken und Richie damit überraschen. Maggie sang keinesfalls ein Hohelied auf alle Väter, aber der hier schien ihr der Mühe wert zu sein. Und Greenspons Urteil stank zum Himmel.

Später an diesem Abend trafen sich Benny und Daisey bei Bennigans; statt sich an die Theke zu setzen, nahmen sie einen Tisch in der Ecke. Und es dauerte nicht lange, bis Benny anfing, seine Geschichte vor ihr auszubreiten. Daisey saß da, hörte ihm aufmerksam zu und schüttelte dann den Kopf.

»Das ist ja schrecklich, Benny. Vielleicht sollten Sie versuchen, Adam wiederzusehen.«

»Ich habe es einmal auf dem Schulhof versucht. Einmal in der Woche gehe ich dorthin, um wenigstens zu sehen, wie es ihm geht. Nun, dieses eine Mal ging ich bis zum Zaun und rief seinen Namen.«

»Wie hat er reagiert?«

»Er ist davongelaufen, als dachte er, ich würde ihm weh tun.«

»Vielleicht sollten Sie noch einmal den Versuch unternehmen, mit Claire darüber zu reden. Sagen Sie ihr, wie Sie sich fühlen.«

»Sie begreifen Frauen wie Claire nicht. Verstehen Sie nicht, das ist es doch genau, was sie will. Je weiter sich der Junge von mir entfernt, desto besser gefällt es ihr.«

»Aber warum, was haben Sie ihr angetan?«

Er zuckte mit den Achseln. »Es ist mehr das, was ich nicht getan habe — ich hatte nie einen großartigen Job, habe nie das große Geld verdient und mich selbst als starker Mann bewiesen. Das einzige, was ich ihren Eltern gezeigt habe, war, daß ich ein Versager bin.«

»Hören Sie auf damit. Sie sind kein Versager, Benny.«

»In ihren Augen war ich das. Ich bin nicht aufs College gegangen, ich habe nicht einmal die High School abgeschlossen.«

»Nun, das ist doch nicht alles.«

»Für diese Art von Menschen ist es das. Auf jeden Fall, sobald Claire mich losgeworden war, ist sie wieder in den Schoß ihrer Familie zurückgekehrt. Sie haben einen Haufen Geld, und Claire ist auf meine magere Unterstützung gar nicht angewiesen. Die wollen alle doch nur, daß ich verschwinde. Und ich glaube, irgendwie haben sie auch bekommen, was sie wollten.«

Daisey wünschte sich, sie könnte ihm etwas sagen, damit er sich besser fühlte, aber es gab nichts.

»Wo haben Sie sich denn kennengelernt?« fragte sie schließlich.

»Im Krankenhaus. Sie war im ersten Semester am College und mußte sich ihren Blinddarm rausnehmen lassen. Ich war derjenige, der sie in die Chirurgie gefahren hat.« Bei der Erinnerung schüttelte Benny den Kopf. »Himmel, hatte die eine Angst. Ich blieb in der Nähe, während sie darauf wartete, in den OP gebracht zu werden. Sie wissen schon, um sie aufzuheitern, damit sie sich besser fühlte. Nach der Operation besuchte ich sie dann öfter und brachte ihr alberne kleine Geschenke.«

»Ich möchte wetten, daß sie sehr hübsch war.«

Benny nickte. »Damals dachte ich das ... große blaue Augen und langes, sandfarbenes Haar. Aber man sieht den Menschen eben nicht immer an, wie sie innerlich sind.«

Ein paar Augenblicke war es still, dann fragte sie: »Lieben Sie sie immer noch?«

Benny nahm einen Schluck Bier und stellte dann das Glas auf das karierte Tischtuch.

»Ich hasse sie. Und das ist das Spaßige daran. Wenn ich jetzt an sie denke, dann sehe ich nur Häßlichkeit. Vermutlich weil ich deutlich sehen konnte, wie es in ihr aussieht.«

Daisey wurde rot, wußte aber nicht einmal, warum das geschah. Sie hoffte, Benny würde sehen können, wie es in ihr aussah.

»Wollen Sie eigentlich wieder zu ihr zurück? Sie wissen schon, um sie dafür zu bestrafen, daß sie Adam gegen Sie aufgehetzt hat?«

»Ich würde sie umbringen, wenn ich könnte.«

»Das meinen Sie doch nicht so.«

»Doch, das tue ich. Glauben Sie ja nicht, ich hätte nicht schon x-mal darüber nachgedacht. Das einzige, was mich davon abhält, ist der Junge. Er haßt mich. Wenn ich jetzt seine Mutter umbringe, was wird dann aus ihm?«

Darüber nachzudenken war eine Sache, es zu tun eine andere, und Daisey glaubte nicht einen Augenblick daran, daß ein Mensch wie Benny fähig sein sollte, einem anderen weh zu tun. Es war der Schmerz, der aus ihm sprach, und das konnte sie verstehen. Als sie gegen ein

Uhr nachts zusammen die Bar verließen und er sich zu ihr umwandte und fast schüchtern fragte: »Wollen Sie mit zu mir kommen? Das Zimmer ist zwar nicht schön, aber das Bett ist bequem«, da nickte sie.
Und es war wirklich nicht schön — zumindest das Zimmer nicht. Aber mehr als einen Mann wie Benny hätte sie sich nie erträumen können: Er sah gut aus, war freundlich und hatte große, sanfte Hände, die ihre Verkrampfung wegstreichelten. Als sie zu zittern begann, da hielt er sie einfach fest und liebkoste sie, und erst als sie dazu bereit war, ging er einen Schritt weiter. Er sagte kein Wort, aber Daisey war sich sicher, daß er inzwischen bemerkt hatte, daß sie eine vierundzwanzigjährige Jungfrau war.

Benny lag noch stundenlang wach, nachdem Daisey eingeschlafen war. Daisey hatte die Gewohnheit, ihre Decke wegzustrampeln, und Benny konnte dann jedesmal ihren Körper ein paar Minuten betrachten, bevor er sie wieder zudeckte. Sie war so mager und zerbrechlich, daß er fast Angst gehabt hatte, sie zu fest zu umarmen. Aber sie schien es gewollt zu haben — zumindest, nachdem sie ihre anfängliche Nervosität überwunden hatte. Und er hatte sich so wohl dabei gefühlt, daß er ganz verwundert war. Obwohl er seit seiner Scheidung gelegentlich mit Frauen ins Bett gegangen war, hatte er sich hinterher immer schmutzig gefühlt. Mit Daisey, die so kindlich und unschuldig war, war es etwas anderes gewesen. Er vermutete, daß das derselben Art von Beschützerinstinkt zuzuschreiben war, den er seiner Mutter gegenüber empfunden hatte.
Er stand auf und ging auf Zehenspitzen zum Fenster; er schlief nie mehr als zwei oder drei Stunden pro Nacht,

aber das war kein Grund, sie wach zu halten. Er starrte nach draußen wie in hundert anderen Nächten auch. Heute nacht dachte er über Frank Chandler nach ... konnte er schlafen, oder starrte er ebenfalls aus dem Fenster seines Schlafzimmers? *He, Frank, wenn du irgendwo da draußen bist, dann hör mir genau zu. Es vergeht nicht ... es wird höchstens immer schlimmer. Es verursacht dir so starke Schmerzen, daß du manchmal das Gefühl hast, eine Batterie von Vorschlaghämmern würde dir dein Gehirn herausmeißeln. Aber mach dir keine Sorgen, mein Freund, Benny ist hier und kümmert sich darum, daß alles wieder in Ordnung kommt.*

Beiläufig kam Douglas an diesem Abend wieder auf den Mordfall Silvers zu sprechen.

»Das Seltsame daran ist, daß ich in einer abgelegten Akte auf einen ähnlichen Fall gestoßen bin. Es war einer jener Fälle, die leicht durch das Netz der polizeilichen Ermittlungen schlüpfen. Eine schwarze Frau aus West Roxbury ist vor drei Monaten erwürgt aufgefunden worden.«

»Besteht die Ähnlichkeit in der Todesursache durch Erwürgen?« fragte Maggie träge, deren Gedanken immer noch stark mit dem Chandler-Fall beschäftigt waren.

»Das ist mir zuerst aufgefallen, aber das ist es nicht allein. Die Frau hatte zwei Kinder, einen Jungen und ein Mädchen von fünf und drei Jahren. Kurz zuvor hatte ihr Exmann wegen des Sorgerechts über die Kinder Klage eingereicht mit der Begründung, sie sei unfähig. Er warf ihr außerdem Prostitution vor. Aber er hat den Fall verloren. Unser eigener Richter Greenspon hatte den Vorsitz.«

»Du willst also sagen, daß der Exmann der Täter war?«

»Nein, im Gegenteil. Die Polizei hat sein Alibi zur fraglichen Zeit überprüft. Er war in dieser Woche in Atlanta und hat seine Familie besucht.«

»Was ist mit Beruhigungsmitteln?«

»Man hat keine Autopsie durchgeführt.«

Maggie zuckte mit den Achseln. »Wenn es eine Verbindung gibt, dann vielleicht die, daß es jemand auf alleinstehende Mütter abgesehen hat.«

»Das ist vermutlich eine Möglichkeit. Aber es ist ein ganz schöner Weg von Beacon Hill nach West Roxbury. Mit anderen Worten, zu viele Abweichungen, was den familiären Hintergrund betrifft. Die eine, eine reiche Angehörige der Oberschicht, die andere, eine Asoziale aus dem Ghetto.«

»Was willst du denn dann damit sagen?«

»Eigentlich nichts. Ich habe nur laut nachgedacht.«

4. KAPITEL

Es war erst kurz vor neun Uhr, als am folgenden Montagmorgen das Telefon bei der Immobilienfirma Chandler läutete. Die rotwangige Empfangssekretärin nahm ab und meldete sich.

»Guten Morgen, Chandler-Immobilien . . . Rita Santelli am Apparat.«

»Ist Mr. Chandler bereits im Haus?« fragte die Stimme.

»Nein, noch nicht. Aber ich erwarte ihn so gegen zehn. Kann ich ihm etwas ausrichten?«

»Mein Name ist Choate, ich bin Landerschließer aus Providence und an einem Dutzend oder mehr Morgen Land in Newton interessiert. Ich dachte mir, daß Sie mir vielleicht helfen könnten.«

»Wir werden unser möglichstes versuchen. Ich verbinde Sie am besten mit einem unserer Grundstücksverkäufer.«

»Halt, warten Sie, lieber nicht. Ich würde gern einen Zeitpunkt ausmachen, um mit Mr. Chandler persönlich zu reden. Warum geben Sie mir nicht einfach einen Termin?«

»Mr. Chandler spricht seine Termine am liebsten selbst ab. Soweit ich weiß, haben wir momentan unerschlossenes Land an der Route 495 zur Verfügung, aber das könnten Ihnen die Verkäufer natürlich genauer erklären.«

»Hören Sie, Miss, ich spreche hier über sehr viel Geld. Ich habe die Absicht, eine Anlage mit Eigentumswohnungen hochzuziehen. Sobald das Projekt abgeschlossen ist, brauche ich jemanden, der die Wohnungen verkauft. Jetzt weiß ich nicht, wie Chandler vorgeht, aber ich mache grundsätzlich keine Geschäfte mit Fremden. Wenn Sie aber nicht der Meinung sein sollten, daß er an einem vorherigen Treffen mit mir interessiert ist, dann sagen Sie das nur.«

»Oh, ich versichere Ihnen, das ist er bestimmt, daran liegt es nicht.« Sie seufzte. »In Ordnung, dann machen wir eben einen unverbindlichen Termin für morgen oder für Mittwoch aus. An einem dieser beiden Tage wird es ihm sicher möglich sein.«

»Das paßt mir allerdings zeitlich nicht. Wann kann er denn danach?«

»Nun, wie wäre es mit nächster Woche? Nennen Sie mir einen Tag, und ich werde nachsehen.«

»Ich dachte eigentlich an einen späten Termin noch in dieser Woche. Wie wäre es mit Donnerstag oder Freitag?«

»Nein, die kommen nicht in Frage, da bin ich sicher. Mr. Chandler muß zu einer dreitägigen Maklerkonferenz, die Donnerstag morgen beginnt.«

»Oh . . . ist das die in Boston?«

»Nein, die in Washington. Oh, warten Sie mal eine Sekunde, ich glaube, ich sehe Mr. Chandlers Wagen eben einparken. Bleiben Sie doch dran, und ich —«

Es wurde aufgelegt.

Obwohl Andy am Wochenende bei seinem Vater zu Besuch gewesen war, hatte sich die übliche Kameradschaft zwischen Vater und Sohn nicht einstellen wollen. Ganz gleich, wie oft Frank den Versuch gemacht hatte, über die Gerichtsverhandlung zu reden, Andy wollte sich mit der angebotenen Erklärung nicht zufriedengeben —

ihre Unterhaltungen endeten alle in grimmigem Schweigen. Andy warf ihm das Urteil vor, und wieso auch nicht? Für einen Neunjährigen war der Vater die Hauptperson, der Mann, der in der Lage sein sollte, alles zu regeln. *Aber diesmal nicht, Andy . . . diesmal nicht.*
Frank stieg aus dem Wagen und ging ins Haus. Er hatte in den letzten Nächten nicht sehr viel geschlafen; seine Gedanken kreisten um die Berufung. Aber je mehr er über die möglichen Aussichten nachdachte, desto weniger gefielen sie ihm — Andy würde nur wieder Hoffnung schöpfen, und wozu das Ganze, wenn doch nur wieder eine Enttäuschung am Ende stand?
Sosehr er es auch haßte, es zugeben zu müssen, aber seine einzige erfolgversprechende Möglichkeit bestand darin, mit Sondra direkt zu verhandeln. Vielleicht würde sie es in Betracht ziehen, das Sorgerecht zu teilen, oder wenigstens zustimmen, daß er ein häufigeres Besuchsrecht bekam. Schließlich war Sondra nicht allzu begeistert über ihre »Mutterrolle« . . . war es nie gewesen. Und das war es, was ihn an der ganzen Sache so verdammt wütend machte — Sondra wollte das Sorgerecht nur aus zwei Gründen: zum einen, um sich ihr gutes Image bei ihren Busenfreundinnen im Country-Club zu sichern, und zum anderen, um es Frank heimzuzahlen, daß er sie verlassen hatte.
»Irgendwas Wichtiges?« fragte Frank, als er an Ritas Schreibtisch vorbeikam.
Rita stand auf und folgte ihm in sein Büro. Sie brachte ihm einen Stapel Unterlagen und sah ihn dann forschend an.
»Wie geht es Andy, oder sollte ich besser nicht fragen?«
Frank holte eine Nickelbrille aus einem Etui, setzte sie auf und ging dann die Nachrichten durch.

»Er kommt schon wieder in Ordnung. Er ist ein zäher Bursche.«
Sie wartete auf mehr, aber es kam nichts. »Möchten Sie einen Kaffee?« fragte sie schließlich.
»Machen Sie sich keine Mühe. Ich werde erst diese Sachen durcharbeiten. Übrigens, heute stehen zwei Abschlußbesprechungen an — mit Sherry bei der Shawmut Bank und mit Kilgallan beim Grundbuchamt. Schauen Sie doch mal, ob Vickie alleine damit fertig wird . . .«
Rita wollte bereits gehen, blieb aber noch mal kurz stehen.
»O ja, das hätte ich beinahe vergessen. Irgend so ein seltsamer Typ namens Choate hat angerufen. Er sagte, er würde ein Baugrundstück suchen, um eine Anlage mit Eigentumswohnungen dort hinzustellen. Aber er wollte mit keinem im Haus sprechen oder darauf warten, daß Sie sich bei ihm melden. Er bestand darauf, daß ich einen Termin mit Ihnen ausmache.«
»Und?«
»Er wollte sich gegen Ende der Woche mit Ihnen treffen . . . ich sagte ihm, daß Sie da nicht da sind. Dann sah ich, wie Sie vorfuhren . . . ich bat ihn, am Telefon zu bleiben, aber da legte er auf.«
Sobald Rita die Bürotür hinter sich geschlossen hatte, wanderten Franks Gedanken wieder zu Sondra und dem Jungen zurück. Doch bevor er endgültig die Nerven verlor, nahm er lieber den Hörer ab und tippte die Nummer ein. Nachdem es ein paarmal geläutet hatte, meldete sich eine verschlafene Stimme. Verdammt, er hätte mit dem Anruf noch etwas warten sollen.
»Habe ich dich aufgeweckt?« fragte er und hoffte, seine Frage würde nicht allzu kritisierend klingen.
»Um die Wahrheit zu sagen, ja. Andy ist in der Schule,

und ich schätze es gar nicht, wenn du in aller Frühe schon hier anrufst«, sagte sie.
»Ich wollte nicht mit ihm, sondern mit dir sprechen.«
»Alles, was du mir zu sagen hast, kannst du meinem Anwalt mitteilen. Willst du seine Nummer?«
»Hör doch, wir haben das mit den Anwälten und den Gerichten schon hinter uns. Warum versuchen wir zur Abwechslung nicht mal, miteinander zu reden? Schließlich sind wir Andys Eltern, sollten wir da nicht auch die Entscheidungen treffen?«
Sondra kicherte. »O Gott, o Gott, wie sind wir doch leicht zu durchschauen. Vielleicht ist es deinem Gedächtnis ja entfallen, aber wenn es um Entscheidungen geht, die Andy betreffen, dann bin ich diejenige, die sie trifft, nicht du. Sag doch mal, Frank, würdest du so nett sein, mich aufzuklären, ob du vielleicht plötzlich das Sorgerecht errungen hast?«
Er seufzte. »Leider nicht. Aber das hier ist doch kein Wettkampf, oder? Es geht um das Wohlergehen unseres Sohnes, das auf dem Spiel steht — er ist wütend und unglücklich, das hast du doch sicher bemerkt. Wenn wir also für eine Zeitlang unsere Differenzen beiseite schieben, uns zusammensetzen und die Sache besprechen könnten . . . Das ist alles, was ich von dir verlange.«
Zum zweitenmal an diesem Vormittag wurde in der Chandler-Agentur unvermittelt aufgelegt.

Es war Montag, als Paul, der von einer seiner Geschäftsreisen zurückgekehrt war, wieder darum bat, daß Richie ihn nach der Schule besuchte. Auf dem Nachhauseweg von der Arbeit hielt Maggie kurz vor Pauls luxuriösem Stadthaus an, das nur wenige Blocks von dem Appartement entfernt lag, das sie einst gemeinsam an der Com-

monwealth Avenue bewohnt hatte. Paul öffnete die Tür und bat sie herein.
»Danke, aber ich habe wirklich keine Zeit«, sagte sie.
»Jetzt komm doch, ich habe dir die Wohnung noch gar nicht gezeigt. Ich habe sie extra deswegen aufgeräumt.«
Maggie zögerte und meinte dann: »Okay, aber nur für eine Minute.« Sie trat ein. »Wo ist Richie?«
Er deutete auf den Nebenraum. »Er sitzt im Arbeitszimmer vor dem Fernseher.« Er ging zu einer Bar in der Ecke des riesengroßen Zimmers, das mit eleganten schwarzen und weißen Möbeln eingerichtet war. Er nahm eine Flasche Scotch und goß sich einen Doppelten ein. »Möchtest du auch?«
»Paul, ich habe dich doch gebeten, es zu lassen.«
»He, he, das ist mein erster Drink heute«, sagte er, das Glas in der Hand. »Ich schwöre es dir. Möchtest du meinen Atem riechen?«
Sie lächelte. »Nein, ich verlaß mich auf dein Wort.« Sie trat näher an die massiven Schiebetüren heran, die zu einer Terrasse führten, von der aus man auf einen Swimmingpool von olympischen Ausmaßen blicken konnte. »Sehr hübsch«, meinte sie.
Paul leerte seinen Drink und sagte dann: »Komm weiter, schau dir das Schlafzimmer an.«
»Nein, das lasse ich lieber aus.«
»Hör doch auf, dich so zu benehmen. Schau dir lieber an, was die Innenarchitekten damit gemacht haben.« Er nahm sie am Ellbogen und schob sie vor sich her. Sie betrat ein weiteres gigantisches Zimmer; dieses hier hatte schwarze Wände, war mit einem weißen, flauschigen Teppich ausgelegt, und ein Spiegel erstreckte sich über die gesamte Decke. In der Mitte des Zimmers stand ein kreisrundes Bett mit roten Seidenlaken und einer Über-

decke aus Leopardenfell. Sie schüttelte grinsend den Kopf.
»He, was gibt es da zu lachen?«
»Nichts. Nur daß du deine Rolle als Junggeselle so überzeugend spielst. Ich würde sogar so weit gehen und sagen, daß dir diese Rolle auf den Leib geschneidert ist.«
»Geh hin, probier die Matratze aus.«
Maggie schüttelte, immer noch lächelnd, den Kopf.
»Paul, wenn das hier zu dem Programm gehören sollte, das die Möbel andeuten, dann solltest du dich besser neu einrichten.«
Er stellte sich hinter sie, umfaßte ihre Schultern und liebkoste mit den Lippen ihren Hals, wobei er sie auf das Bett zu schob.
»Himmel, du bist unmöglich. Hör auf damit«, sagte sie und versuchte sich loßzureißen.
Plötzlich schlüpften seine Hände unter ihre Kostümjacke, dann unter ihre Bluse und in ihren Büstenhalter.
»Paul, hör auf damit!« rief sie und wehrte verbissen seine Hände ab.
»Jetzt komm schon, entspann dich, was sollte es schon schaden? Wir sind doch wirklich keine Fremden, die sich eben erst kennengelernt haben.«
»Zum Teufel mit dir, Paul!« Sie trat nach hinten aus, traf ihn mit ihrem hochhackigen Schuh am Schienbein, und er sprang zurück und ließ sie los.
Sie stürmte an ihm vorbei aus dem Zimmer und stieß dabei auf Richie.
»Mommy, ich wußte gar nicht, daß du hier bist.«
Auf dem Weg nach Hause beugte Richie sich über sie und strich ihr eine Strähne aus der Stirn.
»Wo hast du denn die Beule her?« fragte er.
»Ich wußte gar nicht, daß ich eine habe. Aber wenn, dann

kann ich mir vorstellen, wo ich sie herhabe. Ich bin heute morgen ziemlich schnell zu der Sitzung im Gericht gelaufen und habe dabei wahrscheinlich nicht auf den Weg geachtet. Und irgend jemand ist aus einer Telefonzelle gestürmt und direkt in mich gelaufen.«

»Hat er dich umgerannt?«

»Fast, aber nicht ganz. Ich konnte mich noch einigermaßen würdevoll aus der Affäre ziehen.«

»Wer war der Mann?«

»Ich weiß nicht. Wahrscheinlich ein anderer Rechtsanwalt. Ich habe sein Gesicht schon vorher im Gerichtsgebäude gesehen.«

Richie war ein paar Minuten still und fragte dann: »Warum hast du Daddy angeschrien?«

Sie zögerte einen Moment. »Man könnte vielleicht sagen, daß er versucht hat, ein Spiel mit mir zu spielen«, sagte sie schließlich. »Und ich war dazu nicht in der Stimmung.«

»Welches Spiel?«

»Oh, ich weiß nicht so recht. Nur etwas, das wir früher immer miteinander gespielt haben.«

»Und jetzt gefällt es dir nicht mehr?«

Maggie warf ihm einen Blick zu und zerzauste dann lächelnd sein Haar.

»Nein, jetzt nicht mehr. He, ich will ja nicht das Thema wechseln, aber ich habe schon den ganzen Tag einen Bärenhunger auf einen dieser Big Macs. Ich nehme nicht an, daß ich dich dafür begeistern könnte?«

Es war noch nicht einmal eine Woche her, seit sie sich kennengelernt hatten, aber Benny fühlte bereits, daß sich eine tiefe Zuneigung zwischen ihm und Daisey entwickelte. Er konnte mit ihr reden, und im Gegensatz zu den meisten anderen Leuten, die nie ganz zu verstehen schienen, wie sein Verstand funktionierte, hatte sie großes Verständnis für ihn. Nicht, daß er ihr alles erzählte, das natürlich nicht; er hatte nicht das Recht, sie mit all dem zu belasten. Doch selbst wenn er ihr ein paar seiner merkwürdigen Gedanken gestand, dann versuchte sie immer, sie in die richtige Perspektive zu rücken.

»Was sind das für Gedanken?« hatte sie ihn einmal gefragt.

»Daß ich mir vielleicht gern ein Gewehr besorgen würde. Und mich dann auf das Dach eines Gerichtsgebäudes setzen und ein paar Köpfe wegpusten möchte.«

Sie musterte ihn ein paar Augenblicke lang.

»Wieso ein Gerichtsgebäude?« fragte sie schließlich.

»Weil dort die Dinge eigentlich in Ordnung gebracht werden sollten. Aber so ist das nicht. Niemand kümmert sich dort wirklich darum. Da laufen nur ein Haufen Menschen herum und machen den Dummköpfen, die darauf hereinfallen, etwas vor.«

»Hast du denn ein Gewehr?«

»Nein, aber ich könnte eines bekommen, wenn ich wollte. Ich habe einen Arbeitskollegen — Lucas —, der kann alles besorgen, worum ich ihn bitte. Einmal hat er mir eine gefälschte Mitgliedskarte drucken lassen.«

»Nun, warum hast du ihn nicht gebeten, dir ein Gewehr zu besorgen?«

Benny zuckte mit den Achseln. »Ich weiß nicht, vielleicht bin ich auch nicht richtig im Kopf. Glaubst du, daß ich nicht richtig im Kopf bin?«

»Nein, und ich glaube auch nicht, daß du schlecht bist. Wir haben doch alle solche Gefühle, Benny . . . bis zu einem gewissen Grad zumindest.«

»Ja, du auch?«

»Nun, vielleicht nicht genauso, aber es gab Zeiten, da hätte ich gerne ein paar Leuten eins ausgewischt. In der High School, da war mal eine Gruppe Mädchen, die benahmen sich, als gehörte ihnen die Schule. Sie trafen sich während des Unterrichts immer im Waschraum im ersten Stock. Jedesmal wenn ich zufällig dort hinkam, verstummten sie schlagartig. Anschließend tauschten sie immer verschwörerische Blicke aus und machten sich schweigend daran, ihr Haar und ihr Make-up in Ordnung zu bringen. Aber sobald ich auf die Toilette ging, hörte ich, wie sie flüsterten und kicherten. Ich konnte nicht viel verstehen, nur ein Wort hier und da. Aber es genügte, um zu wissen, daß sie sich über mich lustig machten. Und so hatte ich schließlich diesen Tagtraum, daß ich eines Tages den Waschraum in Brand stecken würde. Selbstverständlich blieb mir in diesem Tagtraum die Zeit, hinauszurennen, die Türen hinter mir zu verriegeln und sie in der Falle sitzenzulassen.«

»Aber du hast es nie getan.«

»Natürlich nicht. Es war verrückt, ich weiß es jetzt, und ich wußte es damals. Genauso, wie du es weißt, wenn du diese häßlichen Gedanken hast. Für mich war es ein Weg, mit meiner Wut fertig zu werden. Und das ist das einzige, was mit dir nicht stimmt, Benny, daß du nämlich so viel Wut in dir aufgestaut hast.«

Er dachte eine Weile darüber nach und kam dann wieder auf ihre Geschichte zu sprechen. »Warum haben diese Mädchen dich ausgelacht?«

»Oh, jetzt komm aber . . . mußt du das noch fragen?«

»Ich halte dich für hübsch«, sagte Benny und dachte zuerst selbst, es sei eine jener gnädigen Lügen, die er ihretwillen vorbrachte; als er aber in ihre warmen blauen Augen schaute, wurde ihm klar, daß er es ehrlich meinte.

Und wann immer Bennys hartnäckiger Gehirntumor sich

entschloß, ihm wieder Qualen zu bereiten — wie er es regelmäßig tat —, da bestand sie darauf, daß er sein Hemd auszog und sich hinlegte, damit sie seinen Körper mit Babyöl massieren konnte. Gott, das fühlte sich so gut an, so, als würde sie zeitweise alles Gift aus ihm herausstreichen. Und vielleicht war es tatsächlich ja nur die Wut, die er loswerden mußte. Denn trotz dieser häßlichen Gedanken hatte er nie in seinem Leben eine grausame oder sinnlose Tat begangen.

Und obwohl er Daisey nicht die Last aufbürden konnte, alles über ihn zu wissen — schließlich war Mord ein Verbrechen —, so hätte selbst sie ihm zugestimmt, daß er das Richtige getan hatte, wenn sie alle diese Ereignisse so genau verfolgt hätte wie er.

Einen Augenblick wanderten Bennys Gedanken zu der Rechtsanwältin ... Es war ein seltsames Zusammentreffen — vielleicht sogar ein Zeichen —, daß sie es gewesen war, mit der er an diesem Morgen vor der Telefonzelle zusammengestoßen war. Was würde Margaret Grant zu dem sagen, was Benny für ihren Mandanten tun wollte? Noch letzte Woche wäre Benny davon überzeugt gewesen, daß sie ihn ermuntert hätte — ja, nur zu, Benny. Aber jetzt war er nicht mehr so sicher ...

Sosehr sie sich in der vergangenen Woche auch für ihren Mandanten mit Greenspon angelegt hatte, heute schien sie — einmal abgesehen von dem unglücklichen Zusammenstoß — überraschend kühl und unbesorgt zu wirken. Sie war bereits mit einem anderen Fall beschäftigt ... so wie der Richter, so wie jeder, der mit dem Fall Chandler gegen Chandler, Verfahrensnummer 74382, zu tun hatte. Die einzigen, denen das alles noch naheging, waren Frank und sein Junge.

Und Benny natürlich.

5. KAPITEL

Als Sondra Frank Chandler das erste Mal sah, da wußte sie, daß sie endlich den Mann getroffen hatte, den sie hatte haben wollen. Nicht, daß sie sich keinen jüngeren oder besser aussehenden Mann aus ihrer eigenen Schicht hätte angeln können: Frank war zehn Jahre älter als sie, sein rotbraunes Haar hatte bereits angefangen, sich zu lichten, und die fünfundzwanzig Pfund Übergewicht, die er jetzt mit sich herumschleppte, waren im Ansatz bereits damals vorhanden gewesen. Aber Frank war gewitzt und geschäftstüchtig, war die Art Mensch, der sich, ohne höhere Bildung und nur mit einer Zulassung als Makler in der Tasche, hochgearbeitet hatte.

Als Sondra ihn kennenlernte, hatte Frank bereits ein schäbiges Ein-Zimmer-Maklerbüro in eine Agentur mit vier einzelnen Büros verwandelt, und in jedem davon arbeiteten mehr als fünfzehn Verkäufer, die im ganzen Staat, mit Ausnahme des westlichen Teils, tätig waren. Außerdem hatte er noch einen der begehrten Sitze in der Standesvereinigung der Makler von Massachusetts inne, was für Sondras Ehrgeiz noch von zusätzlichem Anreiz war.

Als sie sich in einer Imbißstube kennenlernten, in der sie als Kellnerin arbeitete, und eine Verabredung nach der anderen schließlich zur Hochzeit führte, da war Sondra mehr als zufrieden. Jetzt würde sie all die Annehmlichkeiten bekommen, von denen sie in ihrer Kindheit, die sie zu einem großen Teil in Pflegeheimen verbracht hatte, immer geträumt hatte: die Einladungen zum Mittagessen, die Ferien, die Garderobe, den Country Club und den sozialen Status ... Kinder tauchten in diesem Zusammenhang niemals auf, zumindest nicht in Sondras Vorstellung. Aber was das betraf, hatte sie schließlich nachgegeben. Drei Jahre nach ihrer Hochzeit schenkte sie Frank einen Sohn.

Und es war auch nicht so übel, Mutter zu sein — im Gegenteil, Andy verlieh ihrem Leben eine zusätzliche Dimension —, aber gleichsam über Nacht verwandelte Frank sich von einem Ehemann, dem es Spaß machte, mit ihr auszugehen, in einen Langweiler, der am liebsten zu Hause blieb. Doch trotz der andauernden Auseinandersetzungen um ihren schließlich völlig entgegengesetzten Lebensstil, war sie bereit, zum Wohle ihres Sohnes die Ehe aufrechtzuerhalten. Doch Frank war es nicht.

Er war es gewesen, der es sich anders überlegt hatte, nicht sie. Jetzt bekam er, was er verdiente.

Mittwoch abend hatte Benny seinen Plan fertig. Laut Franks Angaben in der Gerichtsakte hielt Sondra sich täglich in der Stadt auf und war nie daheim, wenn der Junge von der Schule nach Hause kam. Obwohl Andrew gegen sieben Uhr morgens in die Schule mußte, stand Sondra normalerweise nie vor zehn Uhr auf und verließ das Haus gewöhnlich erst gegen Mittag.

Obwohl Benny an diesem Abend in Daiseys Wohnung übernachten wollte — er hatte es sich angewöhnt, die meiste Zeit in Daiseys bequemerer Drei-Zimmer-Wohnung in der Nähe seiner Pension zu verbringen —, würde er früh aufstehen, rechtzeitig zum Bahnhof gehen, um den Sieben-Uhr-Zug nach Winthrop und dann den Bus in das wohlhabende Viertel zu nehmen, wo Sondra

Chandler mit ihrem Jungen lebte. Benny hatte die Verbindungen sorgfältig überprüft — er ging davon aus, so gegen acht Uhr morgens beim Haus der Chandlers zu sein. So würde er genügend Spielraum haben — gedrängt zu werden war das, was er am meisten befürchtete.

Er wußte, daß das, was er morgen tun wollte, richtig war — das stand außer Frage. Und doch gab es in jedem Gehirn Strömungen, die sich selbst den tollkühnsten Taten widersetzten. Es war immer einfacher, sich zurückzulehnen und nichts zu tun, aber Bennys Tage des Nichtstuns waren bereits vor Monaten zu Ende gegangen, als er dieser ersten Frau die Kehle zugedrückt hatte.

Das war jetzt der dritte Abend seit Montag, an dem Frank Chandler versuchte, Andy zu erreichen. Heute abend, wie an jedem anderen Abend auch, war Sondra ausgegangen, und der Babysitter, der sich meldete, sagte, daß Andy sich weigere, ans Telefon zu kommen. Frank hatte es mehrmals nach der Schule in der Hoffnung versucht, daß Andy selbst ans Telefon gehen würde, aber es war nie jemand zu Hause. Offensichtlich war der Junge immer noch wütend, aber Frank war sich nicht klar, was er dagegen unternehmen sollte. Er hatte nie erlebt, daß Andy sich so verhalten hatte, insbesondere ihm gegenüber nicht. Und das machte ihm angst. Entsprach dieses Verhalten nicht genau dem, was die Experten andeuteten, wenn sie von der emotionalen Krise sprachen, die von einer Scheidung hervorgerufen wurde? Zuerst der Mangel an Vertrauen in die Eltern — und was kam dann? Und wo, zum Teufel, trieb er sich nach der Schule denn nur herum . . . wußte Sondra das überhaupt?

Morgen früh würde er den Acht-Uhr-Flug nach Washington nehmen, Samstag abend aber wieder zurück sein. Montag morgen, sobald Andy in die Schule gegangen war, würde er hingehen und Sondra zur Rede stellen. Er würde nicht zulassen, daß sie ihm verweigerte, den Jungen zu sehen. Selbst wenn er sie inständig darum bitten mußte, würde er das tun. Doch irgendwie mußte er sie überzeugen, daß Andy in große Schwierigkeiten geraten würde, wenn sie nicht zu einer der Situation angemessenen Einigung kommen würden.

Sondra wurde Donnerstag morgen von der Türklingel geweckt. Sie schlüpfte hastig in einen blauen Morgenmantel aus Seide und ging zu Tür. Dort angekommen, spähte sie durch den Spion — kannte sie das Gesicht? Sie war sich nicht sicher.

»Ja?« sagte sie schließlich.

»Ben Shandling . . . von Grogan, Wentworth und Patalski. Ihre Anwälte.«

»Oh, natürlich.« Sie öffnete die Tür. »Clyde hat nicht erwähnt, daß er jemanden vorbeischicken würde.«

»Er hat gestern abend versucht, Sie zu erreichen. Als er erfuhr, daß ich sowieso in der Gegend bin, dachte er, er könnte Ihnen die Mühe ersparen, extra nach Boston zu fahren.«

»Seltsam, daß der Babysitter seinen Anruf nicht erwähnt hat.«

Er zuckte mit den Schultern. »Sie wissen doch, wie Babysitter so sind.«

Sie lächelte . . . er sah recht nett aus, etwas unkonventionell für einen Rechtsanwalt.

»Kommen Sie doch herein«, sagte sie und entriegelte die Flurtür.

Er trat ein, und sie führte ihn zum Sofa. Sie setzte sich

ihm gegenüber in einen Sessel, schlug die Beine so übereinander, daß der Morgenmantel auseinanderglitt und ihre Schenkel entblößte, und tippte sich dann mit dem Finger an die Stirn.

»Wissen Sie, jetzt erkenne ich Sie. Ich habe Sie im Gericht während der Verhandlung gesehen. Sie saßen in der hintersten Reihe.«

Benny nickte, legte dann seine Aktenmappe auf den Tisch und schlug sie auf.

»Da ich mit dem Fall vertraut bin, ging Clyde davon aus, daß ich keine Schwierigkeiten damit haben dürfte, das hier zu übernehmen.«

»Was ... Gibt es ein Problem? Ich hatte den Eindruck, daß letzte Woche alles abgeschlossen wurde.«

»He, nichts, worüber Sie sich aufregen müßten. Zum Glück haben wir es hinter uns, aber es besteht immer noch die minimale Möglichkeit, daß die anderen in die Berufung gehen. Wenn Sie mir also eine Weile Gesellschaft leisten würden ... nur um ein paar Fragen zu beantworten.«

»Geht Frank gegen das Urteil in Berufung?«

»Bis jetzt haben wir noch nichts gehört, er hat noch Zeit, es sich zu überlegen. Aber in der Zwischenzeit ist das Wichtigste, darauf vorbereitet zu sein.« Er schaute hoch, und seine Augen blieben zuerst an ihren Beinen und dann an dem dunklen, pelzigen Schatten weiter oben hängen; dann blickte er ihr ins Gesicht.

Sie lächelte. »Hmm. Das klingt mir sehr nach einem Pfadfindermotto.«

Er nickte, aber ohne Andeutung eines Lächelns ... Er war schon ein seltsamer Typ, aber seltsam oder nicht, er hatte mehr Anziehungskraft als alle Anwälte von Grogan, Wentworth und Patalski zusammen. Schließlich stand sie

auf und beendete vorübergehend die Peep-Show, als der Saum ihres Morgenmantels auf ihre Knöchel fiel.
»Du meine Güte, wo habe ich bloß meine gute Erziehung gelassen?« sagte sie. »Kann ich Ihnen etwas anbieten — Kaffee, Tee oder vielleicht etwas Stärkeres?«
»Ja, Tee. Aber nur, wenn Sie welchen haben.«
Sondra war in fünf Minuten mit einem vollständigen Teeservice aus Silber wieder zurück.
»Sie haben nicht zufälligerweise etwas Milch?« fragte er.
Ihre Augen musterten ihn fragend.
»Auf die englische Art, das habe ich mal im Fernsehen gesehen.«
Als Sondra hinausging, um die Milch zu holen, zog Benny das Fläschchen aus seiner Tasche — das, in das er den Inhalt von drei Seconal-Kapseln aus der Krankenhausapotheke entleert hatte. Er schüttete das Pulver in Sondras Tasse, rührte schnell um, steckte das Fläschchen in seine Tasche zurück und setzte sich wieder auf das Sofa. Es war schon merkwürdig, aber aus irgendeinem Grund war das der schwierigste Teil für ihn — der Anfang. Was in ungefähr zwanzig Minuten folgen würde, würde für sie beide leichter sein.

Frank war einigermaßen gut gelaunt, als er kurz vor sieben Uhr am Schalter der Pan American am Logan-Airport eintraf. Ihm würde genügend Zeit bleiben, sich einen Parkplatz zu suchen, sein Gepäck aufzugeben, sich seine Bordkarte zu besorgen und dann in aller Ruhe vor dem Abflug zu frühstücken. Doch einer dieser sonderbaren jungen Sektenanhänger, der vor der Flughalle bettelte, war schuld daran, daß ihm plötzlich peinigende Gedanken durch den Kopf schossen . . .
Er hatte diese Art von gedankenlosen Aussteigern nie

begreifen können, aber er hatte auch nie viel darüber nachgedacht. Was für Erfahrungen mußte ein Mensch wohl machen, um sich dafür zu entscheiden, zu einem willenlosen Geist zu werden, der alles nachplapperte? Und diese Gedanken führten selbstverständlich wieder zu Andy zurück. Er war klug, ehrgeizig, vernünftig genug, um auf ihn zu hören, aber auch nach Unabhängigkeit strebend, mit einem Anflug von Sturheit, der zu seinen, zu Franks Gunsten genutzt werden konnte. Aber was, wenn er sich nicht zu seinen Gunsten auswirkte, wenn er in die falsche Richtung losging? Frank war bereits bei seinem zweiten Kaffee und seiner vierten Zigarette angelangt, als ihm die Macht seines Geldes bewußt zu werden begann. Sondra hatte das Haus, eine Abfindung in bar und eine mehr als großzügige monatliche Unterstützung bekommen, aber Geld war für Sondra ein Götze . . . ganz gleich, wieviel sie auch hatte, es war nie genug. Hatte er damit nicht eine Waffe, ein Tauschobjekt in der Hand?

Frank schob den Kaffee beiseite und schaute auf die Uhr — sein Flug startete in zehn Minuten, die Konferenz in Washington begann um elf Uhr. Sein Gepäck war vermutlich bereits an Bord . . . Zum Teufel mit der Konferenz — er drückte seine Zigarette aus, hob die Hand und bat die Kellnerin um die Rechnung.

Sondra war bereits etwas schwindlig, als sie sich vorbeugte, Benny den Kugelschreiber aus der Hand nahm und seine Augen zwang, in das tiefe Tal ihres Ausschnittes zu blicken.

»Die Antwort auf Ihre Fragen lautet nein. Ich werde es keinesfalls in Betracht ziehen, auch nur in einem Punkt des Urteils nachzugeben, nur um einer Berufungsverhandlung aus dem Weg zu gehen. Frank hat endlich mal einen Eindruck von Gerechtigkeit bekommen. Und wenn er noch mehr davon sehen will, nur zu.«

Benny blickte auf. »Was ist mit dem Jungen?«

»Oh, Andy, ihm geht es gut. Er ist besser dran, wenn nicht ständig jemand um ihn herumscharwenzelt. Ein Junge muß erwachsen werden, muß sich mit der Realität auseinandersetzen ... ein Mann werden.« Dann, ihm direkt in die Augen schauend: »Meinen Sie nicht auch ... wie war gleich der Name ... o ja, Ben.«

Er nickte, und sie ließ ihre Hand in die seine gleiten. »Könnte ich mich vielleicht einen Moment an Ihnen festhalten, Ben ... Ich bin plötzlich so schläfrig.«

Benny stand mit ihr auf, und als sie taumelte, packte er sie um die Taille, und zusammen gingen sie ins Schlafzimmer.

»Ich werde Ihnen ein Geheimnis verraten, Ben — das heißt, wenn Sie versprechen, mich nicht zu verpetzen.«

Er nickte.

»Sie sind bei weitem der anziehendste Anwalt in der ganzen Kanzlei von Grogan, Shmogan ... oh, wie immer das auch heißen mag.« Sie kicherte. »Gütiger Himmel, ich habe noch nie in meinem Leben so viele Brillen, Warzen und kümmerliche Körper in dreiteiligen Anzügen gesehen.«

Er legte sie auf das Bett und stellte sich neben sie. Sie schlug ihren Morgenmantel auf — sie war nackt darunter.

»Streichle mich«, sagte sie mit flehenden Augen. »Du mußt mich streicheln.«

Er steckte seine Hand in die Tasche, und während er sich neben sie auf die Matratze kniete, zog er den Strumpf daraus hervor. Sie schloß voll Erwartung die Augen. »Oh,

gut, ja«, murmelte sie, als seine linke Hand zögernd zwischen ihre feuchten Schenkel fiel.
Mit der rechten Hand fing er an, den Strumpf um ihren Hals zu schlingen.

Frank hatte es viel zu eilig, um sich über die beiden Taschen, die bereits an Bord waren, Gedanken zu machen; er würde später bei Pan Am anrufen und darum bitten, daß man sie zurücksandte und in seine Wohnung schickte. Normalerweise lag das am Meer gelegene Städtchen Winthrop kaum zwanzig Minuten vom Logan-Airport entfernt, aber bei dem morgendlichen Berufsverkehr dauerte die Fahrt fast eine Stunde. Aber als er nur noch eine Viertelmeile vom Haus entfernt war, schaute er auf die Uhr — es war erst neun. Er lenkte den Wagen an den Straßenrand — er wollte auf keinen Fall Sondras Schönheitsschlaf unterbrechen und die Verhandlungen von vornherein gefährden.
Erst gegen zehn Uhr, als er sicher war, daß Sondra mittlerweile wach sein würde, setzte er seine Fahrt fort und parkte den Wagen in der Auffahrt hinter Sondras rotem MG. Er läutete mehrmals, aber niemand antwortete. Hatte sie ihn gesehen und beschlossen, nicht an die Tür zu gehen? Wenn, dann würde das nichts nützen — ganz gleich wie, sie würde ihn wenigstens anhören müssen. Er holte seinen Schlüsselbund heraus, nahm den Haustürschlüssel, den er nie abgemacht hatte, zögerte etwas und schloß dann die Tür auf.
»Sondra«, rief er.
Keine Antwort, aber er wußte, daß sie zu Hause sein mußte. Bis auf Jogger oder Spaziergänger — und Sondra gehörte zu keiner dieser beiden Kategorien — verließen sie Leute in dieser Gegend ihre Häuser nur selten ohne Wagen. Er ließ die Tür offenstehen und durchquerte erst das Wohn-

zimmer, dann die Küche. Bis auf das silberne Teeservice, das normalerweise auf dem Geschirrschrank im Eßzimmer stand, und ein paar Tassen und Untertassen, die zum Abtropfen im Spülbecken standen, war alles an seinem Platz. Erst als er ins Schlafzimmer kam, sah er sie liegen: Ihre geöffneten, jetzt ganz dunklen blauen Augen traten auf groteske Weise aus ihren Höhlen und starrten ihn an. Entsetzt taumelte er zurück, packte einen der Türknaufe, um sich daran festzuhalten, und wandte sich dann würgend ab. *Er mußte weg, mußte hier raus.* Er war erst ein paar Schritte weit auf dem Gang gekommen, als er Andy rufen hörte.
»Das ... he, bist du hier, Dad?«
Dann stand sein Sohn bereits vor ihm.
»Ich habe dein Auto in der Auffahrt gesehen«, sagte der Junge.
»Warum bist du nicht in der Schule?« fragte Frank, der sich wunderte, wie ihm jetzt eine so logische Frage einfallen konnte.
Der Junge zuckte mit den Schultern, und dann füllten sich seine Augen mit Tränen.
Frank legte seinem Sohn eine Hand auf die Schulter.
»Andy, es ist etwas passiert. Etwas Schreckliches.«
»Was?«
Herr im Himmel, wie sollte er es ihm erklären?
»Mit Mom?« fragte er schließlich, und während Frank noch um die rechten Worte rang, riß sich der Junge plötzlich los und lief auf die Schlafzimmertür zu. Frank wirbelte herum und packte ihn, aber zu spät, der Junge hatte den Körper seiner Mutter bereits dort liegen sehen.
Ein Augenblick verstrich, während er den Atem anhielt, dann richteten sich Andys entsetzte Augen auf ihn.

6. KAPITEL

Zuerst dachte Frank, daß es nur ein kurzer Besuch im Polizeirevier sein würde, wo er seine Aussage machen wollte. Aber sobald sie eintrafen, wurde Andy, bleich und mit verweinten Augen, weggeführt.

»Warten Sie mal, wohin bringen Sie ihn?« fragte Frank.

»Man wird sich um ihn kümmern«, sagte der Polizeibeamte, als er Frank in einen anderen Raum, zu einem Stuhl mit hoher Lehne führte. »Bleiben Sie hier ein paar Minuten sitzen und warten Sie. Jemand wird dann kommen, um Ihre Aussage aufzunehmen.«

»Der Junge steht unter Schock, ich sollte bei ihm bleiben.«

»Wir werden einen Arzt zu ihm schicken. Jetzt entspannen Sie sich, und später werden Sie Ihren Jungen dann wiedersehen.« Der Beamte ging zu Tür.

»Warten Sie, brauche ich einen Rechtsanwalt?«

Der Polizeibeamte zuckte mit den Achseln. »Das bezweifle ich, es sei denn, Sie haben etwas zu verbergen.« Mit diesen Worten verließ er das Zimmer und schloß die Tür hinter sich.

Frank stand auf und wanderte in dem Zimmer umher, die Hände nervös immer wieder in die Taschen steckend. Er brachte das grauenvolle Bild von Sondra nicht aus dem Kopf. Sicher, er hatte gesehen, wie sein Vater starb, aber das war etwas anderes. Dies hier war eindeutig ein Mord.

Seit er vor Monaten aus dem Haus ausgezogen war, hatte

Andy immer wieder angedeutet, daß seine Mutter Freunde hätte, aber soweit Frank wußte, war das nichts Ernstes, und sie hatte auch keinen festen Freund. Handelte es sich hier um einen Streit unter Liebenden, oder hatte sich ein Fremder gewaltsam Zutritt ins Haus verschafft? Frank waren keine Anzeichen eines solchen Eindringens aufgefallen, als er die Haustür aufgeschlossen hatte. Er schaute auf die Uhr: elf Uhr. Es war erst eine Stunde her, seit er sie gefunden hatte. Gott, warum schien das schon so lange her zu sein?

Einmal angenommen, Andy wäre früher nach Hause gekommen, wäre dabeigewesen, als man seine Mutter überfallen hatte? Das wäre leicht möglich gewesen, da er doch die Schule geschwänzt hatte. Ein Schaudern lief durch Franks Körper, während immer gleiche Gedanken in seinem Kopf herumwirbelten. Und obwohl er kein einziges Mal mehr auf die Uhr blickte, dauerte es fast bis Mittag, bis zwei Kriminalbeamte endlich den Raum betraten.

Der eine war Lieutenant Casey — ein Mann mit kantigem Kinn und wettergegerbter Haut, der das Sagen zu haben schien. Er stellte ihm den schlanken, hakennasigen zweiten Mann als Detective Dondero vor. Eine Stenographin betrat hinter ihnen das Zimmer und setzte sich diskret in eine Ecke.

»Wie geht es meinem Sohn?« fragte Frank den Lieutenant.

»Ihm geht es gut, eine Beamtin ist jetzt bei ihm.«

»Was ist mit dem Arzt? Der Polizist meinte, Sie würden ihn von einem Arzt untersuchen lassen.«

»Man kümmert sich bereits darum. Aber konzentrieren wir uns doch lieber darauf, Ihre Aussage aufzunehmen, damit Sie zu ihm können.«

Frank erzählte den gesamten Verlauf des Morgens, angefangen bei seiner Ankunft am Flughafen bis hin zu seinem Anruf bei der Polizei um Viertel nach zehn. Als er damit fertig war, nickte Casey bedächtig.

»Da gibt es einen Punkt, der mir noch nicht ganz klar ist ... Warum parkten Sie Ihren Wagen und warteten eine Stunde, bevor Sie zu Ihrem Haus weiterfuhren?«

»Ich wußte, daß sie normalerweise bis halb zehn, zehn schlief ... Ich wollte sichergehen, daß ich sie nicht aufweckte.«

Casey nickte wieder. »Sie müssen ja wissen, was Sie sagen, Chandler, Sie sind ja ein sehr vernünftiger Mensch. Aber Ihre Situation ist doch folgende: Sie haben gerade eine unangenehme Scheidungssache hinter sich — ist erst eine Woche her, richtig? Und laut der Aussage Ihres Jungen hat Ihre Frau vor Gericht Hackfleisch aus Ihnen gemacht. Himmel, die meisten Männer würden vor Wut kochen, und da kommen Sie daher und haben Angst, sie aus ihrem Schlaf zu reißen.« Casey blickte zu Dondero. »Das hier ist ein ziemlich ungewöhnlicher Typ, meinst du nicht auch?«

»Hören Sie«, sagte Frank, »mir gefallen Ihre Anspielungen überhaupt nicht. Versuchen Sie doch bitte, daran zu denken, daß ich derjenige war, der Sie angerufen hat.«

»Ja, das ist ein weiterer Punkt, den ich gerne klären würde. Sagen Sie doch mal, Chandler, hätten Sie es ebenso eilig gehabt, uns anzurufen, wenn Ihr Sohn nicht so unerwartet nach Hause gekommen wäre? Sie wollten doch eigentlich gerade das Haus verlassen, aber daß Ihr Junge heimgekommen ist, das hat Ihren ganzen Plan vereitelt.«

»Hören Sie, Chandler«, sagte Dondero und zog sich einen Stuhl heran. Er setzte sich und beugte sich vor. »Warum sind Sie uns gegenüber nicht ehrlich, damit wir Ihnen aus diesem Schlamassel heraushelfen können. Wir wissen doch, daß Sie dieses Miststück gehaßt haben ... und auch aus gutem Grund. Eine Menge Jungs hier haben dieselbe schmutzige Wäsche gewaschen, also glauben Sie ja nicht, wir verstünden Ihren Kummer nicht. Und glauben Sie bloß nicht, wir hätten das, was Sie getan haben, nicht ebenfalls machen wollen. Sie sehen also, Sie stehen hier nicht allein.«

Frank blickte von einem zum anderen. Er holte tief Luft und stieß sie dann langsam wieder aus.

»Ich will einen Rechtsanwalt«, sagte er, so ruhig es ihm möglich war.

»Haben Sie etwa den Eindruck, daß man Sie verhaften will?« sagte Casey. »Wir wollen doch nur, daß Sie uns ein paar vernünftige Antworten geben. Wahrscheinlich möchten Sie jetzt Ihren Jungen sehen. Ich meine, Ihr kleiner Junge da draußen ist inzwischen ziemlich durcheinander. Reden Sie mit ihm, und danach werden Sie sicher sein, daß Sie derjenige waren, der seine Mutter getötet hat.«

Frank wollte aufstehen, aber Casey stieß ihn zurück. Frank blickte in Caseys kalte Augen.

»Hören Sie, ich habe das Recht, einen Anwalt anzurufen, und ich werde kein weiteres Wort mehr sagen, bis ich das getan habe.«

Maggies Sekretärin stellte den Anruf in ihr Büro durch.

»Maggie, hier ist Frank Chandler«, sagte die Stimme. »Ich glaube, ich brauche einen Anwalt.«

»Was ist passiert, Frank?«

»Es ist wegen Sondra. Man hat sie umgebracht.«

Sie hielt die Luft an und sagte dann: »O Gott, das tut mir leid.«

»Man hält mich hier fest und befragt mich. Ich bin momentan im Polizeirevier von Winthrop.«
»Ich verstehe nicht ganz, weshalb Sie?«
»Ich war derjenige, der sie gefunden hat. Sie glauben, ich hätte es getan.«
»Frank, ich bin kein Strafverteidiger, aber ich kann Ihnen einen besorgen. Ich denke da an Myer Grailing. Ich kenne seine Arbeit — er ist gut.«
»In Ordnung. Aber ich möchte Sie auch sehen. Ich mache mir Sorgen um Andy. Andy ist hier, aber sie wollen mich nicht zu ihm lassen. Soweit ich begriffen habe, haben sie ihn auch schon befragt. Maggie«, er holte tief Luft, um ein Schluchzen zu unterdrücken, »der Junge steht unter Schock, und diese gottverdammten Arschlöcher machen ihm die Hölle heiß.«
»Okay, Frank, hören Sie mir zu. Sagen Sie kein Wort mehr, bis ich Ihnen einen Anwalt geschickt habe. Haben Sie mich verstanden?«
»Ich verstehe. Maggie, was werden sie mit Andy machen?«
»Man wird sich um ihn kümmern, das verspreche ich. Lassen Sie mich jetzt ein paar Anrufe erledigen und meine Termine für heute nachmittag absagen, dann komme ich sofort.«
Um zwei Uhr erreichte sie Myer Grailing, und er willigte ein, Frank als Mandanten zu übernehmen. Obwohl er erst gegen sechs Uhr nach Winthrop kommen konnte, wollte er vorher schon bei der Polizei anrufen, sie davon in Kenntnis setzen, daß er Frank Chandler vertrat, und sich die näheren Umstände des Falles erläutern lassen. In der Zwischenzeit sollte Maggie nach Winthrop fahren und sich darum kümmern, was mit Andy geschah.
Erst als sie in den Summer-Tunnel fuhr, der aus Boston

hinausführte, fiel ihr ihre Unterhaltung mit Douglas wieder ein: der Mordfall Silvers, die Frau aus dem Ghetto ... und jetzt dieser — alles Frauen, die erst kürzlich einen Prozeß gewonnen hatten, in dem es um das Sorgerecht ging. Douglas hatte einen Zusammenhang nur angedeutet ... hatte er möglicherweise recht gehabt?

Auf der Zugfahrt zurück in die Stadt saß Benny mit geschlossenen Augen auf seinem Platz. Es war erledigt ... vorbei. Und obwohl er wußte, daß er gerade eben eine völlig selbstlose Tat begangen hatte, so war es doch nicht leicht für ihn gewesen. Sosehr er sich auch bemühte, die Konditionierung abzuschütteln, die er als Kind erfahren hatte, sie saß tief in ihm fest. Vor den Großen, vor denen, die das Sagen hatten, da mußte man immer buckeln.
Aber all das war eine gottverdammte Lüge, eine Lüge, die von denen da oben verbreitet wurde, um auf den Kleinen herumtrampeln zu können. Doch Benny war derjenige, der auserwählt war, deren Geheimnisse zu lüften. Warum gerade er und nicht irgendein anderer armer Hund, das wußte er nicht. Und die Wahrheit war, daß er es vielleicht niemals erfahren würde ...
Stopf deinen Kopf nicht mit Dingen voll, die eine Nummer zu groß für dich sind, Benny.
Benny schlug die Augen nicht auf, um zu sehen, wo die Worte herkamen — das war nicht nötig. Er hätte die Stimme seiner Mutter überall erkannt.
Führ dein Leben und tu, was du tun mußt.
Ja, Mom, ich versuche es ja. Ich schwöre bei Gott, ich versuche es ja.
Und zum Glück wollte sie diesmal nichts über Adam wissen. Er wußte nie, was er ihr antworten sollte, wenn sie ihn beschuldigte, Adam verlassen zu haben.

Genau wie dein Vater, genau wie dein Vater, schalt sie ihn, und ganz gleich, wie oft er versuchte, ihr zu erklären, daß es ja ganz anders war, sie wollte nicht auf ihn hören.

Als Maggie eintraf, hatte man Frank Chandler wegen des Mordes an Sondra Chandler verhaftet. Man hatte ihn fotografiert, seine Fingerabdrücke genommen und ihn in einer Arrestzelle im örtlichen Gefängnis eingesperrt. Laut Aussage der Kriminalbeamten würde er am folgenden Morgen einem Untersuchungsrichter am Bezirksgericht zur Vernehmung vorgeführt werden. Dann könnte er auch Antrag auf Haftverschonung gegen Kaution stellen. Andy sollte zeitweilig in die Obhut des Jugendamtes überstellt werden, das hatte man bereits arrangiert.

»Ich will nicht, daß der Junge irgendwohin gebracht wird«, sagte Maggie. »Geben Sie mir etwas Zeit mit meinem Mandanten, dann werde ich für eine andere Unterbringungsmöglichkeit für den Jungen sorgen.«

Frank brauchte ein paar Minuten, um seine Gefühle soweit unter Kontrolle zu bringen, daß er mit Maggie sprechen konnte. Schließlich schaute er sie an und meinte mit gespielter Leichtigkeit: »Wahrscheinlich bin ich in einer Zelle ebenso gut aufgehoben wie in einem Gerichtssaal.«

Maggie legte ihre Hand auf die seine. »Es wird nur für eine Nacht sein, morgen werden Sie wegen der Kaution Ihren Antrag stellen. Übrigens, ich habe Myer Grailing erreicht. Er wird später kommen, um mit Ihnen zu sprechen.«

»Ja, er hat angerufen, das hat man mir ausgerichtet. Vielen Dank. Ich wollte entweder Sie oder meinen Steuerberater anrufen ... ich habe eine Münze geworfen, und Sie sind es geworden.«

Sie lächelte. »Wollen Sie mir kurz erzählen, was passiert ist?«

Als er mit seiner Geschichte zu Ende war, schüttelte sie den Kopf.

»Sie sagten, es habe ausgesehen, als hätte man sie stranguliert ... was ist mit der Mordwaffe, hat man sie gefunden?«

»Ich weiß nicht. Ich selbst habe nichts gesehen, aber ich hatte auch wirklich nicht die Nerven, danach zu suchen. Was ist mit Andy, Maggie? Er hat sie dort liegen gesehen, wissen Sie. Ich wollte ihn noch davon abhalten, dort hineinzugehen, aber es war zu spät.«

Sie seufzte und nahm dann Block und Kugelschreiber aus ihrer Tasche.

»Hören Sie, Frank, wir müssen ihn irgendwo unterbringen, zumindest für heute nacht. Sonst wird sich das Jugendamt einschalten.«

»Himmel, nein, ich will nicht, daß er dorthin kommt. Aber ich wüßte nicht, wer ...«

»Was ist mit Familienangehörigen?«

»Ich habe nur noch meine Mutter, aber die lebt in einem Altersheim. Sondra ist bei Pflegefamilien aufgewachsen.«

Schließlich fielen Frank doch drei Namen ein. Zwei davon konnte Maggie nicht erreichen ... der dritte, der sich immer wieder wortreich entschuldigte, hatte zwei Kinder mit Masern zu Hause. Schließlich bat Frank Maggie, Rita Santelli, seine Empfangssekretärin, anzurufen und zu fragen, ob jemand aus dem Büro Andy für eine Nacht unterbringen könne.

Maggie sah auf die Uhr und steckte dann den Block in ihre Schultertasche zurück.

»Wissen Sie was, es ist doch nur für eine Nacht. In Richies Zimmer stehen zwei Betten. Ich könnte ihn doch nehmen.«

Es war bereits fast neun Uhr, als Benny endlich ein paar Minuten Zeit fand, Charlie Rosetti zu besuchen. Er schlich sich auf Zehenspitzen ins Zimmer, und als er sah, daß Charlie wach war, gab er ihm eine Tüte mit Doritoes. Charlie aß ein paar davon, verschloß die Tüte, schob sie unter sein Kissen und sagte dann flüsternd, damit die anderen Kinder nicht aufwachten:
»Benny, was glaubst du, wo kommt man eigentlich hin, wenn man stirbt?«
Benny zuckte mit den Achseln. »He, was redest du hier über Sterben?«
»Ich werde sterben, das weißt du. Bald.«
»Aber seit wann bist du denn ein Arzt?«
Schweigen.
»Also, was glaubst du, Benny . . . wo kommt man hin?«
»Wo möchtest du denn hin?«
»Darüber habe ich schon nachgedacht. Weißt du noch, wie du mir erzählt hast, daß du dich einmal in den Fenway Park geschmuggelt hast, als du noch klein warst? Und daß du einen Baseball oben in den Rängen aufgefangen hast?«
»Sicher.«
»Nun, ich glaube, dort möchte ich hin, wenn ich tot bin.«
Benny nickte. »Nun, ich glaube nicht, daß du eine Eintrittskarte brauchst, um hineinzukommen.«
Charlie lächelte.
»Außerdem nehme ich an, daß du dir einen Logenplatz leisten kannst . . . und so viele Hot dogs, Popcorn und geröstete Erdnüsse, wie du möchtest. Ich meine,

wer wird sich schon mit einem toten Kind herumstreiten?«
Benny konnte trotz der Dunkelheit im Zimmer sehen, wie Charlies Lächeln immer breiter wurde.
»Ja, niemand, den ich kenne«, stimmte Charlie ihm zu.

Maggie hatte Andy mehrmals während der Vorbereitungen auf das Sorgerechtsverfahren gesehen. Als sie nun in das Büro ging, in das man ihn gebracht hatte, und ihm erklärte, daß er die Nacht bei ihr zu Hause verbringen würde, hatte er nichts dagegen. Das heißt, er sagte eigentlich gar nichts, bis sie im Wagen waren.
»Ist mein Dad verhaftet?« fragte er schließlich.
»Ja, das ist er. Aber ich nehme an, daß man ihn morgen gegen Kaution wieder entlassen wird.«
»Werden Sie sein Anwalt sein?«
»Nein, ich bin kein Strafverteidiger, Andy. Aber dein Dad hat einen sehr guten, der ihn vertritt.«
»Gut, ich bin froh, daß es nicht Sie sind.«
Verblüfft sah Maggie ihn an. Offensichtlich machte er ihr das zum Vorwurf, was bei der Sorgerechtsverhandlung geschehen war. Sie lenkte den Wagen auf den Highway.
»Es tut mir leid wegen deiner Mutter, Andy.«
Er preßte fest seine Lippen zusammen und krauste seine sommersprossige Stupsnase.
»Weißt du, meine Mutter ist auch gestorben, als ich noch sehr klein war«, sagte Maggie. »Ich kann mich erinnern, wie weh das getan hat. Ich weiß auch noch, daß ich dachte, ich würde sterben. Aber das tat ich natürlich nicht. Und obwohl das jetzt unbegreiflich für dich klingen mag, aber die Zeit heilt alle Wunden, Andy.«
»Ist *Ihre* Mutter ermordet worden?«
Maggie schluckte schwer und schüttelte dann den Kopf.

Nach einem grimmigen und schweigsamen Abendessen und einiger Zeit vor dem Fernsehapparat wuschen Richie und Andy sich, zogen sich aus und gingen ins Bett. Als Maggie die Lichter löschte und das Zimmer verließ, hörte sie, wie Richie zu Andy sagte: »Wenn meine Mom sterben würde, dann würde ich weinen. Warum weinst du nicht?«
»Warum hältst du nicht deinen Mund?« sagte Andy.
»Das muß ich nicht, das ist mein Zimmer.«
»Du wirst müssen, wenn ich zu dir komme und dir die Fresse poliere.«
Richie schien die Gefährlichkeit der Drohung des älteren Jungen abzuwägen.
»Nun, dann vielleicht. Aber ich würde immer noch weinen, wenn meine Mom tot wäre.«
Schließlich war alles ruhig ... Maggie schlich sich auf Zehenspitzen fort.

Am Telefon erzählte sie Douglas von dem Mord an Sondra Chandler und deutete auf die Parallelen zu den anderen ermordeten Frauen hin.
»Mit einer wichtigen Ausnahme natürlich, dieser Exmann hier hat kein Alibi. Eigentlich klingt es ganz so, als hätte man ihn auf frischer Tat ertappt.«
»Wie kannst du so etwas nur sagen — er hat selbst die Polizei angerufen.«
»Aber das erst, nachdem der Junge ihn durch sein Auftauchen überrascht hat. In gewisser Weise wurde er dazu gezwungen, die Polizei zu verständigen.«
»Douglas, du klingst ja wie ein Polizist.«
»Ich arbeite mit der Polizei zusammen, weißt du. Sieh doch mal, Maggie, ganz gleich, was du in dieser Situation empfindest, Tatsache ist doch, daß der Mann sowohl Motiv als auch Gelegenheit hatte.«

»Aus Zufall.«

»Mag ja sein, aber es könnte für eine Verurteilung reichen. Seine Geschichte ist schwach. Da will er wegfahren, ändert dann aber plötzlich seine Meinung. Und nicht nur das, er wartet angeblich auch noch eine volle Stunde in seinem Wagen, bevor er zum Haus seiner Exfrau fährt. Nein, das klingt nicht sehr plausibel. Du sagst, er hat sogar noch seine Bordkarte von der Pan American behalten. Wenn es ihm also gelungen wäre, ungesehen aus dem Haus zu kommen, zum Flughafen zurückzufahren und unter einem falschen Namen ein Flugzeug nach Washington zu nehmen, dann hätte kein Mensch etwas ahnen können. Richtig?«

»Nicht ganz. Anfangs hätte man bei der Pan Am vielleicht geglaubt, daß er an Bord ist, aber bei der Ankunft in Washington hätte die andere Hälfte der Bordkarte gefehlt.«

»Jetzt komm aber, Maggie, da bastelst du dir etwas zurecht. Bei Fluggesellschaften kommt es regelmäßig zu Verwechslungen, gehen oft Dinge verloren. Wichtig ist doch, daß Chandler zu seiner Konferenz in Washington eingetroffen wäre und ein hieb- und stichfestes Alibi gehabt hätte.«

»So ist es nicht gewesen, Douglas.«

»Aber du kannst meiner Logik folgen?«

»Ich habe Frank Chandler während der Scheidung recht gut kennengelernt ... Und sosehr er auch das Sorgerecht über seinen Sohn hatte haben wollen, so wäre er doch nie gewalttätig geworden. Mir ist es egal, wie logisch deine Geschichte auch klingen mag, ich bin einfach davon überzeugt.«

Sie hatte erst ein paar Minuten den Hörer aufgelegt, da kam Andy ins Arbeitszimmer. Er stand reglos einige Augenblicke da und starrte sie an.

»Was ist los, Andy?« fragte sie.
Er schluckte schwer. »Es war nicht Ihr Fehler, es war mein Fehler«, sagte er schließlich.
»Was war dein Fehler?«
»Was heute passiert ist . . . mit meiner Mutter.«
»Warum glaubst du, daß du daran schuld bist?«
»Weil ich auf meinen Dad wütend war. Er hat die ganze Woche versucht, mich anzurufen, aber ich wollte nicht mit ihm reden.«
»Warum nicht?«
Er zuckte mit den Schultern. »Ich weiß nicht. Wahrscheinlich habe ich ihm die Schuld daran gegeben, daß ich nicht bei ihm wohnen kann.«
»Ich verstehe. Aber was hat das mit deiner Mutter zu tun, Andy?«
»Verstehen Sie nicht . . . wenn ich ihm die Schuld nicht gegeben hätte, dann hätte er es nicht getan, dann hätte er sie nicht getötet.«
»Glaubst du, daß dein Dad deine Mutter umgebracht hat?«
Er starrte sie einen Moment lang an. »Sie nicht?«
Sie schüttelte den Kopf. »Nein, ich nicht.«
»Wer dann?«
»Ich weiß es nicht. Das werden wir wahrscheinlich herausfinden müssen.«
Plötzlich strömten Tränen über seine Wangen, und sie ging zu ihm hin und schlang ihre Arme um ihn. Er klammerte sich an sie, schluchzte an ihrer Brust, und sie strich ihm das rostbraune Haar aus seiner feuchten Stirn. Richie hatte recht gehabt, Andy hätte weinen sollen. Erleichtert, daß sein Vater vielleicht unschuldig war, konnte er es endlich.
Hatte Andy der Polizei ebenfalls von seinem Verdacht

erzählt? Aber natürlich ... und die Anklage würde das gegen Frank verwenden. Ein weiteres Motiv, ein stärkeres sogar noch. Und wenn ein neunjähriger Junge, der seinen Vater anbetete, bereit gewesen war, an seine Schuld zu glauben, was würden dann die Geschworenen denken?

Wie geplant kam Benny nach der Arbeit direkt zu Daisey in die Wohnung. Den ganzen Tag über hatte sie überlegt, wie sie ihn fragen sollte, aber als er schließlich vor ihr stand, da verließ sie der Mut. Doch Benny hatte — wie immer — bemerkt, daß etwas nicht stimmte.
»Was ist los?« fragte er.
Sie schüttelte den Kopf.
»Komm schon, sag es mir«, drängte er.
»Es geht mich nichts an, und es ist auch nicht wirklich wichtig.«
»Nein, jetzt sag schon, raus damit.«
Sie holte tief Luft. »Okay«, meinte sie schließlich, »du wolltest es wissen. Benny, wo gehst du jeden Morgen hin? Ich weiß, daß du einmal in der Woche zu Adam fährst, um ihn zu sehen, aber was ist mit den anderen Vormittagen? Du ziehst dich immer fein an und gehst dann mit dieser Aktenmappe aus dem Haus ... nun, ich wunderte mich eben. Aber wenn du es mir nicht sagen willst, dann mußt du auch nicht.«
Er saß ein paar Sekunden schweigend da. »Wenn ich es dir sage, dann wirst du mich für verrückt halten.«
Sie wartete.
»Ich gehe zum Gericht. Zu dem Gericht am Pemberton Square, wo die Familienrechtsangelegenheiten verhandelt werden.«
»Warum?«

»Ich höre mir die Verhandlungen über die Kinder an. Du weißt schon, Sorgerechtsfälle.«
»Wegen Adam?«
»Wahrscheinlich.«
»Wozu dann die Aktenmappe?«
Er zuckte mit den Achseln. »Das ist nur, damit niemand mißtrauisch wird, weil ich mich dort so oft aufhalte. Ich meine, ich belästige ja niemanden, ich höre nur zu.«
Plötzlich schlang sie beide Arme um ihn und küßte ihn auf die Wange.
»He, wofür ist das?«
»Weil du der liebste, netteste, sensibelste Mann bist, den ich jemals kennengelernt habe. Und es tut mir so weh, wenn ich den Schmerz sehe, der dich quält. Ich wünschte mir nur, ich könnte dir dabei helfen, ihn zu vertreiben.«
Später, als sie neben ihm im Bett lag und hörte, wie er sich hin und her warf — sie hatte bereits begriffen, daß Benny nicht sehr viel schlief —, da dachte sie intensiver darüber nach. Wenn sie doch nur etwas tun könnte, um Adam zu ihm zurückzubringen. Angenommen, sie ginge zu Claire und versuchte, mit ihr zu reden, würde sie sie überhaupt anhören? Wahrscheinlich nicht, und außerdem, hatte sie denn das Recht, sich so einzumischen? Vielleicht nicht. Aber einmal angenommen, nur angenommen, es würde funktionieren . . .
Gott, es würde Benny so glücklich machen. So nett und liebevoll Benny auch war, sie hatte ihn nie richtig glücklich erlebt . . .

7. KAPITEL

Myer Grailing, ein schmaler, strenger Mann mit graumeliertem Haar und einem borstigen Schnurrbart, war am Abend zuvor gekommen, um sich Franks Geschichte in allen Einzelheiten anzuhören. Daraufhin wies er ihn an, der Polizei keine weiteren Fragen mehr zu beantworten. Am Morgen darauf erklärte sich Frank — mit Grailing an seiner Seite — vor dem Untersuchungsrichter von Winthrop für »nichtschuldig« des Mordes ersten Grades. Der Richter überstellte Frank an die nächsthöhere Instanz, an das Suffolk-Gericht in Boston, und ordnete an, daß man ihn in das Gefängnis an der Charles Street brachte.

»Euer Ehren«, sagte Grailing und stand auf, »ich möchte einen Antrag auf Haftverschonung gegen Stellung einer Kaution beantragen. Mein Mandant ist bisher weder vorbestraft noch verurteilt worden. Er stellt absolut keine Gefahr für die Allgemeinheit dar.«

Der Staatsanwalt erhob sich. »Ich lege Widerspruch gegen Freilassung auf Kaution ein, Euer Ehren. Wir reden hier über ein schweres Verbrechen, ein Verbrechen, das mit lebenslänglicher Haft bestraft wird. Aus der mir vorliegenden Information muß ich schließen, daß der Angeklagte über ausreichende Mittel verfügt, außer Landes zu fliehen. Selbst mit einer sehr hohen Kautionssumme haben wir keine Garantie, daß er für die Verhandlung hierbleiben wird.«

»Sein untadeliger Ruf spricht für sich selbst«, sagte Grailing. »Er ist ein unbescholtenes Mitglied der Maklerinnung, besitzt und betreibt vier Maklerbüros in Massachusetts und hat einen Sitz in der Standesvereinigung der Makler. Mit Ausnahme des letzten Jahres, das er in Boston verbracht hat, war er zehn Jahre lang ein angesehener Bürger von Winthrop. Dazu kommt, daß er es als besorgter Vater keinesfalls in Betracht ziehen würde, einen Schritt zu unternehmen, der die Zukunft seines Kindes gefährden könnte.«

Der Richter schüttelte den Kopf.

»Weder kann ich mich darauf verlassen, daß er sich vernünftig verhalten wird, noch kann ich die Tatsache außer acht lassen, daß er reichlich Gelegenheit zur Flucht haben wird.«

»Mit allem nötigen Respekt, Euer Ehren, der geschäftliche Erfolg oder die Vermögenswerte meines Mandanten sollten doch wohl nicht gegen ihn verwendet werden. Auch Männer mit Erfolg sollten dieselbe Behandlung wie ihre weniger erfolgreichen Brüder verdienen. Wäre es Ihnen vielleicht lieber, ich würde Sie mit einem heruntergekommenen Subjekt konfrontieren?«

»Ein guter Versuch, Herr Anwalt, aber ich fürchte, ich werde den Köder nicht schlucken.« Er ließ seinen Hammer auf die Richterbank sausen. »Antrag auf Freilassung gegen Kaution abgelehnt.«

Grailing stand auf und führte Frank am Ellbogen aus dem Gerichtssaal. Ein Polizeibeamter folgte ihnen.

»Himmel, soll das heißen —« setzte Frank an.

»Ganz ruhig«, sagte Grailing, »das hat nichts zu bedeuten. Wir werden Sie am höheren Gericht gegen Kaution freibekommen. Für zwei Uhr ist bereits eine Anhörung festgesetzt.«

»Sie meinen, Sie haben mit der Ablehnung gerechnet?«

Grailing nickte, während er dem Beamten ein Zeichen

gab. »Die unteren Chargen machen sich die Hände lieber nicht mit wichtigen Entscheidungen schmutzig.«
»Warum haben Sie es dann überhaupt versucht?«
»Das kann ja nie schaden.« Sich an den Beamten wendend: »Ich möchte, daß mein Mandant um zwei Uhr am höheren Gericht von Suffolk ist. Haben Sie verstanden?«
Mit diesen Worten war Grailing bereits zur Tür hinaus und hinterließ einen Frank, der nur allzu gerne daran geglaubt hätte, daß Grailings forsches Auftreten auch begründet war.

Um elf Uhr machte Daisey eine Pause, ging zum Telefon im Hinterzimmer des Buchladens, schaltete den kleinen Schwarzweiß-Fernseher aus, den sie und Liz benützten, wenn sie nichts zu tun hatten, wählte die Nummer, die sie aus Bennys Adreßbuch hatte, und rief Claire an.
»Ist dort Mrs. Shandling?« fragte sie.
Nach einer langen Pause meldete sich eine kehlige Stimme: »Hier spricht Claire Cranston. Wer ist bitte am Apparat?«
Daisey blieben die Worte fast im Hals stecken, aber Bennys Bild vor ihrem geistigen Auge trieb sie vorwärts.
»Hier spricht Daisey Bradley«, sagte sie. »Sie sind doch die Claire, die mit Benny Shandling verheiratet war, oder?«
»Worum geht es denn?«
»Nun, ich bin eine Freundin von Benny.«
»Ich sehe nicht, was mich das angeht.«
»Ich dachte mir, ich könnte mich vielleicht mal mit Ihnen unterhalten. Ich würde jederzeit zu Ihnen kommen. Es ist wichtig.«
»Hat Benny Sie gebeten, mich anzurufen?«
»O nein. Er weiß nicht einmal, daß ich Sie anrufe.«
»Dann verstehe ich auch nicht, warum Sie das tun.«

»Es geht um Ihren Sohn, Adam. Benny vermißt ihn schrecklich. Ich weiß, daß Adam sich geweigert hat, ihn zu sehen, als Benny das letzte Mal bei Ihnen war, aber ich dachte mir, da sie doch seine Mutter sind und den größten Einfluß auf ihn haben . . . Nun, vielleicht könnten Sie mit ihm reden, ihn überzeugen, daß —«

Plötzlich war die Leitung tot, und Daisey ließ langsam den Hörer auf die Gabel gleiten. Mist, sie hatte nichts von dem gesagt, was sie sich zurechtgelegt hatte . . . sie war gar nicht dazu gekommen. *Nun, was jetzt, Daisey, willst du es einfach dabei belassen?*

Grailing hatte außer Maggie noch zwei weitere Zeugen über den Charakter seines Mandanten aufgeboten. »Ich glaube nicht, daß ich Sie brauchen werde«, erklärte er Maggie am Telefon, »aber es kann ja nie schaden, noch zusätzliche Munition zu haben.«

»Ich stehe Ihnen zur Verfügung, kein Problem. Franks Sohn, Andy, sitzt momentan gerade mit einem Stapel Comic-Hefte in der Bibliothek, während wir hier reden. Sagen Sie doch mal, Myer, was halten Sie denn generell von dem Fall?«

»Das sollte ich besser Sie fragen. Hat unser Mann es getan?«

»Mit anderen Worten, Sie glauben ihm seine Geschichte nicht.«

»Wir Strafverteidiger sind ein seltsamer Haufen. Unserer Meinung nach ist es nicht unser Problem, unseren Mandanten zu glauben oder nicht zu glauben. Es ist einfach unser Job, den Fall im bestmöglichen Licht zu präsentieren.«

»Nun, ich glaube, daß er unschuldig ist.«

»Okay. Um jetzt Ihre Frage zu beantworten —mir gefallendie Umstände überhaupt nicht. So, wie ich es sehe, ist unser Mann, einmal angenommen, er ist so unschuldig, wie Sie sagen — der Kandidat Nummer eins, um als Opferlamm herhalten zu müssen; es sei denn, wir finden mindestens noch eine Person mit Motiv und Gelegenheit, um etwas Zweifel an Chandlers Schuld aufkommen zu lassen.«

»Und wie wollen Sie vorgehen, diese Person zu finden?«

»Indem ich das Privatleben des Opfers überprüfe.«

»Angenommen, das Opfer kannte den Mörder überhaupt nicht?«

»Das glaube ich nicht. Laut der Information, die ich von der Polizei bekommen habe, waren keine Anzeichen eines gewaltsamen Eindringens in das Haus festzustellen. Und nach Aussage des Untersuchungsbeamten war die Dame heftig in ein Vorspiel verwickelt; man hat zwar kein Sperma gefunden, aber jede Menge Scheidenflüssigkeit.«

»Wie wurde sie stranguliert?«

»Wahrscheinlich mit einem Nylonstrumpf. Vielleicht mit ihrem eigenen . . . was natürlich typisch ist.«

»Was ist mit Tabletten?«

»Seconal. Warum fragen Sie danach?«

Maggie erzählte ihm von den Umständen, unter denen die anderen beiden Opfer den Tod gefunden hatten.

»Tut mit leid, ich glaube es immer noch nicht. Heutzutage schlucken Frauen Beruhigungsmittel und Tranquilizer doch anstelle von Aspirin. Außerdem waren in keinem der Fälle die Tabletten als Todesursache ausschlaggebend. Warum sollte ein Mann eine Frau bewußtlos machen, um sie anschließend zu erwürgen, besonders eine Frau, die sich so bereitwillig — wie im hier vorliegenden Fall — in eine kompromittierende Lage begeben hat.«

»Dann glauben Sie nicht, daß die Tatsache, daß alle diese Frauen geschieden waren, erst vor kurzem um ihre Kinder gekämpft hatten . . .«
Grailing kicherte. »Fast das halbe Land ist geschieden. Und ich würde sagen, daß die Hälfte davon vor Gericht um die jeweiligen Kinder gekämpft hat. Warum scheffelt ihr Scheidungsanwälte wohl sonst soviel Geld?«
Maggie legte den Hörer auf. Das Wissen, daß Grailing mehr als fünfundzwanzig Jahre Gerichtserfahrung vorzuweisen hatte, half ihr plötzlich gar nicht mehr: Müßte sie die Geschworenen jetzt abstimmen lassen, sie würde sicher mit einem Schuldspruch konfrontiert werden.
War sie diejenige, die naiv war, war Frank Chandler vielleicht doch schuldig?

Obwohl sie zuerst gerne mit Liz darüber gesprochen hätte, behielt sie die Idee, zu Claire zu fahren, doch für sich, nachdem Liz in den letzten Tagen Daiseys Verhältnis zu Benny sehr kritisiert hatte.
Den ganzen restlichen Vormittag und den Nachmittag über versuchte Daisey, sich die Folgen jeder weiteren Einmischung in Bennys Leben auszumalen. Aber die Wahrheit war, daß es nicht viel zu verlieren gab. Benny würde es nie herausfinden — daß heißt, nicht bevor sie Claire hatte überzeugen können. Und dann würde es Benny bestimmt nicht viel ausmachen. Ihm war einzig und allein wichtig, Adam endlich wiedersehen zu können. Was Claire betraf, das Schlimmste, was sie machen konnte, war, Daisey aus dem Haus zu werfen. Doch Daisey war entschlossen, das nicht eher zuzulassen, bis man sie angehört hatte.
So überließ sie es Liz, um fünf Uhr den Laden abzusperren, stieg in ihren alten 74er-Nova und fuhr zum Storrow

Drive, in nördlicher Richtung nach Salem, zu der Adresse, die in Bennys Buch stand.

Der kleine Junge, der die Tür öffnete, war ein Ebenbild von Benny: dieselben robusten Züge, dieselbe dunkle Haut, sogar dieselben warmen grauen Augen mit den schwarzen Punkten. Sie kniete sich zu ihm hinunter und bemerkte das rote, hammerförmige Muttermal an der Innenseite seines Handgelenks.

»Hallo du, ich bin Daisey«, sagte sie.

»Daisey, wie das Gänseblümchen?« fragte er und entblößte eine große Zahnlücke.

Sie lächelte.

»Ich bin Adam«, sagte er, streckte die Hand aus und berührte ihr gekraustes Haar. »Junge, dein Haar ist ja richtig orangerot.«

»Ja, das ist es, nicht wahr? Mir gefällt es gar nicht.«

»Mir schon, ich mag es.«

»Tatsächlich?«

»Ja, es hat dieselbe Farbe wie mein Fahrrad.« Dann: »Bist du eine Freundin von meiner Mommy?«

Sie nickte und stand dann auf. »Ist sie zu Hause?«

»Warte eine Minute«, sagte er und hielt einen kleinen Finger mit zerkauten Nägeln hoch. »Ich geh hinein und sag ihr, daß du da bist.«

Als er weg war, trat Daisey ein. Plötzlich war die Gelassenheit, die sie während ihrer Unterhaltung mit Adam empfunden hatte, wie weggeblasen, und sie spürte, wie ihre Hände zu schwitzen anfingen, als eine Frau mit kurzem, fedrig geschnittenem, aschblondem Haar hereinkam. Sie war wirklich sehr hübsch . . . Daisey konnte gut verstehen, daß Benny sich in sie verliebt hatte. Sie holte tief Luft und sagte dann: »Guten Tag, ich bin Daisey Bradley.«

Claire warf einen Blick auf ihren Sohn, der hinter ihr stand.
»Geh hinaus zum Spielen«, sagte sie.
»Aber ich möchte hierbleiben und zuhören.«
»Du hast gehört, was ich gesagt habe!« fuhr sie ihn an. Und der Junge drehte sich um und lief davon. Ihre Augen auf Daisey heftend, sagte sie:
»Ich dachte, ich hätte es heute morgen deutlich gemacht, daß wir uns nichts zu sagen haben.«
»Ich möchte Sie nur um fünf Minuten Ihrer Zeit bitten, sonst will ich nichts. Dann werde ich gehen, das verspreche ich.«
»Und wenn nicht?«
Daisey schluckte schwer und sagte dann mit einer Bestimmtheit, die sie nicht empfand: »Ich werde nicht eher gehen, bis Sie mich angehört haben.«
Claire schüttelte den Kopf und sagte dann, während sie Daisey musterte: »Sie sehen genauso aus wie eine Frau, die Benny sich als Freundin aussuchen würde.«
Doch Daisey, die auf diese offensichtliche Beleidigung nicht eingehen wollte, um ihr Anliegen nicht zu gefährden, sagte: »Ich bin hier, weil ich Benny liebe und sehe, wie sehr er leidet.«
»Ich würde sagen, es ist Ihre Aufgabe, den Kummer von ihm fernzuhalten.«
»Ich würde, wenn ich könnte, aber die einzige, die das kann, sind Sie.«
»So?«
»Reden Sie mit Adam, er wird auf Sie hören. Machen Sie ihm klar, daß sein Vater ihn liebt, daß er ihm niemals weh tun würde.«
»Was macht Sie so sicher in dem Glauben, daß er ihm nicht weh tun würde?«

»Ich kenne Benny noch nicht sehr lange, aber ich kenne ihn gut genug. Er ist einer der nettesten, sanftesten Menschen, die ich jemals getroffen habe.«
Claire lächelte höhnisch. »Das sind die Typen, die am leichtesten durchdrehen. Wenn Sie etwas von der menschlichen Psyche verstünden, dann wüßten Sie das vielleicht.«
»Sie sagen das so, als hätten Sie das gerne.«
»Daisey, Petunia . . . wie immer Sie auch heißen, es ist mir wirklich völlig egal, was aus Benny wird. Was mich angeht, so ist er verrückt. Er macht mir sogar angst.«
»Er scheint Ihnen keine Angst eingejagt zu haben, als Sie ihn heirateten.«
»Nein, aber damals war ich jung und wild darauf, mich in meiner Selbständigkeit zu beweisen; wahrscheinlich machte ich damals eine latente Trotzphase durch. Benny sah wirklich gut aus, und dann seine jungenhafte Art — er zog mich einfach an. Ein ziemlicher Unterschied zu den College-Typen, mit denen ich sonst immer ausging. Ein paar Wochen nach unserem Kennenlernen heirateten wir.«
»Was hat Sie veranlaßt, Ihre Meinung über ihn zu ändern?«
»Viel Dinge, nicht zuletzt sein Mangel an Intelligenz oder an dem Willen, etwas aus sich zu machen. Aber wie ich vorher schon erwähnte, er machte mir angst. Wissen Sie, als ich ihn kennenlernte, lebte seine Mutter noch. Ich glaube, er hat sie seit seinem sechzehnten Lebensjahr, als er die High School verließ, finanziell immer sehr unterstützt; wie ich die wenigen Male mitbekam, in denen ich mit ihrem Besuch bei uns einverstanden war, klammerte sie sich sehr an ihn und hatte großen Einfluß. Sie war sehr von ihm abhängig. Natürlich war, sobald wir verheiratet waren, von seinem Krankenhauslohn nicht mehr viel übrig, das er ihr hätte geben können.«

Daisey wartete.
»Und so hat sie Gelegenheitsarbeiten angenommen, um zu dem kleinen Betrag, den Benny ihr gab, noch etwas dazuzuverdienen. Sie hat Büros geputzt, glaube ich. Eines Abends ist sie dabei eine Treppe hinuntergestürzt und daran gestorben.«
»O Gott, wie schrecklich für Benny.«
»Von dem Zeitpunkt an hat er angefangen, sich so verrückt zu benehmen. Er hatte immer diese Alpträume und wachte schreiend davon auf, sie um Verzeihung bittend. Als ob es seine Schuld gewesen wäre, daß sie tödlich verunglückt ist.«
»Wahrscheinlich hat er das gedacht.«
Claire zuckte mit den Achseln. »Wissen Sie, ich konnte damit einfach nicht umgehen. Es war schon schlimm genug, daß ich in Armut leben mußte. Da hat es mir gerade noch gefehlt, auch noch neben einem tobenden Wahnsinnigen aufwachen zu müssen.«
Daisey schwieg ein paar Minuten und sagte dann: »An Benny ist gar nichts seltsam, außer vielleicht, daß ihm alles sehr nahe geht, bestimmt mehr als den meisten anderen Leuten. Bitte, reden Sie mit Adam, Claire, geben Sie ihm Gelegenheit zu erfahren, was es heißt, einen Vater zu haben, der ihn liebt. Benny hat das nie erleben dürfen, und deshalb ist es so wichtig für ihn, daß Adam das kann. Ohne einen Vater aufzuwachsen, hinterläßt ein Gefühl der Leere. Auch ich habe das erlebt — mein Vater ist in Vietnam umgekommen, als ich erst sechs Jahre alt war.«
Claire schüttelte den Kopf.
»Benny würde ihm nie weh tun. Warum auch, er liebt Adam mehr als sein Leben.«
Claire ging langsam auf die Tür zu; offensichtlich war Daisey damit entlassen.

»Vielleicht tut er das ja. Aber als Adams Vormund muß ich mich an das Urteil halten. Und ich glaube nicht, daß es im Interesse meines Sohnes ist, Benny als Vater zu haben.«

»Aber das ist er. Begreifen Sie denn nicht, Benny *ist* Adams Vater. Ganz gleich, was Sie denken oder sagen oder tun, diese Tatsache wird sich niemals ändern lassen! Und eines Tages wird Adam über Benny Bescheid wissen wollen! Was wollen Sie dann machen?«

Claire stand an der Tür, das Gesicht plötzlich versteinert.

»Sagen Sie mir, was sehen Sie in Benny, daß Sie sich so für ihn einsetzen? Als Liebhaber ist er doch drittklassig.«

Daisey wurde noch wütender. »Das ist eine Lüge, er ist ein wunderbarer Liebhaber!«

Claire schüttelte den Kopf. »Ich konnte eigentlich nie sagen, ob er nun gerade anfing oder schon fertig war. Aber, wer weiß, vielleicht hatten Sie noch nicht sehr viele Vergleichsmöglichkeiten.«

Daisey starrte sie an — sprachlos.

»Ich glaube, fünf Minuten haben Sie gesagt?« meinte Claire. »Entweder Sie gehen jetzt, oder ich rufe die Polizei.«

Daisey fing erst zu weinen an, als sie die Mystic River Bridge, die nach Boston zurückführte, erreicht hatte. Ihre Wut war bis dahin verraucht, und sie empfand nur noch den Kummer, den Benny mit sich herumtrug. Man beraubte ihn nicht allein der Möglichkeit, seinen Erstgeborenen aufwachsen zu sehen, zusätzlich litt er zweifellos immer noch unter dem Tod seiner Mutter. Und schleppte deswegen ein Schuldgefühl mit sich herum.

Benny sprach nur selten von seiner Mutter. Jetzt wußte Daisey, warum.

8. KAPITEL

Vor dem nächsthöheren Gerichtshof gelang es Myer, Frank Chandler gegen eine Kaution von hunderttausend Dollar freizubekommen; die Verhandlung sollte sechs Monate nach dem Zeitpunkt seiner Verhaftung stattfinden. In den folgenden Wochen wurde Maggie mit Arbeit überhäuft, und erst an einem Sonntagmorgen, als Douglas bei ihr zu Hause war, schob sie ihren Teil des *Boston Globe* beiseite und sagte:

»Douglas, erinnerst du dich noch daran, wie du die Parallelen zwischen dem Mordfall Chandler und den anderen beiden Strangulationen aufgezeichnet hast?«

Er blickte von seiner Lektüre auf und nickte.

»Und, kannst du dich noch erinnern, was du gesagt hast?«

Er lächelte, faltete seine Zeitung zusammen und legte sie zur Seite.

»Nein, aber du wirst es mir sicher gleich sagen. Stimmt's?«

»Du sagtest, 'mit einer wichtigen Ausnahme stimmte alles überein, aber dieser hier — nämlich Chandler — hatte kein Alibi'.«

»Okay, so ähnlich war es.«

»Nun, genau das ist es, Douglas. Begreifst du nicht, Frank Chandler hatte fast ein Alibi. Ich meine, wenn er wie geplant nach Washington geflogen wäre . . .«

»Ich kann dir nicht ganz folgen.«

»Nur als Theorie, aber laß uns mal annehmen, daß Frank genauso unschuldig ist, wie es dieser Silvers war, und dieser — wie heißt der Schwarze aus West Roxbury?«

»Sylvestor Bacon.«

»Okay, Bacon. Und laß uns weiter annehmen, daß eine Person für alle drei Morde verantwortlich ist. Eine Person, die jedesmal nach derselben Methode gemordet hat, eine Person, die aus den Häusern der Opfer nichts mitgenommen hat. Eine Person, die sich als jemand ausgab, von dem keine Bedrohung ausging — vielleicht als Postbote, Lieferant oder was auch immer —, so daß alle drei Frauen ihn eventuell in ihre Häuser gelassen haben.«

»Fahr fort, ich kann dir folgen.«

»Frank hatte die erklärte Absicht, zu dieser Konferenz nach Washington zu fliegen. Er hatte es sogar vorher bereits geplant, ich weiß noch, wie er mich darum bat, den Besuchstermin bei Andy auf das Wochenende vor seiner Reise festzulegen, damit es keine Überschneidungen gab. Douglas, was macht dieser Silvers beruflich?«

»Er ist Friseur, ihm gehört ein schicker Salon am Kenmore Square. Warum?«

»Hmm, das paßt gut zu meiner Theorie.«

»Willst du mich hier sitzen und im dunklen tappen lassen, oder hast du die Absicht, mich aufzuklären?«

»Douglas, der Tag, an dem ein Friseur am meisten zu tun hat, das ist der Samstag. Wenn Silvers also vorhatte, einen Jagdausflug übers Wochenende nach Maine zu machen, dann mußte er den wahrscheinlich bereits einige Zeit im voraus planen. Was ist mit Bacons Reise nach Atlanta?«

»Wenn du meinst, ob sie geplant war — das war sie. Er arbeitet als Chauffeur, und laut seiner Aussage hatte er bereits Monate vorher auf diese Reise gespart. Aber ich verstehe immer noch nicht, worauf du hinauswillst.«

»Es ist doch ganz einfach: Wenn etwas geplant wird, dann wissen andere Leute normalerweise davon. Auf jeden

Fall könnten sie es herausfinden, wenn sie wollten. Wie sich bei Mr. Silvers herausstellte, hätte er dieses Alibi nicht gehabt, wenn er sich nicht verletzt und in ärztliche Behandlung hätte begeben müssen.«

»Weiter.«

»Da nun alle drei Ehemänner bei einem Mord an ihren Exfrauen wegen der vorausgegangenen Streitereien vor Gericht als Verdächtige sofort in Frage gekommen wären, erscheint es da nicht logisch, daß jemand, der diese Frauen ermorden will, es zu einem Zeitpunkt versucht, wenn der jeweilige Ehemann am ehesten zu kompromittieren ist, mit anderen Worten, wenn er kein Alibi hat?«

»Nicht unbedingt. Unser hypothetischer Mörder hat vielleicht nicht gewußt, daß der Mann überhaupt verdächtigt wird — oder es war ihm egal.«

»Dann hör dir mal das an. Ist es nicht seltsam, daß alle drei zum Zeitpunkt des Mordes *zufälligerweise* solch wasserdichte Alibis hatten? Immer vorausgesetzt natürlich, daß Frank, wie geplant, geflogen wäre.«

»Willst du damit andeuten, daß diese Männer sich einen Killer gekauft haben? Aber das würde natürlich nicht auf Frank zutreffen, oder? Er hat den Flug doch mit Absicht versäumt.«

»Ich will auf einen gekauften Killer hinaus, der in Wirklichkeit aber niemals gekauft wurde.«

»Was, zum Teufel, soll das heißen?«

»Auf jemanden, der aus irgendeinem persönlichen Grund wollte, daß die Männer aus dem Schneider sind.«

»Warum?«

Maggie zuckte mit den Schultern — sie dachte eine Weile darüber nach.

»Damit die Väter das Sorgerecht über ihre Kinder bekommen konnten?«

»Warum sollte das unseren Mörder überhaupt interessieren?«

Nach einer weiteren Pause meinte sie: »Weil er vielleicht dachte, daß die Gerichtsurteile falsch waren?«

Douglas starrte sie an. »Waren sie es?«

»In Chandlers Fall war es so. Über die anderen weiß ich nichts, aber ich könnte mir die Akten ansehen . . .«

»Dir ist doch klar, daß du hier auf einen möglichen Psychopathen anspielst . . . auf jemanden, dessen Gedankengänge von seiner eigenen Realität verzerrt sind.«

Douglas beugte sich vor. »Du weißt, wenn du recht hättest, Maggie — und ich behaupte nicht, daß es so ist —, dann müßte man deiner Theorie nach schließen, daß derjenige, wer immer es auch ist, über die Vorgänge bei Gericht Bescheid wissen muß. Er könnte dort arbeiten, aber vielleicht auch nicht . . . Maggie, würde dir ein Fremder auffallen, der sich bei Gericht herumtreibt?«

Kurz nachdem Douglas weg war, hörte Maggie, wie die Vordertür zugeschlagen wurde. »Wer ist da?« rief sie.

»Ich bin es, Richie.«

Maggie stand auf und ging zur Tür.

»Was machst du so früh schon zu Hause? Ich sollte dich doch um sechs bei Daddy abholen.«

»Er mußte zu einem Kunden wegen eines großen Vertrages.«

»Warum hat er mich nicht angerufen, damit ich dich abhole?«

»Ich weiß nicht«, sagte Richie und verschwand schnell in seinem Schlafzimmer.

Maggie ging ihm nach. »Warum so eilig?«

»Bobby und Craig spielen Baseball nebenan, ich werde auch rausgehen.« Er nahm seinen Handschuh, Ball und

Schläger und stülpte seine Mütze von den Red Socks über sein blondes Haar. In dem Moment fiel ihr die gerötete Stelle an seinem Kinn auf.
»Was ist das?« fragte sie und nahm sein Kinn in die Hand.
»Ach, nichts, ich habe mich nur angeschlagen.«
»Wo?«
Schweigen.
»Gib mir eine Antwort, Richie.«
»Bei Daddy im Wagen, am Armaturenbrett.«
»Wie ist das passiert?«
»Daddy hat gemeint, ich soll es nicht sagen.«
»Nun, ich bin anderer Meinung. Erzähl's mir.«
Richie schaute zu ihr auf und seufzte dann. »Es ist nur passiert, weil er es nicht gesehen hat.«
»Was war es, das er nicht gesehen hat?«
»Das Stoppschild. Daddy hat es überfahren und mußte dann ganz scharf bremsen.«
»Wo war dein —«
Doch bevor sie die Frage zu Ende stellen konnte, rannte Richie aus dem Zimmer, durch die Diele und zur Hintertür hinaus. Aber Maggie konnte sich das übrige zusammenreimen. So, wie es klang, hatte Paul einen dringenden Anruf bekommen, und um die Sache noch schlimmer zu machen, hatte Richie seinen Sicherheitsgurt nicht angelegt. Und da sie Paul kannte, konnte sie nur vermuten, daß er auch getrunken hatte.

Eines Tages, als Daisey in Bennys Armen lag, fragte sie: »Wie steht es mit uns — mit mir und dir —, wollen wir ein Baby haben, Benny?«
Er fuhr abrupt hoch und schaute sie an. »Du bist doch nicht schwanger, oder?«
»Nein, noch nicht. Aber wenn du willst, daß ich —«

»Ich will es nicht.«
Er stand auf, ging zum Fenster und starrte nach draußen. Daisey stand ebenfalls auf und folgte ihm. Sie legte ihre Hände auf seine Schultern: Er zitterte.
»Warum, Benny?« fragte sie.
»Weil ich bereits ein Kind habe. Ein anderes zu bekommen wäre so, als würde ich das erste für tot erklären.«
»Das ist doch albern, eine Menge Leute haben mehr als ein Kind. Und bei diesem Kind wäre es ganz anders — du könntest es selbst großziehen. Es wäre nicht so wie bei Adam.«
Er schüttelte den Kopf. »Eines ist genug. Schau mich doch nur an, ich kann ja nicht einmal damit fertig werden.«
»Aber das ist nicht deine Schuld.«
»Natürlich ist es das, ein Vater sollte wissen, was er tun muß, um sein eigenes Kind zu beschützen. Sehe ich so aus, als wüßte ich das?« Plötzlich faßte er sich an den Kopf.
»Wieder einmal deine Kopfschmerzen, Benny?« fragte sie, während sie ihn zum Bett zurückbegleitete. Als er sich hingelegt hatte, fing sie an, seine Hals- und Rückenmuskeln zu massieren. Sie waren so verkrampft, daß sie das Gefühl hatte, sie würden ihr unter den Händen brechen.
»Es wird alles gut werden, Benny . . . alles gut«, sagte sie leise und wünschte sich mit aller Kraft, sie könnte selbst daran glauben.

Benny lag mit geschlossenen Augen da und überließ seine Muskeln Daiseys kühlen, sachverständigen Händen. Aber morgen hatte er eine weitere Arbeit zu erledigen. Warum lastete die Verantwortung nur immer auf seinen Schultern? Zuerst seine Mutter und nun das. *Nicht, das ich mich beklagen würde, Mom, das tue ich nicht. Als mein Vater weggegangen war, auf wen hättest du dich sonst verlassen sollen? Und ich wollte mich ja auch um dich kümmern ... das wollte ich wirklich. Doch manchmal, da war es so schwer ... so schwer für einen kleinen Jungen zu wissen, was zu tun war ... was zu tun war, was zu tun war ...*

Mom weinte, als der zehn Jahre alte Junge aufwachte, um ins Bad zu gehen. Er tappte barfuß in ihr Schlafzimmer.

»He, was ist los, Mom?«

Sie schüttelte den Kopf: ihr selbstgeschnittenes Haar fiel in unregelmäßigen Strähnen um ihr hageres Gesicht.

»Sag es mir, ich gehe erst dann wieder ins Bett, wenn du es mir gesagt hast.«

»Es ist nur so hart, Benny. Du weißt, ohne einen Mann ...«

»Du meinst, ohne Geld?«

»Das ... und die Einsamkeit.«

»Du hast doch mich, Mom. Und was das Geld angeht, noch ehe du dich versiehst, werde ich einen Haufen Geld verdienen können.«

Sie nickte, wischte sich mit einem Stück Toilettenpapier über die Augen, aber die Tränen wollten nicht versiegen.

Mehr als alles andere haßte er es, wenn er mit ansehen mußte, wie sie weinte, und nichts dagegen machen konnte. Er holte tief Luft und fragte dann: »Soll ich mich zu dir ins Bett legen, so, wie du es gerne hast?«

»Oh, würdest du das tun, Benny? Wenn du neben mir bist, dann fühle ich mich viel sicherer.«

Benny kroch neben sie und wandte ihrem Gesicht den Rücken zu; er wußte, daß sie ihren kleinen, nackten Körper an seinen Rücken schmiegen und mit den Fingerspitzen über seine Brust streicheln würde. Aber immer noch besser, als wenn er ihr das Gesicht zuwandte und

seine Nase zwischen ihre dicken, breiten Brüste stecken und diese merkwürdigen Gerüche, die von ihr ausgingen, einatmen würde.
»Eines Tages wirst du ein guter Ehemann und auch ein guter Vater werden«, flüsterten ihre warmen Lippen in sein Ohr.
Er nickte.
»Versprich mir, daß du ein guter Vater sein wirst. Nicht so wie dein Daddy. Versprich mir, daß du dein Kind nie im Stich lassen würdest.«
»Sicher, Mom . . . ich verspreche es dir«, sagte er, während er über seinen Vater nachdachte, von dem er nur wenig gehört hatte. Verdammt, wo war er . . . war er nicht derjenige, der das hier tun sollte?

Es war bereits Dienstag morgen, als Maggie in das Büro des Geschäftsstellenleiters am Familiengericht kam und sich die Akten über Silvers und Bacon auslieh. Sie trug die Akten zu dem neuen Gebäude und fuhr dann mit dem Aufzug in den obersten Stock, in die Gerichtsbibliothek. Sie wollte die Fälle vollständig durchgehen und dabei so objektiv wie möglich die Feststellungen der Richter bewerten.
Als sie am frühen Nachmittag in ihr Büro zurückkam, legte sie ihre Notizen vor sich auf den Schreibtisch und rief Douglas an.
»Okay, bereit für meine Schlußfolgerungen?«
»Wenn Euer Ehren so freundlich wären.«
»Okay, wir fangen mit Bacon an . . . wie du weißt, wurde der Fall vor Greenspon verhandelt. Um mit dem Nächstliegenden zu beginnen — ich war natürlich bei der Zeugenvernehmung nicht dabei. Aber der Anwalt der Beklagten — der Mutter in diesem Fall —hat einen irrsinnigen Papier-

krieg veranstaltet. Wir haben alles, eidliche Aussagen, Kreuzverhöre über die Dreißig-Fragen-Grenze hinaus, Dokumentenvorlage, Aktennotizen, Rechtsstandpunkte, eine Flut von Anträgen und eine weitere Flut von eidesstattlichen Erklärungen und Gutachten von Psychologen, Jugendamtsvertretern, Lehrern etcetera.«

»Klingt ja ganz so, als hätte sich da ein Anwalt eine goldene Nase verdient.«

Maggie kicherte. »Die Mutter hat Mittellosigkeit geltend gemacht, sie wurde kostenlos von der Rechtshilfe vertreten. Der Kläger, Sylvestor Bacon, muß nicht wenige seiner Monatslöhne hingeblättert haben, damit sein Anwalt bei dieser Papierflut den Kopf noch über Wasser hatte halten können.«

»Das ist die Taktik der Anwälte von der Rechtshilfe. Man muß die andere Seite so überrollen, daß sie nicht mehr weiß, wo es langgeht. Ganz zu schweigen davon, daß man den gegnerischen Mandanten aus dem Rennen drängt.«

»Nun, offensichtlich hat das in diesem Fall funktioniert, auch wenn die Fakten dagegen sprachen. Okay, jetzt komme ich zum springenden Punkt . . .«

»Ich bin noch da.«

»Sylvestors Anwalt hat zwei Nachbarn herbeigeschafft, die aussagten, daß Mrs. Bacon zu allen Tages- und Nachtzeiten diverse Männer in und außerhalb ihrer Wohnung hatte. Greenspon hat das als Gerücht abgetan — schließlich hat keiner der Nachbarn sie beim Beischlaf beobachtet oder gesehen, daß sie Geld dafür genommen hat. Zusätzlich hat Sylvestors Anwalt versucht, eine bestätigte und beglaubigte Kopie einer Verurteilung wegen Prostitution, ausgestellt von einem Bezirksgericht, als Beweis zugelassen zu bekommen.«

»Und die hat Greenspon auch nicht zugelassen.«

»Richtig. Mit der Begründung, daß eine vorherige Verurteilung, bei der die Verurteilte nicht von einem Anwalt vertreten wurde, nicht zulässig ist. Unnötig zu sagen, daß Mrs. Bacon in dem Fall vor dem Bezirksgericht von keinem Anwalt vertreten wurde. Nun, ist das nicht mehr als lächerlich . . .?«

»Der Präzedenzfall Staat Massachusetts gegen Cook, 1977. Aber ich stimme dir zu, das ist schlechte Rechtsprechung. Trotzdem, in dem Präzedenzfall ging es um ein schwerwiegendes Verbrechen, nicht etwa um ein minderes Delikt oder ähnliches, und außerdem ging es dabei um eine Nichtzulassung bei einem Strafrechtsverfahren und nicht bei einem Zivilverfahren um das Sorgerecht. Und es gibt sogar ein Fallrecht, das besagt, daß es zweifelhaft ist, ob dieser Fall überhaupt auf etwas anderes als ein Strafrechtsverfahren anwendbar ist. Greenspon hätte es ruhig als Beweismittel zulassen können. Besonders, da der Charakter und die Moral der Mutter von größter Wichtigkeit für ihre Fähigkeit, Kinder großzuziehen, sind.«

»Dann stimmst du mir also zu, daß das eine schlechte Entscheidung war.«

»Ganz sicher.«

»Nun, um die Sache noch schlimmer zu machen, hat eine Psychologin, die sich beide Kinder angesehen hat, ausgesagt, daß das dreijährige Mädchen deutlichste Anzeichen eines Traumas aufwies. Obwohl sie dem Kind nicht viel entlocken konnte, hat sie doch stark den Eindruck gewonnen, daß es sexuell mißbraucht worden war.«

»Gab es irgendwelche physischen Anzeichen?«

»Ein fehlendes Hymen, aber das ist noch kein Beweis. Und selbst wenn das Mädchen mißbraucht wurde, so ist das noch lange kein Beweis dafür, daß es einer der zahlenden Kunden ihrer Mutter gewesen ist. Aber es zeigt doch deutlich, unter welchen Umständen dieses Kind aufwächst.«

»Wie sind die Lebensumstände des Vaters?«

»Er ist wieder verheiratet und hat ein weiteres Kind mit seiner gegenwärtigen Frau. Obwohl sie alles andere als wohlhabend sind, so leben sie doch in einer sauberen, ordentlichen Wohnung — soweit die Aussage der Vertreterin des Jugendamtes. Die neue Frau ist eine ehemalige Lehrerin, die ihrer schriftlichen Stellungnahme zufolge sich sehr dafür eingesetzt hat, die beiden Kinder ihres Mannes für immer bei sich behalten zu können.«

Maggie seufzte. »Man braucht, glaube ich, nicht sehr viel juristischen Sachverstand, um zu wissen, daß die Kinder bei dem Vater und seiner neuen Familie besser aufgehoben gewesen wären.«

»Nun, dort sind sie jetzt ja.«

»Ja, vermutlich, oder? Okay, der nächste Fall ... Silvers gegen Silvers, Vorsitz Richter Cagney. Hier haben wir einen Fall, bei dem die Mutter im dritten Schwangerschaftsmonat fast abgetrieben hätte — sie mochte keine Kinder und wollte auch keine. Offensichtlich ist es dem Mann gelungen, ihr die Abtreibung auszureden, indem er ihr versprach, daß dies die letzte Schwangerschaft sein würde. Um seinen guten Willen zu beweisen, hat er sogar einer Vasektomie zugestimmt.«

»Himmel.«

»Das ist aber noch nicht alles. Als das Kind auf die Welt kam, hat die Mutter sich kaum um die Kleine gekümmert, bis das Kind drei Wochen alt war. Sie hat sich mit Wochenbettdepressionen entschuldigt. Dann hat sich tagsüber eine Kinderschwester um das Baby gekümmert

und abends der Mann. Die Scheidung wurde aufgrund der üblichen Zerrüttung ausgesprochen, aber der Ehemann, der einen Detektiv auf sie ansetzte, erbrachte den Beweis, daß seine Frau einen Geliebten hatte.
Jedenfalls kam der Mann eines Tages nach Hause und mußte feststellen, daß seine Sachen im Hausgang standen. Von diesem Tag an machte seine Frau es ihm fast unmöglich, das kleine Mädchen zu sehen. Jetzt hat jede Geschichte natürlich immer zwei Seiten, Douglas, aber in den vielen Unterlagen, die ich mir angesehen habe, konnte ich nirgends einen Hinweis darauf finden, daß der Vater in diesem Fall unfähig gewesen wäre.«
»Hat er Besuchs- und Umgangsrecht bekommen?«
»Jedes zweite Wochenende, aber seine Frau hat das ebenfalls hintertrieben. Bereits nach wenigen Wochen stand er wieder vor Gericht und reichte die Zwangsvollstreckung gegen seine Frau ein.«
»Wie ist die Sache ausgegangen?«
»Cagney hat sie rechtskräftig ermahnt, aber das hat offensichtlich nichts genützt. Ein erneuter Antrag auf Zwangsvollstreckung wurde von Mr. Silvers Anwalt nur wenige Tage vor dem Mord gestellt.«
Ein paar Sekunden Schweigen, und dann: »Man fragt sich manchmal, was in den Köpfen dieser Richter vor sich geht.«
»Genau das ist es, das Gesetz scheint nur selten auf Familienrechtsprobleme anwendbar zu sein oder ihnen zu entsprechen. Sorgerechtsfälle werden häufig von älteren, voreingenommenen Richtern entschieden, die nur wenig darüber wissen, wie Beziehungen funktionieren, ganz zu schweigen von Kindern.« Maggie seufzte. »Hör mal, ich muß jetzt Schluß machen. Ich habe fast den

ganzen Tag damit verbracht, in diesen Akten zu suchen. Reden wir heute abend weiter.«

»Okay. Aber wärest du vielleicht bereit, noch eine weitere Akte durchzusehen?«

»Ich dachte, das wären alle?«

»So war es auch, bis heute morgen.«

Maggie hielt den Atem an. »Noch ein Mord, Douglas?«

»So sieht es aus. Eine Frau namens Catherine O' Brien . . . erwürgt, Schlaftabletten im Blut. Der Sorgerechtsfall wurde vor knapp zwei Wochen vor Richter Farswick verhandelt. Und man glaubt es kaum — der Ehemann, Sean, befindet sich auf einer dreitägigen Geschäftsreise an der Westküste.«

9. KAPITEL

Maggie hatte Paul seit Sonntag nicht mehr erreichen können, aber Dienstag abend rief er selbst an, um zu fragen, ob er Richie am folgenden Nachmittag sehen könne.

»Keine großen Besprechungen morgen?« fragte sie.

»Okay . . . worum handelt es sich?«

»Kannst du dich an Sonntag erinnern?«

»Ich hatte einen Verkaufstermin, der unerwartet entstanden war. Du hast doch sicher nichts dagegen, daß ich mir meinen Lebensunterhalt verdiene.«

»Ich habe etwas dagegen, daß du dich nicht an unsere Abmachungen hältst. Du hättest mich anrufen sollen, damit ich Richie abhole.«

»Himmel, da tue ich dir etwas Gutes, und das einzige, was ich davon habe, sind ein Haufen Vorwürfe.«

»Paul, du hattest am Sonntag doch etwas getrunken, nicht wahr?«

»Wer sagt das?«

»Mir ist die gerötete Stelle aufgefallen, wo Richie sich am Kinn angeschlagen hat.«

»Ich habe ein Stoppschild übersehen, mußte schnell bremsen — das stempelt mich natürlich automatisch zu einem torkelnden Alkoholiker ab, stimmt's?«

Kurze Pause, dann: »Warum war er nicht angeschnallt?«

»Ich sagte ihm, er sollte den Gurt anlegen. Offensichtlich hat er nicht auf mich gehört. Aber ich kann mich noch gut daran erinnern, daß Richie einmal aus seinem Kinderstuhl gefallen ist und mit ein paar Stichen an der Lippe genäht werden mußte. Und das nur, weil du nicht darauf geachtet hast, das Brett richtig zu befestigen. Habe ich dir das je unter die Nase gerieben?«

»Das war etwas anderes, Paul.«

»Aha, und warum ... weil du diejenige warst, die nicht aufgepaßt hat, und nicht ich?«

Schweigen.

»Wirst du dich also darum kümmern, daß er morgen nach der Schule bei mir vorbeigebracht wird?«

Maggie seufzte. »In Ordnung. Aber bitte, Paul, versprich mir, daß du nichts trinken wirst, wenn er bei dir ist.«

Frank hatte das Schlafzimmer abgeschlossen und war in das Haus in Winthrop gezogen, wo er die restlichen Wochen bis zu Andys Sommerferien verbringen würde. Dann hatte er vor, das Haus zum Verkauf auszuschreiben und mit seinem Sohn in seine Wohnung nach Boston zurückzuziehen. Seit dem Mord hatte Andy sich ihm gegenüber nicht mehr richtig geöffnet, zumindest nicht so, wie es vorher immer der Fall gewesen war.

Als er an diesem Abend heimkam, entdeckte er Andy, der in der offenen Tür zum Schlafzimmer seiner Mutter stand. Frank stellte sich hinter ihn und legte eine Hand auf die Schulter des Jungen.

»Vielleicht wäre es besser, schon jetzt in die Wohnung umzuziehen. Ich könnte dich in die Schule fahren und dich am Nachmittag wieder abholen. So bräuchtest du das Ende des Schuljahres nicht zu versäumen.«

Andy zuckte mit den Schultern. »Es ist schon in Ordnung, daß wir hierbleiben, es macht mir nichts aus.«

»Ich mag es nicht, wenn du in ihrem Zimmer bist. Das bringt nur die Erinnerungen zurück.«

»Die werden sowieso nie wieder weggehen.«
»Das braucht seine Zeit. Aber wahrscheinlich klingt das ziemlich klischeehaft, hmm?«
Schweigen.
»Du glaubst doch nicht immer noch, daß ich es getan habe, oder?«
Andy schüttelte den Kopf, seine Augen wurden feucht, und eine Träne tropfte unerwartet über seine Backe. Er wischte sie mit dem Handrücken weg.
»Sag mir, Andy, was hast du?«
»Die Kinder. In der Schule sagen die Kinder, daß du ins Gefängnis mußt. Mußt du?«
»Ich habe einen guten Anwalt, Andy. Das weißt du doch.«
»Vorher hattest du auch eine gute Anwältin. Als es um das Sorgerecht ging, erinnerst du dich? Das hatte aber nicht viel zu sagen.«
»He, ich hoffe doch, daß das Rechtssystem wenigstens zu fünfzig Prozent funktioniert, oder?«
»Was, wenn nicht ... was wird dann aus dir? Und, Dad, wenn du ins Gefängnis mußt, was wird dann aus mir?«
Das war eine Frage, die Frank bewußt aus seinen Gedanken verdrängt hatte. Was wird aus Andy werden, wenn er für schuldig befunden und zu einer Haftstrafe verurteilt werden sollte?
Er würde sich darüber bald Gedanken machen, bald Pläne schmieden müssen. Nur für den Fall.

Als Douglas nach dem Abendessen zu Maggie kam, hatte er eine Menge auf dem Herzen, was er mit ihr besprechen wollte; aber erst als Richie im Bett war, kamen sie dazu.

»Du siehst aus, als würdest du gleich platzen«, sagte Maggie.

»Sieh mal, je mehr ich darüber nachdenke ... und dann noch die Informationen, die du mir heute nachmittag gegeben hast ... nun, ich bin zu dem Schluß gekommen, deine Theorie als Möglichkeit in Betracht zu ziehen. Ich hatte mich sogar schon mit Chandlers Anwalt unterhalten und meine Ermittlungsgruppe angewiesen, Silvers, Bacon und O'Brien erneut zu verhören, noch bevor ich deine Beurteilung der Familienrechtssache O'Brien überhaupt kannte. Eine der Fragen, die ich beantwortet haben möchte, ist die, ob man sich bei irgendeinem der Männer vor ihrer jeweiligen Reise über ihre Pläne erkundigt hat.«

»Und?«

»Chandler konnte sich an eine Unterhaltung erinnern, die seine Empfangssekretärin führte. Ein Mann, der dringend einen Termin mit ihm vereinbaren wollte, legte auf, als er erfuhr, daß Chandler nicht in der Stadt sein würde. Der Mann benutzte den Namen Choate — ich habe das überprüfen lassen, zweifle aber, daß es von Bedeutung ist. Wenn er mit dem Mord etwas zu tun hätte, dann hätte er sicher nicht seinen richtigen Namen benutzt. Silvers meinte, daß er solche Anrufe zu Dutzenden von seinen Stammkunden im Salon erhalten hatte.«

»Was ist mit den anderen?«

»Keiner von ihnen wußte von irgendwelchen Anrufen. Aber ich war mir dieser Sache so sicher, daß ich bereits mit McGivins darüber sprach.«

»Tatsächlich? Was hat er gemeint?«

»Nun, zuerst hielt er es für etwas abwegig, aber er konnte schlecht die Parallelen ignorieren. Doch er hat mich auf das größte Problem hingewiesen, das sich uns stellen wird, wenn wir annehmen, daß ein einzelner Mann verantwortlich ist. Und wir gehen davon aus, daß es ein Mann ist, da Erwürgen eine fast ausschließlich männliche Mordmethode ist.«

»Und was ist das Problem?«

»Wer immer es gewesen ist, er hat es geschafft, in die jeweiligen Wohnungen eingelassen zu werden. Im Fall Chandler ist er sogar ins Schlafzimmer gebeten worden. Ich habe nun bereits veranlaßt, daß die betreffenden Ehemänner von der Polizei befragt wurden, ob vielleicht eine der Ehefrauen eine der anderen Frauen gekannt hatte. Ich weiß, das war unwahrscheinlich, aber ich dachte mir, vielleicht hatten sie tatsächlich einen gemeinsamen Bekannten.«

»Ich vermute, die Möglichkeit hast du inzwischen gestrichen.«

»Richtig. Jetzt bleibt uns wahrscheinlich nur noch die Annahme, daß er sich als Handwerker, Installateur, Gasableser, Postbote oder ähnliches ausgegeben hat.«

»Ist das so unwahrscheinlich?«

»Würdest du einen Gasableser so ohne weiteres ins Haus lassen?«

Maggie dachte einen Augenblick darüber nach. »Vermutlich nicht, zumindest nicht, wenn ich allein wäre.«

»Heutzutage reagieren die meisten Frauen so. Es sei denn, es ist jemand gewesen, der etwas Bestimmtes über sie wußte, etwas, das ein Außenstehender normalerweise nicht wissen konnte.«

»Er könnte etwas über den Sorgerechtsfall gewußt haben.«

»Sicher, aber wer, außer ihrem Anwalt — den die Frau mit Sicherheit erkannt hätte —, sollte sonst schon vor ihrer Tür auftauchen? Besonders, das darfst du nicht vergessen, da der Fall ja bereits entschieden und vorüber war.«

»Ich weiß nicht recht. Vielleicht jemand, der bei Gericht arbeitet?«

»Ich lasse das gesamte Personal gerade von meiner Ermittlungsgruppe überprüfen, aber ich weiß nicht so recht. Jeder, der bei Gericht arbeitet, hätte Schwierigkeiten gehabt, diese Verbrechen zu begehen. Du darfst nicht vergessen, daß sich das alles am Morgen abgespielt hat . . . wenn diese Leute eigentlich bei der Arbeit sind.«

»Sag doch mal, was schlägt McGivins vor, was sollst du jetzt unternehmen?«

»Nun, selbstverständlich werden wir die Sicherheitsmaßnahmen bei Gericht verschärfen. Alle Leute, die das Gebäude betreten, werden sich ausweisen und in eine Liste eintragen müssen. Wir werden zusätzlich die obersten Richter und die Justizbeamten verständigen. Aber solange wir keinen Verdächtigen unter dem Personal vorzuweisen haben, werden wir die Fragen auf ein Minimum beschränken müssen. Wir wollen weder die Leute unnötig ängstigen noch unseren Mann warnen.«

Maggie erschauderte. »Es ist seltsam, Douglas . . . es kommt mir jetzt erst so richtig zu Bewußtsein. Aber wenn da ein Verrückter im Gericht herumläuft, dann bin ich vielleicht schon ein dutzendmal an ihm vorbeigegangen, ohne es zu wissen.«

Als Maggie am folgenden Nachmittag ins Gerichtsgebäude kam, bemerkte sie sofort die zusätzlichen Sicherheitsvorkehrungen. Um dem Gedränge zu entgehen, betrat sie das Gericht durch eine verborgene kleine Tür im Untergeschoß, die nur den Anwälten und Leuten, die im Hause arbeiteten, bekannt war. Sie nahm den antiquierten Aufzug in den zweiten Stock und steuerte dann das Büro des Geschäftsstellenleiters an, um sich die Akte

O'Brien zu holen. Von dort aus ging sie in die Bibliothek weiter.

Als sie auf dem Rückweg von dort am Richterzimmer vorbeikam, erkannte sie Gerard Campbell an seinem lebhaften Gang. Er wollte gerade um die Ecke biegen, als sie ihn sah.

»Schön, daß Sie wieder da sind, Herr Richter«, sagte sie lächelnd. »Wir haben Sie hier sehr vermißt.«

Er blieb stehen und wartete auf sie; seine ebenmäßigen Gesichtszüge wurden von genau der richtigen Menge grauer Strähnen an den Schläfen veredelt.

»Maggie. Das ist genau die Art von Begrüßung, die mir gefällt. Bis jetzt habe ich mir nur Beschwerden über mein langes Wegbleiben anhören müssen und stapelweise unerledigte Arbeit auf meinem Schreibtisch vorgefunden.«

Sie unterhielten sich zwanglos ein paar Minuten, dann sagte Campbell: »Maggie, soweit ich informiert bin, haben Sie mit diesen schrecklichen Dingen, die momentan im Haus vor sich gehen, näher zu tun ... mit dieser Untersuchung bezüglich der ermordeten Frauen, die kürzlich erst einen Familienrechtsprozeß gewonnen haben.«

»Nur insofern, als einer der Verdächtigen ein Mann ist, den ich hier bei einem Sorgerechtsfall vertreten habe. Und dann habe ich mir auch noch die anderen Fälle etwas näher angesehen«, sagte sie, zögernd auf die Akte in ihrem Arm deutend. »Nur um herauszufinden, ob man die Entscheidungen unter Umständen auch für ... na sagen wir mal, schlecht befinden könnte.«

»Aha, wir spielen also Zweitrichter. Ich würde sagen, das ist eine gefährliche Beschäftigung, die man meinen berüchtigten Kollegen besser verschweigen sollte. Sie würden es nicht sehr freundlich aufnehmen. Wie Ihnen ja wohl bekannt sein dürfte, gibt es dafür die Möglichkeit der Berufung, die eben zu diesem Zweck geschaffen wurde.«

Maggie lächelte trotz seiner strengen Verwarnung. Sie hatte ihren allerersten Fall vor Campbell verhandelt und wußte, daß er ein anständiger Kerl war. Nie hatte sie mit ihm Schwierigkeiten gehabt.
»Was das betrifft, ich werde es ihnen nicht erzählen, wenn Sie ebenfalls den Mund halten.«
Er nickte. »Auf jeden Fall macht mir die Sache Sorgen. Wenn das stimmt, was der Vertreter der Staatsanwaltschaft vermutet, dann werden wir uns schließlich wohl drastischere Maßnahmen überlegen müssen. Die Gerichtsverhandlungen sind allen zugänglich, das ist die einzige uns zur Verfügung stehende Möglichkeit, um uns gegen Machtmißbrauch abzusichern. Der Gedanke, wir müßten wegen irgend so eines Verrückten gänzlich die Öffentlichkeit ausschließen, würde mir gar nicht behagen.«
Maggie nickte. »Nun, hoffen wir, daß es nicht so weit kommt.«
Campbell wandte sich bereits zum Gehen, meinte dann aber noch: »Werden Sie den Vertreter der Staatsanwaltschaft . . . diesen Woods, noch sprechen, Maggie?«
Sie nickte. »Wahrscheinlich heute abend.«
»Gut. Schlagen Sie ihm doch mal vor, sich bei der Union der Väter umzuhören. Es handelt sich dabei zwar um eine legitime Gruppierung, die solchen Vätern in Notlagen sowohl als Ansprechpartner als auch als funktionierendes Hilfswerk dient, aber einige der Mitglieder neigen doch zu gefühlsmäßiger Instabilität. Und es ist nicht ungewöhnlich, daß einige dieser Mitglieder sich Verhandlungen über Sorgerechtsfälle anhören.«

Maggie dachte über Campbells Vorschlag nach — er war gut. Sie würde ihn Douglas gegenüber heute abend bestimmt erwähnen. Sie hatte eben die Akte dem Geschäfts-

stellenleiter zurückgegeben, als sie hörte, wie ihr Name über das Lautsprechersystem ausgerufen wurde.
»Kann ich das Gespräch hier annehmen, George?« fragte sie den Beamten.
Er schob ihr ein Telefon hin, das auf der Theke vor ihr stand, und sie nahm den Hörer ab.
»Hier Maggie Grant«, meldete sie sich.
Die Verbindung kam zustande. »Maggie, hier ist Veronica«, sagte ihre Sekretärin.
»Was gibt es?«
»Versprich mir zuerst, daß du dich nicht aufregen wirst. Er wird wieder in Ordnung kommen —«
Maggies Herz fühlte sich plötzlich bleischwer an. »Richie . . . ist irgend etwas mit Richie passiert?«
»Man hat ihn ins Beth-Israel-Krankenhaus gebracht.«
»Mein Gott, was ist passiert?«
»Da bin ich mir nicht so ganz sicher, Maggie. Paul hat irgendwas darüber gesagt, daß Richie im Pool schwimmen war — der wurde erst letzte Woche gefüllt. Zum Glück hat ihn der Hausmeister dort gefunden, bevor er zu lange unter Wasser war. Er hat ihn mit Mund-zu-Mund-Beatmung wiederbelebt, bis der Krankenwagen kam.«
»Wo war Paul in dieser Zeit?«
»Ich weiß es nicht, Maggie. Aber meiner Unterhaltung mit ihm nach zu schließen, offensichtlich nicht bei Richie.«

Benny war überrascht gewesen, als er an diesem Morgen die strengen Sicherheitsvorkehrungen am Eingang des Gerichtsgebäudes bemerkte. Vielleicht eine Bombendrohung, dachte er . . . so etwas passiert gelegentlich. Um der Durchsuchung zu entgehen, steuerte er die kleine Tür im Untergeschoß an, die, die von den Anwälten benutzt wurde. Er hatte heute den ersten Tag eines weiteren Falles gehört, bei dem wieder Greenspon den Vorsitz hatte. Und obwohl er nur ungern so tat, als wüßte er alles — oder als würde er nicht wirklich sorgfältig die Lage analysieren —, so wurde es doch immer weniger schwierig, die richtige Entscheidung zu fällen.

Heute hatte er es so eingerichtet, früher von der Arbeit wegzukommen. Das hatte er nie zuvor getan, aber heute war auch ein besonderer Tag: Es war Daiseys Geburtstag. Also ging er mit seiner Tüte Doritoes etwas früher zu Charlie, und so gegen fünf Uhr wartete er vor dem Antiquariat, das grüne Papier umklammernd, in dem der Strauß aus Gänseblümchen und Narzissen steckte, den er für diese Gelegenheit gekauft hatte.

»Benny, was machst du denn hier?« fragte Daisey, als sie sich umgedreht und ihn entdeckt hatte, nachdem sie sich von Liz verabschiedet hatte.

»Das ist vielleicht eine Begrüßung.«

»Aber was ist mit der Arbeit, bist du nicht im Krankenhaus?«

»Heute ist doch dein Geburtstag, oder?«

»Nun, ja, aber —«

Er drückte ihr die Blumen in die Hand; sie nahm sie und blickte dann zu ihm auf. Er konnte Tränen in ihren Augen sehen.

»He, was habe ich angestellt?« fragte er.

Sie zuckte mit den Achseln. »Ich bin nur so glücklich. Warum bist du so gut zu mir?«

Er steckte seine Hände in die Taschen, schaute zuerst auf seine Füße und sah dann schließlich sie wieder an.

»Magst du chinesisches Essen, Daisey?« fragte er.

Sie nickte. »Sicher.«

»Gut, ich habe in einem netten Restaurant in Chinatown einen Tisch reservieren lassen.«

»Aber ich sehe schrecklich aus. Ich müßte erst einmal heimgehen und mich umziehen.«
»Du bist ganz in Ordnung — du siehst hübsch aus.«
»Meinst du wirklich?« fragte sie und fuhr sich mit der Hand durch ihr krauses rotes Haar.
»Wenn ich es nicht dächte, würde ich es dann sagen?«
Sie lächelte und hakte sich dann bei ihm unter. »Nein, wahrscheinlich nicht. Sollen wir meinen Wagen nehmen?«
»Nein, es ist ein so schöner Tag, gehen wir zu Fuß.«
Sie spazierten eine Weile nebeneinanderher, dann sagte er: »Es geschehen eine Menge schlimmer Dinge in diesen Tagen, Daisey. Du würdest nicht glauben, was für Dinge ich in den Gerichtssälen mit ansehen muß. Das macht mich wütend, richtig wütend.«
»Wenn es dich so aufregt, dann solltest du vielleicht nicht mehr hingehen, Benny.«
»Ich habe keine andere Wahl mehr, Daisey. Weißt du, wenn man so etwas einmal anfängt, dann kann man nicht plötzlich damit aufhören. Manchmal wünscht man sich, man könnte, aber es geht nicht.«
»Warum nicht?«
»Weil man davon betroffen ist, weil es zu deinem Fall wird . . . fast wie eine Rechtfertigung, daß man existiert. Und ganz gleich, wieviel du tust oder versuchst zu tun, es bleibt immer noch etwas übrig, das getan werden muß.«
Daisey schaute zu ihm hoch und musterte sein gutgeschnittenes Profil, während sie Arm in Arm weitergingen. Benny trug immer so bereitwillig die ganze Last der Welt auf seinen Schultern. Das war nicht richtig. Ein Mensch wie er hatte doch ein Anrecht auf echtes Glück. Wenn doch nur sie — Daisey — wüßte, wie sie es ihm verschaffen könnte . . .

10. KAPITEL

Maggie ging direkt zu ihrem Tiefgaragenstellplatz, der auf halbem Weg zwischen ihrer Kanzlei und dem Gerichtsgebäude lag, und innerhalb von zwanzig Minuten war sie im Beth-Israel-Krankenhaus in Brookline. Kaum hatte sie den Warteraum der Notaufnahme betreten, entdeckte sie Paul, der vornübergebeugt in seinem Stuhl saß und den Fliesenboden anstarrte.

»Wo ist er?« fragte sie.

Er blickte hoch und stand auf. »Behandlungsraum sechs. Er ist in Ordnung, Maggie . . . ehrlich. Sie wollen ihn nur aus Vorsicht über Nacht hierbehalten. Aber sonst —«

»Wo warst du, als es passierte?«

Paul biß sich auf die Lippen. »Oben, in der Wohnung.«

»Du hattest getrunken, stimmt's?«

Ein kurzes Zögern, dann: »Einen, vielleicht zwei Drinks. Aber ich war nicht betrunken. Das mußt du mir glauben, Maggie, ich war nicht betrunken. Ich war im Schlafzimmer . . . im Bad . . . wer weiß. Kinder sind so schnell. Er muß sich an mir vorbeigeschlichen haben, als ich nicht aufpaßte.«

»Er hätte sterben können, Paul. Zum Teufel mit dir — er hätte sterben können! Und alles, was du kannst, ist, hier herumzustehen und Entschuldigungen vorzubringen, warum es nicht deine Schuld war.«

Schweigen. Seine Augen waren feucht.

»Versuch nicht, mich wiederzusehen, Paul. Tu uns diesen Gefallen, uns allen.«

»Warte, was sagst du da?«
»Ich sage, daß ich kein Risiko mehr eingehen werde, was Richies Sicherheit anbelangt. Ich habe bereits zuviel riskiert. Ich will nicht, daß du ihn wiedersiehst.«
»Er ist mein Sohn . . . Solche Unfälle passieren. Es kommt gar nicht in Frage, daß ich die Rechte an meinem Sohn aufgebe.«
»Dann schätze ich, daß wir das vor Gericht klären müssen, oder? Ich setze dich hiermit in Kenntnis, daß ich mich morgen früh um ein Unterlassungsurteil bemühen werde, in dem ich das Gericht bitte, dir jeden weiteren Umgang mit Richie zu verbieten. Innerhalb der nächsten zehn Tage wird dann eine Anhörung über eine einstweilige Verfügung anberaumt werden. Wenn du dort erscheinst, wirst du reichlich Gelegenheit haben, deine Sicht der Dinge darzulegen.«
Mit diesen Worten drehte sie sich um und eilte zum Behandlungsraum Nummer sechs.
»Damit wirst du nicht so ohne weiteres durchkommen! Hörst du mich, du Miststück?« schrie Paul ihr nach.

Als sie nach Hause kamen, stellte Daisey den Blumenstrauß in einen Saftkrug, der mit Wasser gefüllt war.
»Weißt du«, sagte sie, die Blumen betrachtend und dann Benny anlächelnd, »daß mir noch nie zuvor von jemandem Blumen geschenkt worden sind?«
»Als ich noch ein Kind war, da kaufte ich meiner Mutter an besonderen Tagen, wie zum Beispiel am Valentinstag, immer Blumen. Natürlich nicht so viele Blumen wie diese hier . . . vielleicht eine oder zwei, das hing davon ab, wieviel Geld ich in der Tasche hatte und ausgeben konnte.«
Daisey sah ihn an, überrascht und zufrieden, daß er endlich die Sprache auf seine Mutter brachte.

»Sie hatte Glück, einen Sohn wie dich zu haben. Die meisten Jungen, die ich kannte, gaben ihr Geld für ihre Freundinnen aus.«

»Ja, vermutlich . . .«

Mom, die ihr bestes Kleid anhatte, stellte eine der Blumen, die er ihr geschenkt hatte, in eine kleine, weiße Vase, die sie dann mitten auf dem Tisch plazierte . . . die andere hatte sie wie ein junges Mädchen in ihrem Haar befestigt.

Wie immer hatte sie zum Valentinstag ein besonderes Essen vorbereitet. Der Tisch war mit roten Kerzen gedeckt, und es gab Wein und Schokoladenherzen als Nachspeise. Servietten, Gabeln und Messer waren an diesem speziellen Tag ordentlich neben den Tellern aufgelegt.

Der zwölfjährige Junge setzte sich gegenüber seiner Mutter hin, und sie goß ihm ein halbes Glas Wein ein. »Laß es dir nicht zu Kopf steigen, Benny«, meinte sie lächelnd und füllte dann ihr eigenes Glas bis zum Rand.

Er nahm einen Schluck, obwohl er den Geschmack von Wein haßte.

»Deine Serviette, Benny . . .«

Er breitete sie hastig auf seinem Schoß aus.

»Du wirst allmählich richtig groß, Benny, fast schon ein Mann.«

»Bald werde ich einen Haufen Geld verdienen. Dann werde ich dir jeden Tag Blumen kaufen können.«

Sie lächelte, nahm einen Schluck Wein und setzte dann das Glas ab. »Das denkst du vielleicht jetzt, aber wenn du älter wirst, dann wirst du eine Frau haben und die Blumen für sie kaufen, Benny, nicht für mich.«

»Ich werde sie euch beiden kaufen. Wie wär's damit?«

Später war Mom angeheitert und müde von dem Wein, den sie getrunken hatte, so daß Benny ihr ins Bett helfen und sie wie immer, wenn sie zuviel Wein getrunken hatte, ausziehen mußte. Aber diesesmal, als sie die Augen schloß und einschlief, deckte er sie nicht zu . . . statt dessen betrachtete er ihren Körper, sah sich ihren Körper zum erstenmal richtig an. Dann, als seine Hand sich von selbst bewegte, streckte er sie aus und erkundete die feuchte Stelle zwischen ihren Beinen.

Schließlich zog er die Hand wieder zurück . . . zum Glück war sie nicht aufgewacht. Als er ans Waschbecken eilte, um sich die Hand zu waschen, war ihm klar, daß er eben etwas getan hatte, das er nie jemandem erzählen würde. Nicht seiner Mutter, keinem.

»Benny.«

Er schaute zu Daisey auf.

»Woran hast du gerade gedacht, Benny?«

Er zuckte mit den Achseln. »Ich habe nur an meine Mom gedacht. Es hat ihr wirklich ein Mann gefehlt, der sich um sie gekümmert hätte.«

»Aber sie hatte doch dich, Benny.«

»Sicher . . . aber schließlich habe ich auch geheiratet und sie allein gelassen.«

»Aber das hat sie sich doch für dich gewünscht; mehr als alles andere wollte sie doch, daß du glücklich bist und eine eigene Familie hast.«

Er sah sie an. »Ja, das hat sie immer gesagt . . . Aber woher weißt du das?«

Daisey ging zu ihm hin und schlang ihre Arme um ihn. »Das ist etwas, was alle Mütter für ihre Söhne wollen, Benny, weil sie sie lieben. Weißt du das nicht?«

Maggie sprach mit dem Arzt — offensichtlich war Richie ungefähr drei oder vier Minuten unter Wasser gewesen. Ein paar Minuten länger, und er wäre gestorben. Den Tests nach zu urteilen, die bereits gemacht worden waren, würde Richie keinen Gehirn- oder Lungenschaden davontragen, aber als Vorsichtsmaßnahme hielt der Arzt es für das beste, daß der Junge über Nacht im Krankenhaus blieb.

Um zehn Uhr schlief Richie ein, und Maggie hinterließ ihm eine kurze Nachricht, daß sie ihn am nächsten Tag kurz vor Mittag abholen würde. Sie steckte den Zettel ein Stück unter das Kissen, küßte Richie auf die Wange und ging dann leise aus dem Zimmer. Erst als sie in die Dunkelheit des Parkplatzes trat, fingen die Tränen an zu fließen, die sich so lange in ihr angesammelt hatten.

Schließlich wischte sie sich über die Augen, schneuzte sich, holte tief Luft und ging zu ihrem Wagen. Sie mußte nach Hause. Es war eine Menge zu erledigen heute abend. Zusätzlich zu ihrem Antrag auf einstweiligen Ausschluß vom Umgangsrecht, der Pauls Besuchsrechte einschränken sollte, würde sie zur Unterstützung ihrer Forderung noch eine eidesstattliche Erklärung niederschreiben. Und morgen würde sie damit in eigener Sache zur Parteienanhörung gehen. Obwohl sie jetzt in Brookline lebte, das zum Bezirk Middlesex gehörte, hatte die Scheidung von Paul in Suffolk stattgefunden, so daß sie die neue Klage dort einbringen mußte.

Das Problem war nur, wie sollte sie Richie beibringen, daß er seinen Vater nicht mehr sehen konnte? Erwachsene kann man normalerweise durch ein bestimmtes Verhaltensmuster überzeugen ... der Beklagte ist ein gewohnheitsmäßiger Trinker, der Beklagte ist unfähig, unter Alkoholeinfluß verantwortlich zu handeln, deshalb kann dem Beklagten die Obhut eines Kindes nicht anvertraut werden. Aber was hatte all das einem Kind zu sagen? Nichts.

Für ein Kind steht die Liebe im Vordergrund; und obwohl

Paul sich ständig als verantwortungslos erwies, glaubte selbst Maggie, daß Paul Richie von Herzen liebte. *Aber Liebe ist nicht genug, Paul. Jetzt muß ich deinen Sohn — zum Teufel mit dir, daß du mich in diese Lage gebracht hast — irgendwie davon überzeugen.*

Auf dem Anrufbeantworter waren drei Nachrichten von Douglas, in denen er sie bat, ihn sofort zurückzurufen, ganz gleich, zu welcher Zeit sie nach Hause kommen würde.

»Ich komme gleich bei dir vorbei«, sagte Douglas, als sie ihm die Einzelheiten von Richies Unfall erzählt hatte.

»Nein, mir geht es gut, ehrlich.«

»Bist du sicher?«

»Ganz sicher. Ich möchte mit diesen Unterlagen fertig werden.«

»Willst du den Antrag selbst stellen?«

»Ich habe keine andere Wahl, da ich will, daß schnell verhandelt wird. Zur Anhörung werde ich jedoch Joyce Whitestone bitten, sie hat meine Scheidung geregelt. Morgen erwarte ich keinen Widerspruch, aber bei der Verhandlung . . . nun, das ist etwas anderes. Ich nehme an, daß Paul dabeisein wird.«

»Wo wirst du morgen sein?«

»Nach dem Gericht werde ich Richie abholen. Dann werde ich den Tag mit ihm verbringen. Wenn er Lust hat, gehen wir vielleicht zum Mittagessen und danach zur Nachmittagsvorstellung ins Kino.«

»Schön. Versprich mir, daß du mich anrufen wirst, falls du mich brauchst.«

»Ich verspreche es dir.« Aber gerade, als sie auflegen wollte, fiel ihr noch etwas ein: »Oh, zwei Dinge noch, Douglas . . . zum einen habe ich mir O'Briens Akte angesehen; obwohl ich glaube, daß Farswick eine schlechte Entscheidung getroffen hat, war es doch in diesem Fall nicht so eindeutig wie in den anderen Fällen. Ich kann dir ja morgen abend Näheres darüber erzählen. Außerdem habe ich heute nachmittag Richter Campbell getroffen. Er war gerade wieder zurück. Er bat mich, dir vorzuschlagen, dir die Union der Väter anzusehen. Viele dieser Männer haben einiges mitgemacht, als es um ihren Sorgerechtsfall und ihre Umgangsregelung ging.«

»Bedank dich an meiner Stelle bei ihm, Maggie ... Das ist ein guter Vorschlag, aber ich habe bereits daran gedacht. Während wir uns hier unterhalten, wird gerade eine Liste mit Daten und Versammlungsorten zusammengestellt.«

Sobald Maggie das Gespräch mit Douglas beendet hatte, trug sie die transportable Schreibmaschine zum Couchtisch, spannte Papier ein und fing an, den Antrag auszuarbeiten. Sie hatte noch keine fünf Minuten geschrieben, als das Telefon klingelte. Sie nahm den Hörer ab.

»Hallo.«

»Maggie ... hier ist Paul.«

Sie zögerte. »Was willst du?«

»Ich möchte nur sagen ... ich will dir sagen, daß es keine Entschuldigung gibt. Keine. Du hast gehört, ich sagte, keine. Aber du mußt verstehen, daß ich das Kind liebe ... das weißt du doch, Maggie, oder?«

»Du bist betrunken.«

»Nein, nein, nein ...«

»Gott, siehst du nicht, was du dir selbst — und Richie antust? Wenn du schon auf dich selbst nicht aufpassen kannst, kannst du dann nicht wenigstens auf ihn aufpassen?«

»Morgen ... ich werde ihn morgen holen.«

Maggie legte auf. Wieder läutete das Telefon, viermal

hintereinander, aber Maggie tippte weiter. Gegen ein Uhr, als sie die Unterlagen fertig hatte, rief sie im Beth-Israel, in der Schwesternstation der Kinderabteilung an: Richie ging es gut, er schlief immer noch.

Benny hatte eigentlich die Absicht gehabt, sich den zweiten Tag der Verhandlung, die gestern angefangen hatte, anzuhören — das heißt, bis er Margaret Grants Name auf der Liste mit den Parteienanhörungen entdeckte. Heute, wie an jedem anderen Tag auch, ging er zu dem großen Verhandlungssaal im zweiten Stock, um sich die Listen anzusehen, die auf dem Schreibtisch des Justizbeamten auslagen, damit die Anwälte sich dort eintragen konnten. Doch er war sehr erstaunt, als er las: Margaret Grant gegen Paul Grant ... Margaret Grant, in eigener Sache. Diesmal war es nicht ein fremder, sondern ihr eigener Fall. Und sie hatte die Absicht, ihn selbst vorzutragen.

Er saß bereits mit zweiunddreißig anderen Anwälten im Gerichtssaal — Benny zählte sie immer —, als er Maggie Platz nehmen sah. Der Protokollführer verlas die Anwesenheitsliste, und die Anwälte meldeten sich. Doch als ihr Name aufgerufen wurde, stand sie auf, ging zum Protokollführer und sprach leise auf ihn ein. Dann ging sie auf ihren Platz zurück.

Obwohl Benny nicht gehört hatte, was sie zu dem Beamten gesagt hatte, so konnte er es sich doch gut vorstellen. Nun trat Richter Campbell ein, und der Protokollführer rief Margaret Grants Namen als ersten auf. Sie ging zur Richterbank und händigte dem Richter mehrere Papiere aus. Er las sie und blickte dann auf sie hinunter.

»Liegt kein Widerspruch vor?« fragte der Richter.

»Nein, Euer Ehren.«

»Haben Sie die andere Seite in Kenntnis gesetzt?«

»Gestern abend habe ich den Beklagten mündlich in Kenntnis gesetzt.«
Er nickte. »Gut, ich werde diesem Antrag auf einstweiligen Ausschluß vom Umgangsrecht zustimmen. Paul Grant ist hiermit jeder weitere Kontakt mit dem Kind Richard verboten, bis dieses Gericht hier die Gelegenheit hatte, beide Parteien anzuhören.« An den Protokollführer gewandt, der zu Füßen der Bank an einem Schreibtisch saß, meinte er: »Die Verhandlung über eine einstweilige Verfügung soll innerhalb von zehn Tagen angesetzt werden.«
»In der nächsten Woche ginge es«, sagte der Beamte. »Am Mittwoch, den 14. Juni.«
Der Richter sah zu Maggie. »Ist der Termin akzeptabel für Sie, Maggie?«
Sie nickte.
»Und Sie werden sich darum kümmern, daß Sie gut vorbereitet sind?«
»Ja, Euer Ehren. Ich danke Ihnen.«
Margaret unterhielt sich noch ein paar Minuten mit dem Protokollführer und ging dann. Benny blieb sitzen, in seinem Kopf hallte noch immer das wider, was er eben mit angehört hatte. Bei drei Gelegenheiten war er Zeuge gewesen, wie Margaret Grant bei einer Auseinandersetzung die Partei des Vaters ergriffen hatte, und als es dann zur Verhandlung gekommen war, schien sie es auch ernst gemeint zu haben. Einmal hatte sie sogar das Sorgerecht für den Vater erkämpft.
Aber jetzt stand sie da und erzählte Lügen wie alle anderen dieser Frauen auch. Genauso wie die anderen, die versuchten, die Rechte der Väter ihrer eigenen Kinder mit Füßen zu treten. Und um die Sache noch schlimmer zu machen, hatte Richter Campbell, der Richter, den Benny bis jetzt für fair gehalten hatte, sie »Maggie« ge-

nannt. Nicht Frau Anwältin, nicht Mrs. Grant, nicht einmal Margaret, sondern Maggie. Als ob sie Freunde wären. Der 14. Juni . . . ja, diese Verhandlung würde Benny sich bestimmt in seinem Kalender notieren.

Maggie holte Richie um halb elf ab. Zum Glück hatte der Protokollführer zugestimmt, ihren Namen als ersten auf die Liste zu setzen, nachdem er gehört hatte, daß sie ihren Sohn aus dem Krankenhaus abholen mußte. Und wie sie erwartet hatte, war Paul nicht aufgetaucht, um gegen die einstweilige Verfügung Widerspruch einzulegen.
»Bist du denn gar nicht müde?« fragte sie Richie, als er ins Auto stieg und sie ihm zusah, wie er den Sicherheitsgurt anlegte.
»Nein. Ich bin doch nicht krank, weißt du. Das hat der Arzt gesagt.«
»Ich weiß, aber wenn man einen Unfall gehabt hat, dann will der Körper sich manchmal ausruhen.«
»Meiner nicht.«
Sie lächelte. »Nun, was hältst du dann in diesem Fall von einem Mittagessen am Quincy Market?«
»Ist das das große Restaurant in der Nähe von deinem Büro . . . das Restaurant, wo man draußen essen kann?«
»Das ist es. Dort bekommt man auch diese ellenlangen Hot dogs mit der hausgemachten Sauce.«
Richie grinste. »Ja, dort möchte ich hin.«
»Und später dann, dachte ich mir, könnten wir ins Kino gehen, das heißt, wenn du noch Lust dazu hast. Im Cinema VII läuft ein neuer Weltraumfilm.«
»O wie toll!«
Lange sagte niemand ein Wort, während Maggie Richtung Boston fuhr, aber dann fragte Richie:

»Hast du etwas Böses getan, Mommy?«
Maggie warf einen Blick auf ihren Sohn. »Etwas Böses ... wie kommst du auf so eine Idee?«
Er zuckte mit den Achseln. »Ich weiß nicht. Nur weil du so nett zu mir bist.«
»Ah, ich Dummkopf! Und ich dachte, ich wäre immer nett zu dir.«
Er lächelte. »Nun, das bist du auch. Aber heute bist du ganz besonders nett. Du weißt schon, wie. Manchmal benehmen sich die Leute so gut, daß man auf die Idee kommt, sie haben vielleicht etwas Falsches gemacht. Etwas, was sie wieder gutmachen müssen.«
»Ich weiß, was du sagen willst. Aber das ist nicht immer der Grund dafür, warum sie sich so benehmen.«
»Was gibt es sonst noch für einen Grund?«
»Nun, nehmen wir mal an, jemandem ist etwas passiert ... ein Unfall, der vielleicht übel hätte ausgehen können. Und dann bekommen die Leute, die diesen Menschen sehr gern haben, große Angst, wenn sie nur daran denken, daß sie diesen Menschen vielleicht hätten verlieren können ... Wahrscheinlich drehen sie dann ein bißchen durch, wenn ihnen plötzlich klar wird, wieviel Glück sie hatten, daß nichts Ernsthaftes passiert ist.«
»Du meinst, so wie bei mir, als ich im Pool unterging?«
»Ja, genau so.«
»Ist Daddy auch durchgedreht? Will er mich auch groß ausführen?«
Maggie sah ihn an. »Richie, sprechen wir jetzt nicht über Daddy, okay?«
»Warum nicht?«
»Oh, weil ich es so sage. Wir werden später über Daddy reden — wenn wir zu Hause sind.«

11. KAPITEL

Der Nachmittag war sehr lustig — nur sie beide, die ihren Lunch, den Film und ihre gegenseitige Gesellschaft genossen ... etwas, wofür Maggie bei ihrer überlasteten Anwaltskanzlei sonst nie die Zeit fand. Als sie nach Hause kamen, redete Richie über den Film, während er Maggie dabei half, die Käseomeletts und die Muffins herzurichten. In dem Augenblick, in dem sie die beiden Teller auf den Tisch stellten, schlug die Stimmung um.

»Ich möchte wetten, Daddy würde den Film auch gerne sehen. Vielleicht frage ich ihn, ob er mich ein zweites Mal mitnimmt.«

»Warum willst du ihn denn noch einmal sehen?«

»Weil ich dann Daddys Gesicht beobachten könnte, wenn er von dem, was da passiert, überrascht wird.«

»Aha.« Maggie breitete ihre Serviette über ihren Schoß. »Es gibt da etwas, worüber wir beide uns unterhalten müßten, Richie.«

Er nahm seine Gabel in die Hand.

»Okay. Worüber willst du denn reden?«

»Daddy wird weder ins Kino noch sonstwohin mit dir gehen. Zumindest für eine Weile nicht.«

Er schaute zu ihr hoch. »Warum nicht?«

Sie holte tief Luft. O Gott, wie soll man so etwas nur erklären?

»Nun, heute morgen, bevor ich dich aus dem Krankenhaus abholte, war ich bei Gericht. Und ich bat den Richter um eine Verfügung, die deinem Vater seine Besuche bei dir verbietet. Er hat mir diese Verfügung gegeben — das heißt, für eine bestimmte Zeit. Nächste Woche werden dein Vater und ich vor den Richter gehen, und nachdem er sich Daddys und meine Meinung angehört hat, wird er eine endgültige Entscheidung treffen.«

Richies Augen suchten die ihren. »Du machst dich doch lustig über mich, oder?«

»Nein, Richie, ich meine es sehr ernst.«

»Nun, warum . . . warum willst du das?«

»Weil dein Vater sich nicht sehr verantwortungsvoll benimmt, wenn du bei ihm bist.«

»Du meinst, wegen des Unfalls?«

»Nun ja, genau das. Es hat aber auch andere Dinge gegeben. Zum Beispiel damals, als du dir dein Kinn am Armaturenbrett in seinem Wagen angeschlagen hast. Weil du deinen Sicherheitsgurt nicht getragen hast.«

»Aber daran war ich doch schuld, nicht er.«

»Richie, du bist doch erst sechs Jahre alt, und —«

»Fast sieben«, korrigierte er.

»Okay, fast sieben. Und obwohl ich von dir eigentlich erwarte, daß du weißt, daß du ohne einen Erwachsenen nicht an einen Swimmingpool gehen sollst — oder daß du immer erst deinen Sicherheitsgurt richtig anlegst, bevor du in einem Auto fährst —, so vergessen kleine Jungen das manchmal. Und Eltern müssen deswegen bei ihnen sein, um sie daran zu erinnern — bis zu dem Tag, an dem sie diese Dinge ganz allein wissen.«

»Aber ich tue so etwas ganz bestimmt nicht mehr. Ich verspreche dir, daß ich es nicht mehr tue.«

»Darum geht es nicht, Richie. Es könnte andere Dinge geben, Dinge, an die du nicht denkst oder von denen du dir gar nicht vorstellen kannst, daß sie gefährlich sind.«

Sie seufzte, Gott, wie dumm stellte sie sich an. Sie fing

noch mal von vorne an. »Richie, weißt du noch, wie viele junge Mädchen ich mir angesehen habe, bevor ich Jenny einstellte, damit sie nach der Schule bei dir bleibt?«
Er nickte.
»Das war deshalb, weil ich einen verläßlichen Menschen bei dir haben wollte. Jemanden, der aufgeweckt ist und auf dich aufpaßt, nicht jemanden, der nur am Telefon oder vor dem Fernsehapparat sitzt.«
Richie schluckte schwer.
»Daddy sitzt aber nicht immer am Telefon. Und er sieht fast nie fern.«
»Aber er trinkt Alkohol, Richie. Das tut er doch, oder?«
Schweigen.
»Du mußt mir darauf keine Antwort geben, die kenne ich bereits. Es ist zwar in Ordnung, mit Freunden gelegentlich mal Alkohol zu trinken — wenn man danach nicht Auto fährt oder etwas macht, wofür man konzentriert sein muß —, aber dein Vater übertreibt in dieser Hinsicht. Alkohol verändert das Verhalten eines Menschen, Richie, er läßt ihn Dinge tun, die er normalerweise nie tun würde, und er benimmt sich so, wie er es normalerweise auch nicht tun würde. Wenn dein Vater zuviel trinkt, dann handelt er verantwortungslos, und verantwortungslosen Menschen kann man das Wohlergehen von Kindern nicht anvertrauen.«
»He, das weiß ich . . . und wenn ich ihm sage, daß er nicht mehr trinken soll?«
»Das habe ich bereits versucht, und es hat nichts genützt. Alkohol zu trinken, das ist für manche Menschen eine Angewohnheit, die sie nur schwer ablegen können. Ich schätze, dein Daddy ist einer dieser Menschen. Das heißt aber nun nicht, daß er nicht damit aufhören könnte. Aber es bedeutet, daß er es wirklich wollen muß.«

»Und er will es nicht?«
»Noch nicht. Er liebt dich sehr, Richie, da bin ich mir ganz sicher. Wer weiß, wenn er dich eine Zeitlang nicht sehen kann, vielleicht ändert er dann seine Meinung. Vielleicht beschließt er dann, daß er die Mühe auf sich nimmt, die es bedeutet, damit aufzuhören.«
»Wie lange wird das dauern?«
Maggie zuckte mit den Achseln. »Das weiß ich wirklich nicht, Richie. Vielleicht Monate, vielleicht auch länger.«
»Vielleicht schon nächste Woche?«
»Nein, nächste Woche nicht. Nächste Woche ganz bestimmt nicht.«
Richie stand vom Tisch auf — in seinen Augen glitzerten bereits Tränen.
»Wenn es Jahre dauert, dann bin ich ja alt. Und ich will nicht alt werden, ohne meinen Daddy sehen zu können. Mir ist egal, was du sagst, und mir ist auch egal, was der dumme alte Richter sagt. Ich will meinen Vater sehen, und keiner von euch kann mich davon abhalten!«
Richie rannte in sein Schlafzimmer, und Maggie saß da und starrte auf das kalte Omelett. Gott, tat sie hier wirklich das Richtige?
Sie ging zum Telefon, und zehn Minuten später war sie mit dem Verwalter von Pauls Haus verbunden. Zuerst dankte sie ihm dafür, daß er Richies Leben gerettet hatte, und dann erkundigte sie sich bei ihm über Paul.
»Nun, er macht keine großen Probleme. Er ist ein guter Mieter, ist nicht laut oder streitet herum wie viele der anderen Mieter.«
»Aber war er betrunken, als Sie ihn holten?«
»Nun, am Anfang vielleicht, aber Sie wissen ja, wie das so geht . . . Solche Ereignisse machen einen ziemlich schnell wieder nüchtern. Ich meine, als er mit dem Jungen im

Krankenwagen weggefahren ist, da war er wieder in Ordnung. Ich vermute, daß der Vorfall eine Lehre für ihn sein wird. Ich habe einen Cousin, der hat getrunken wie ein Bürstenbinder, aber nachdem sich seine kleine Tochter auf dem Spielplatz fast erhängt hätte, da hat er die Flasche weit weggeworfen und nie mehr einen Tropfen angerührt.«

Maggie legte auf.

Ja, sie tat ganz bestimmt das Richtige.

Später, in Douglas' Armen, erzählte Maggie von Richies Reaktion auf ihren Entschluß.

»So etwas zu verstehen ist hart für ein Kind«, meinte Douglas.

»Manchmal glaube ich, daß es einfacher für ihn wäre, einen Vater zu haben, dem er völlig egal ist.«

»Ich weiß nicht recht. Da gibt es dann wieder andere Probleme zu bewältigen. Mein Vater hat sich nicht um mich gekümmert. Als sich meine Eltern scheiden ließen, hat er die übliche Umgangsregelung bekommen. Aber anschließend hat er sich sieben Jahre lang nicht blicken lassen und auch nicht angerufen. Als er es dann endlich getan hat, hatte ich kein Interesse mehr. Meine Schwester hat ihm verziehen, ich nie.«

»Meinst du, daß du es jemals kannst?«

»Das ist nicht sehr wahrscheinlich, er starb, als ich bereits Jura studierte.«

»Das tut mir leid, ich wußte das nicht.«

»Macht nichts. Wie ich sagte, er hatte in meinem Leben keine große Bedeutung. Wahrscheinlich bin ich nicht der Typ, der verzeihen kann, wie es von manchen Leuten erwartet wird. Aber manchmal frage ich mich, ob ich nicht mehr als meine Schwester darunter gelitten habe.

Sie hat ihm verziehen, für sie war damit alles vorbei und vergessen. Ich dagegen habe ihn weiterhin gehaßt.«

»Die Frage ist also, was ist schlimmer — das oder Eltern zu haben, die beide an dem Kind zerren.«

Douglas küßte sie auf die Nase. »Nun, bestimmt ist die zweite Möglichkeit für dich profitabler, geschäftlich gesehen.«

»Vielen Dank, diese Aufmunterung konnte ich wirklich gebrauchen.«

»Jetzt hör mal, du hast doch die Scheidung mit all ihrem Elend nicht erfunden, du versuchst doch nur, das Beste daraus zu machen.«

Schließlich kehrte ihre Unterhaltung wieder zu dem Fall O'Brien zurück.

»Es sieht so aus, als hätte Sean mehrere außereheliche Affären gehabt«, sagte Maggie. »Bei der letzten ist die Frau mit den beiden Kindern aus dem Urlaub zurückgekommen und hat ihn in ihrem Bett überrascht. Aber auf der anderen Seite gab es sehr viele Beweise dafür, daß die Ehefrau eine zwanghafte Persönlichkeit war. Sie war der Typ Frau, der Tag und Nacht am Putzen ist, der normale Sauberkeitsmaßstäbe nicht genügen. Ich kannte einmal eine solche Frau: sie hat ihre Familie verrückt gemacht. Und das meine ich wörtlich. Alle drei Kinder benötigten eine jahrelange Therapie, als sie erwachsen waren.«

»Dann sind die Kinder also deiner Meinung nach mit dem Schürzenjäger besser dran«, sagte Douglas.

»Das glaube ich schon. Aber wie ich sagte, dieser Fall hier ist weniger eindeutig als die anderen.«

»Das überrascht mich nicht. Eigentlich habe ich so etwas erwartet.«

»Wieso das?«

»Weil unser Mann schließlich jegliches Maß verlieren

wird. Als er anfing, nach Recht und Unrecht zu urteilen, lag er mit seinen instinktiven Entscheidungen vielleicht noch richtig — obwohl dem kaum eine gesunde Reaktion zugrunde liegen kann. Aber sein Urteilsvermögen wird eines Tages getrübt, und jeder Fall sieht für ihn aus wie der andere. Das einzige, was die Oberhand behalten wird, ist sein anfängliches Motiv.«

»Und das wäre?«

»So, wie ich es sehe — die Rechte der Väter.«

Maggie sah ihn an. »Was ist mit der Union der Väter, hast du dich näher damit befaßt?«

»Ich habe ein paar Leute darauf angesetzt. Es gibt in einem Umkreis von fünfzig Meilen ungefähr fünfzehn Treffen in der Woche. Jedes Treffen wird überwacht. Zusätzlich sehe ich mir alle Scheidungsakten aus den letzten zehn Jahren an. Ich werde mir die schlimmsten Fälle herauspicken ... die Fälle, bei denen der Vater alles versucht hat, aber ohne Erfolg. Dann wird meine Ermittlungsgruppe diese Väter überprüfen.«

»Ist dir klar, was für eine Menge Arbeit das ist?«

»Hast du einen besseren Vorschlag? Falls du einen hast, dann höre ich ihn mir gerne an.«

Sie schüttelte den Kopf ... wieder fragte sie sich, ob sie dem Mörder auf den Gerichtsfluren nicht bereits ahnungslos über den Weg gelaufen war.

Auch wenn damit zu rechnen ist, so ist doch niemand auf den Tod vorbereitet. Insbesondere wenn es sich um den Tod eines Kindes handelt. Als Benny für fünf Uhr in die Kinderabteilung im vierten Stock bestellt wurde, war er sehr betroffen, als die Oberschwester ihn zu Charlie Rosettis Zimmer führte.

»Sieh zu, daß die anderen Kinder den toten Körper nicht

sehen, Benny«, sagte sie, als sie in eine andere Richtung davoneilte.
Benny rollte die Bahre hinein, und als die anderen Kinder ihn riefen, wollte er antworten, aber ihm versagte die Stimme. Der weiße Vorhang war bereits wie ein Kokon um Charlies Bett gezogen worden. Benny schlüpfte hinter den Vorhang, zog die Bahre nach und legte den mageren, in eine Decke gehüllten Körper darauf.
Plötzlich fiel Benny die Tüte mit Doritoes für Charlie ein, die in seinem Spind lag — als er an diesem Nachmittag kam, hatte er gleich seinen täglichen Einkauf am Automaten erledigt. *So, als wäre das etwas Besonderes, Benny . . . Wen kümmert das schon, zum Teufel . . . und warum machst du dir überhaupt so blöde Gedanken?*
Erst als er auf den düster erleuchteten, verlassenen Korridoren des Untergeschosses war, blieb er stehen und zog das weiße Laken zurück, das das Gesicht des Jungen bedeckte: Ganz egal, was die Leute auch sagten, Benny hatte noch nie eine friedlich aussehende Leiche gesehen. Später vielleicht, wenn die Männer in den schwarzen Mänteln Gelegenheit gehabt hatten, ihre Arbeit zu tun, aber nicht jetzt. Charlies Lippen waren fest aufeinandergepreßt, als kämpfte er immer noch gegen den Feind an, der seinen Körper auffraß.
He, Charlie, jetzt ist alles vorbei . . . hörst du mich, Charlie? Kein heimtückisch schleichender Krebs wühlt mehr in deinen Eingeweiden . . . Kannst du dich noch an den Fenway Park erinnern, an diese Logenplätze, die du dir aussuchen wolltest, und an diese dampfenden Würstchen? Und an die Erdnüsse? Ja . . . komm und hol sie dir, komm und hol sie dir, Charlie, diese heißen, gerösteten Erdnüsse . . .
Mach dir keine Sorgen, ich lasse es nicht zu, daß sie dich in eine dieser kalten Stahlschubladen schieben, bis du

dort angekommen bist, Charlie. Und wenn ich hier sitzen und warten muß, ich werde es tun . . . He, wo bist du jetzt — was hast du gesagt? — kurz vor dem Storrow Drive? Kein Problem, laß dir nur Zeit. Aber denk daran, am Kenmore Square mußt du raus.

Wurde Charlies Gesicht in der einen Stunde, in der Benny bei ihm saß, bevor er ihn in die Leichenhalle brachte, tatsächlich heiterer? Vielleicht . . . vielleicht auch nicht. Doch Benny mußte unbedingt daran glauben, sonst wäre die Hand, die sein Gehirn zusammenpreßte, niemals fortgezogen worden.

»Was ist das?« fragte Daisey und schaute die Tüte an, die in Bennys Hosentasche steckte.

Benny zog sie heraus und warf sie auf den Tisch neben den Teller, den Daisey für ihn bereitgestellt hatte.

»Nur eine Tüte mit Doritoes.«

»Soll ich sie zu deinem Hackfleisch auf den Teller legen?«

»Nein, ich mag sie nicht.«

Sie schaute lächelnd zu ihm auf. »Warum hast du sie dann gekauft?«

Er zuckte mit den Achseln. »Ich habe sie für eines der Kinder im Krankenhaus gekauft. Für ein Kind namens Charlie.«

»Aha. Warum hast du sie Charlie dann nicht gegeben?«

Benny setzte sich und nahm seine Gabel.

»Ich konnte nicht, er ist heute gestorben.«

Daisey griff sich mit der Hand an die Brust. »O Gott, das tut mir so leid, Benny.«

Er starrte sie ein paar Sekunden lang an. »Warum sollte es dir leid tun?« sagte er schließlich. »Du kanntest ihn ja nicht einmal.«

»Weil ich weiß, daß es dir weh tut, deshalb. Ich meine,

du mußt Charlie sehr gemocht haben. Ich nehme doch nicht an, daß du für alle Kinder Geschenke kaufst.«
Er aß zu Abend, ohne ein weiteres Wort zu sagen. Als er fertig war, schaute er zu ihr auf.
»Ich werde mir morgen von der Shawmut Bank eine Unterschriftenkarte holen«, sagte er. »Und ich möchte, daß du darauf unterschreibst. Okay?«
»Natürlich, aber warum?«
»Weil ich möchte, daß dein Name auf Adams Sparkonto ist. Zusammen mit meinem Namen. Nur als Vorsichtsmaßnahme.«
»Wogegen denn?«
Er zuckte mit den Achseln. »Man kann nie wissen, es kann einem etwas zustoßen. Wer weiß, ich könnte auch sterben. Und wenn ich es tue, dann ist Claire die Treuhänderin für das Geld. Sie wird es wahrscheinlich irgendeinem Wohltätigkeitsverein spenden. Adam wird sie es ganz sicher nicht geben. Ich will sichergehen, daß er es mit achtzehn Jahren bekommt. Und ich will, daß er weiß, daß es von mir stammt. Eines Tages wird ihm das wichtig sein . . . daß er weiß, daß ich ihn geliebt habe.«
Daisey stand auf, stellte sich hinter ihn, schlang die Arme um ihn und legte ihre Lippen auf seinen Hals.
»Du machst mir angst, wenn du solche Dinge sagst, Benny.«
Er stand auf, drehte sich um und schloß sie in seine Arme.
»Du mußt keine Angst haben, ich will nicht, daß du Angst hast.«
»Dann rede nicht mehr übers Sterben.«
»Okay. Aber du wirst das doch für mich tun, oder? Du wirst dafür sorgen, daß Adam das alles erfährt, falls ich nicht mehr dasein sollte?«

Die Anrufe kamen, kurz nachdem Douglas Maggies Haus so gegen ein Uhr verlassen hatte. Es war zwar jemand in der Leitung, aber es meldete sich niemand. Obwohl sie wußte, daß es Paul war, der versuchte, ihr Angst einzujagen, dachte ein winziger Teil ihres Gehirns an den Würger vom Gericht.

Der Würger vom Gericht. Das klang nach den Beinamen, die die Presse Verbrechern verleiht — der Würger von Boston, der Mörder von Hillside . . . und jetzt der Würger vom Gericht. Die Öffentlichkeit würde in Panik verfallen, sobald die Presseleute von der Sache Wind bekommen hatten. Und obwohl das Büro des Bezirksstaatsanwaltes alles in seiner Macht Stehende tat, daß das nicht geschah, erwartete Maggie, daß es jeden Tag der Fall sein würde. Bereits jetzt erkundigte man sich wegen der verschärften Sicherheitsmaßnahmen bei Gericht.

Ja, die Öffentlichkeit würde bestimmt in Panik verfallen, besonders die Frauen, die mit ihren Scheidungsfällen vor Gericht gingen. Wozu sie natürlich nicht gehörte . . .

Wieder läutete das Telefon. Diesmal nahm sie ab und drückte auf die Gabel. Dann legte sie den Hörer zur Seite. Sie schaltete die Lampe neben dem Bett an und schaute auf die Uhr: Es war drei Uhr nachts. So ein Mist! Wenn das so weiterging, würde sie morgen zu nichts zu gebrauchen sein. Ein Schlafmittel vielleicht, dachte sie, verwarf den Gedanken aber sofort wieder.

Oh, bitte, Paul, hör auf damit, ich habe jetzt wirklich keine Nerven dafür.

12. KAPITEL

Am nächsten Morgen verschlief Maggie. Obwohl sie sich bemühte, die Unterhaltung beim Frühstück und auf dem Weg zur Schule in Gang zu halten, blieb Richie weiterhin wütend und verstockt und winkte Maggie nur kurz zu, als sie ihn beim letzten Läuten bei der Schule herausließ. Als sie in nicht allerbester Laune ins Büro kam, brachte Veronica ihr die Post.

»Wie geht es deinem Jungen?« fragte die Sekretärin.

»Was den Unfall angeht, gut, aber was die Verhandlung gegen seinen Vater betrifft, nicht so gut.«

»Er ist noch zu klein, um das zu verstehen. Eines Tages wird er es.«

»Ich hoffe es. Irgendwelche Anrufe?«

»Drei.« Sie legte ihr die Zettel mit der Bitte um Rückruf auf den Schreibtisch. »Möchtest du einen Kaffee? Ich habe gerade eine frische Kanne aufgebrüht.«

»Jetzt nicht, danke.« Maggie schaute sich die Nachrichten an: Paul, Frank Chandler und ein neuer Mandant. Sie legte Paul und den neuen Mandanten beiseite und rief sofort bei Frank an.

»Was habe ich da gehört . . . Sie haben verschlafen?« sagte Frank, als sie ihn erreichte.

»Glauben Sie mir, wenn ich Ihnen sage, daß mir das sonst nie passiert? Aber ich bin froh, daß Sie angerufen haben. Ich wollte mit Ihnen etwas besprechen. Aber das Thema ist sehr delikat, damit meine ich, daß es bisher noch nicht von den Zeitungen aufgegriffen wurde.«

»Etwas über mich, über Sondra?«

»Könnte sein, aber ich will nicht, daß Sie sich irgendwelche falschen Hoffnungen machen. Doch ich denke, daß Sie auf jeden Fall das Recht haben, es zu erfahren. Wann könnten Sie denn kommen?«

»Wann immer Sie wollen. Ich muß sowieso wegen Andy noch etwas mit Ihnen besprechen. Ich habe Pläne gemacht. Zumindest habe ich es versucht.«

Als Frank ins Büro kam, erzählte Maggie ihm von den Nachforschungen, die von der Staatsanwaltschaft angestellt wurden.

»Es betrifft also die Frage, die Grailing mir stellte, ob irgend jemand über meine Geschäftsreisen Bescheid wußte?«

»Richtig. Grailing denkt vermutlich, daß es das beste ist, sich nicht allzusehr darauf zu verlassen. Und wahrscheinlich hat er damit auch recht, da der Staat Massachusetts ja nicht beschlossen hat, die Anklage gegen Sie fallenzulassen.«

»Aber in diesem Stadium würde mir alles hoffnungsvoll erscheinen. Besonders eine Spur, von der die Staatsanwaltschaft glaubt, daß sie der Mühe wert ist, verfolgt zu werden. Mit anderen Worten, Sie wollen also sagen, daß man von der Vermutung ausgeht, daß die Verbrechen von *einer* Person verübt wurden — alle Morde?«

»Es ist immer noch eine Theorie. Aber sie scheint zu passen . . . besonders, da die betroffenen Väter alle ein Alibi haben. Oder, in Ihrem Fall, beinahe ein Alibi hatten.«

»Aber woher sollte jemand alle diese Informationen haben?«

Maggie zuckte mit den Achseln. »Er könnte die Akten im Gerichtshof gelesen haben, es ist nicht schwer, an sie heranzukommen. Er hätte auch im Gerichtssaal anwesend sein können. Ab und zu kommen Leute zum

Vormundschaftsgericht, nur um sich die Fälle anzuhören. Natürlich nicht mit der Häufigkeit, mit der sie vielleicht zu Strafgerichtsverhandlungen gehen.«

»Hmm«, murmelte Frank und nickte.

»Was?«

»Nun, am ersten Tag der Verhandlung, da habe ich mich im Saal umgesehen, in erster Linie, um mich zu beruhigen. Ich habe jedenfalls fast alle Leute gekannt. So viele waren es ja auch nicht. Bis auf diesen einen Mann, der ganz hinten saß. Ich kann mich kaum mehr an ihn erinnern, nur noch an seine Kleidung. Ich weiß noch, daß ich dachte, daß er es in der Geschäftswelt nie zu etwas bringen würde. Er trug Hemd, Krawatte, Anzug, all das Drum und Dran, aber er sah irgendwie schäbig aus. Die Farben paßten nicht zusammen.«

»Das könnte wichtig sein, Frank. Fällt Ihnen sonst noch etwas zu diesem Mann ein?«

Frank dachte einige Augenblicke darüber nach.

»Ich weiß nicht so recht, dunkles Haar, glaube ich, jungenhaftes Aussehen. Ich würde sagen, so Ende Zwanzig, Anfang Dreißig. Aber die Beschreibung paßt auf viele. Ich weiß nicht einmal, ob er lange geblieben ist. Als die Verhandlung anfing, war ich viel zu sehr damit beschäftigt, mich über Greenspon zu ärgern.«

»Okay. Aber tun Sie mir einen Gefallen.« Sie schrieb Douglas' Namen und Telefonnummer auf einen Zettel. »Wenn Sie in Ihr Büro zurückkommen, rufen Sie diesen Mann hier an und sagen ihm, was Sie mir erzählt haben. Er ist der Vertreter der Staatsanwaltschaft und leitet diese Untersuchung.«

Bevor Frank ging, bat er Maggie noch, eine neue Bestimmung in sein Testament aufzunehmen. Er hatte mit einem Cousin zweiten Grades in Los Angeles, Ralph

Geering, gesprochen, der eingewilligt hatte, Andrew zu sich zu nehmen, falls nötig.

»Ich habe meinen Cousin nicht mehr gesehen, seit ich ein Kind war, aber damals mochte ich ihn. Er hatte so etwas Ernsthaftes an sich, das die meisten Kinder nicht haben. Aber auf jeden Fall möchte ich, daß ein separates Treuhandvermögen für Richie mit Ralph als Verwalter eingerichtet wird.«

»Haben Sie darüber schon mit Andy gesprochen?«

»Nein, aber ich werde. Der Fall mag ja vielleicht nie eintreten — wer weiß —, ich bete darum, daß es nie passieren wird, aber ich muß ihn einfach darauf vorbereiten.«

Als Frank das Büro verlassen hatte, dachte er über die Untersuchung der Staatsanwaltschaft nach. Es war zwar eine seltsame Theorie, aber einmal angenommen, sie stimmte? Irgendwo da draußen war ein Fremder, der tötete, der Frauen umbrachte, die er nicht einmal kannte, und mit einem Motiv, das ziemlich selbstlos war. In Franks Fall, damit er das Sorgerecht über Andy bekam, weil der Mörder offensichtlich dachte, daß Andy bei ihm besser aufgehoben sei als bei Sondra. Der Kerl mußte ganz bestimmt verrückt sein, aber das Seltsame war, daß sein Instinkt, auch wenn er verrückt war, weitaus besser als der von Greenspon war.

Da kam Frank ein Gedanke: Was wäre gewesen, wenn er gewußt hätte, was der Kerl vorhatte? Hätte er versucht, den Mord zu verhindern, oder hätte er, wie geplant, dieses Flugzeug bestiegen? Schuldbewußt schob er den Gedanken beiseite.

Nachdem Frank weg war, rief Douglas bei Maggie an.

»Es hat sich etwas ergeben, von dem ich mir denke,

daß es dich interessiert. Wir haben nicht nur einen weiteren Hinweis auf den Mord, der ganz deutlich beweist, daß wir auf der richtigen Spur sind, sondern es scheint auch so, als hätte unser Mörder einen ziemlich ausgefallenen Sinn für Humor.«

»Wie meinst du das?«

»Als ich heute morgen im Büro des Geschäftsstellenleiters am Vormundschaftsgericht war, habe ich mir die Ausleihzettel auf den Akten der Mordopfer angesehen. Ich habe fast ein Jahr zurückverfolgt.«

»Und?«

»Ich bin auf einen Namen gestoßen, auf den Namen eines Mannes, der auf allen Ausleihlisten auftaucht, in den meisten Fällen sogar mehr als einmal. Leider ist es nicht der Name unseres Mannes. Maggie, sagt dir der Name R. Choate irgend etwas?«

Sie dachte eine Minute nach. »Warte mal, Choate . . . war das nicht der Name des Mannes, der in Chandlers Maklerbüro anrief, um sich über dessen Terminkalender zu erkundigen?«

»Erraten. Jetzt überleg noch mal, Maggie, überleg dir mal, für welchen Vornamen das 'R' stehen könnte.«

Nach kurzer Überlegung meinte sie: »Doch nicht die Statue — Rufus?«

»Ganz genau das denke ich.«

»Aber — ich meine, wie kannst du sicher sein, daß dieser R. Choate nicht ein ganz normaler Name ist?«

»Das kann ich auch nicht. Ich werde selbstverständlich den Namen überprüfen lassen. Aber ich möchte wetten, der Name sollte eine Anspielung auf unseren renommierten Anwalt und Politiker Rufus Choate sein.«

In den nächsten paar Tagen sickerte die Nachricht über die Untersuchung durch, und die Presse brachte die Geschichte des Würgers vom Gericht. Daisey, die nur selten zur Zeitung griff — wenn, dann nur, um die Kummerkastentante und Artikel über Modetrends zu lesen —, kaufte sich an diesem Tag die Zeitung. Als Benny nach Hause kam, zeigte sie ihm die Schlagzeilen.

»Du weißt doch, daß ich so ein Zeug nicht lesen mag«, sagte er.

»Ich auch nicht, aber das hier ist etwas anderes. Sie glauben, daß es einen Mann im Gerichtsgebäude gibt, der herumläuft und die Leute umbringt.«

Benny schaute sich den Artikel an. »Direkt dort im Gerichtssaal?« fragte er, und die verschärften Sicherheitsvorkehrungen fielen ihm wieder ein.

»Nein, das glaube ich nicht, aber ich habe auch nicht alles gelesen.«

Erst als er fast die Hälfte gelesen hatte, wurde Benny bewußt, daß es sich in dem Artikel um ihn handelte. Er legte die Zeitung weg.

»Es gibt eine Menge Verrückte auf der Welt«, sagte er.

Daisey drehte sich von der Küchentheke weg, wo sie saubermachte.

»Vielleicht solltest du dort nicht mehr hingehen, Benny. Ich meine, es könnte doch gefährlich sein.«

»Jetzt komm aber, wer soll mich schon belästigen?«

»Niemand vielleicht, aber man weiß nie. Geh dort nicht mehr hin, Benny. Bitte.«

Benny stand auf. »Hör mal, setz mich bitte nicht unter Druck und sag mir, was ich tun oder lassen soll, Daisey.«

Daisey ging zu ihm, schlang ihre Arme um ihn und zwang ihn, sie fest an sich zu drücken.

»Das sollte nicht so klingen.« Sie zuckte mit den Achseln.

»Ich liebe dich eben, das ist alles. Es macht mir angst, wenn ich denke, daß du vielleicht in Gefahr sein könntest.«
Später massierte Daisey Bennys Rücken. Sie hatte nicht mehr als die Schlagzeilen gelesen . . . sie wollte nicht mehr lesen. Sie wußte, daß Benny nie jemandem weh tun konnte, aber sie kannte auch die Wut, die in ihm schlummerte. Und außerdem, warum sollte Benny jemandem weh tun, den er nicht einmal kannte? Wenn er vielleicht gegen jemanden losschlagen würde, ginge es dann nicht gegen Claire, gegen den Menschen, der ihm das Wertvollste in seinem Leben gestohlen hatte? Aber nein, Benny dachte zuallererst immer an das Wohlergehen seines Sohnes — trotz seiner Wut. Und ein Mann, der die Stärke und die Disziplin hatte, so etwas zu tun, mußte ganz und gar gefestigt sein. Das war jedenfalls Daiseys Ansicht.
Ihr war Claires Aussage über Bennys Geisteszustand egal . . . sie kannte Benny eben nicht so gut, wie sie selbst es tat.

War er verrückt — er glaubte nicht. Wenn er verrückt wäre, müßte er es dann nicht als erster wissen? Er bezweifelte zum Beispiel, daß Verrückte überhaupt wußten, was sie taten — Gedächtnisschwund, wie diese Nervenärzte das nannten. Oder wenn sie es doch wußten, dann begriffen sie die Folgen ihrer Handlungen nicht. Außerdem hatten Verrückte weder ein Motiv noch ein bestimmtes Anliegen, meistens stürzten sie sich doch nur Hals über Kopf in eine Sache — was dann passierte, das passierte eben.
Doch Benny wußte genau, was er tat . . . zu jeder Minute und zu jeder Stunde eines jeden Tages. Vielleicht wäre er besser dran, wenn er durchgedreht wäre. *He, Mom, hörst du das? Laß mich durchdrehen, laß mich durchdrehen,*

ich will nichts mehr wissen. Bitte mach, daß ich mich nicht mehr erinnere.

Benny hatte bei dem Bürohaus angehalten, wo sie saubermachte, um das Geld abzuliefern. »Es ist nicht sehr viel«, sagte er und drückte es ihr in die Hand, wobei er sie auf die Wange küßte. »Aber Claire und ich, wir sind ziemlich blank. Und dann das Baby . . . na, du weißt ja, was Babys kosten.«

»Du mußt müde sein, Benny, all diese Überstunden im Krankenhaus.«

»Nein, mir geht es gut, Mom. Du bist es, um die ich mir Sorgen mache.« Er schaute sich in dem leeren Büro um — sah sich die Putzutensilien seiner Mutter an, die am Fuß der Treppe in einem Wägelchen steckten.

»Mach dir um mich keine Gedanken. Kümmere dich lieber um deine Familie, besonders um deinen kleinen Jungen. Aber du fehlst mir trotzdem, Benny.«

»Vielleicht kannst du ja am Sonntag zum Essen kommen . . . ich werde mit Claire reden.«

Sie reckte sich und schlang ihre Arme um ihn, und dann wanderte ihre Hand zu seinem Hemd. Sie streckte ihre Hand hinein und berührte seine nackte Haut, und ihre schwieligen Finger versuchten, in seinen Hosenbund zu dringen. »Mach, daß deine Mom sich gut fühlt, Benny«, sagte sie.

»Komm, Mommy, hör auf damit«, sagte er, schob ihre Hände weg und entdeckte dann die Tränen, die über ihre eingefallenen Wangen liefen. O Gott, wie er diese Tränen haßte.

Und in diesem Augenblick wußte er plötzlich, daß sie tot besser dran wäre. Daß das besser für sie wäre, als Putzfrau zu sein und anderen Leuten den Dreck wegzuwischen. Besser, als ein ungebetener Eindringling in Bennys neuer Familie zu sein und darauf zu warten, am Sonntag zum Essen eingeladen zu werden, obwohl Benny doch genau wußte, daß Claire immer etwas dagegen haben würde. Besser als die Tränen . . .

Jetzt, da die Geschichte des Würgers vom Gericht in der Öffentlichkeit bekannt war, wurden die Sicherheitsmaßnahmen nochmals verstärkt. Konnte jemand nicht beweisen, daß er direkt oder indirekt mit einem Verfahren zu tun hatte — abgesehen von den Anwälten, den Richtern und dem bei Gericht beschäftigten Personal, einem Personenkreis, dessen Hintergrund von der Ermittlungsgruppe der Staatsanwaltschaft sorgfältig überprüft worden war —, so wurde ihm oder ihr der Zutritt zum Gerichtsgebäude verwehrt.
Obwohl Frank Chandler sein Bestes tat, so war er doch nicht in der Lage, eine aussagekräftigere Beschreibung des Fremden, der bei seiner Verhandlung präsent gewesen war, zu liefern. Douglas befragte die Anwesenden bei den anderen Verfahren, aber bis auf einen Zeugen, der sich an einen gutaussehenden, dunkelhaarigen jungen Mann erinnerte, erfuhr er nichts Neues. Dazu kam, daß, bis auf den Bezirk Suffolk, nirgends im Staat Massachusetts andere Morde mit derselben Handschrift gemeldet worden waren.
»Es wird allmählich unheimlich«, sagte Maggie eines Abends, wenige Tage vor ihrer eigenen Verhandlung. »Es kommt noch soweit, daß ich mich zehnmal vergewissere, bevor ich einen leeren Raum betrete.«
»Es hat einen weiteren Mord gegeben, weißt du — eine Frau in Dorchester.«
»Wann?«
»Vorgestern.«
»Warum hast du mir das nicht gesagt?«
Er zuckte mit den Achseln. »Ich bekomme langsam das Gefühl, daß du die Sache zu persönlich nimmst.«

»Machst du mir das zum Vorwurf?«

»Nein, eigentlich nicht. Aber denk daran, was immer vor Gericht zwischen Paul und dir auch passieren wird, die Öffentlichkeit wird nicht anwesend sein. Und die Frau, die eben ermordet wurde, hatte ihren Fall vor mehr als zwei Wochen vor Greenspon verhandelt. Bevor die Sicherheitsmaßnahmen ergriffen wurden.«

»Du hast recht. Es ist nur . . . nun, in letzter Zeit passiert eben alles auf einmal. Richie ist immer noch wütend, und Paul belästigt mich mit Anrufen.«

»Legt er einfach wieder auf?«

»Manchmal, manchmal aber nicht. Manchmal fleht er mich an, Richie holen zu dürfen. Wenn das Telefon nur klingelt, dann habe ich bereits Angst, mich zu melden.«

»Hast du ihm mal vorgeschlagen, sich an die Anonymen Alkoholiker zu wenden?«

»Als ich ihm das zum letztenmal vorgeschlagen habe, da waren wir noch verheiratet. Und er hat mir fast den Kopf abgerissen.«

»Soll ich versuchen, mit ihm zu reden?«

»Nein. Du bist im Augenblick bestimmt der letzte, von dem er sich das anhören will, da bin ich sicher. Schließlich siehst du Richie . . . er nicht. Ich bin wirklich der Meinung, daß Menschen mit dieser Art von Problem es selbst schaffen müssen. Andere können da wirklich nicht helfen. Wenn sie sich darauf einlassen, dann werden sie nur ausgenützt als zusätzliche Stützen, die dem Abhängigen dabei helfen, die Illusion aufrechtzuerhalten, daß er ein ganz normales Leben führt.«

»Du bist aber eine harte Frau.«

»Bin ich das? Das Gefühl habe ich nicht.«

»Warte, laß mich mal testen.« Er nahm sie in die Arme und

ließ seine Hand über ihre nackte Haut wandern. »Du hast recht . . . du fühlst dich auch gar nicht so an.«

Benny saß an einem Tisch vor einem der Restaurants im Hof, trank eine Limonade und betrachtete das gegenüberliegende Gerichtsgebäude. Zweimal hatte man ihn, trotz der verschärften Sicherheitsmaßnahmen, ins Gebäude gelassen. Einmal hatte er seinen Mitgliedsausweis der Anwaltskammer vorzeigen müssen. Aber er war nicht dumm . . . Obwohl sie keine sehr genaue Beschreibung von ihm hatten — er hatte das in der Zeitung gelesen —, wurden alle eintretenden Personen gründlich überprüft. Es war also besser, sich rar zu machen.
Er wußte nicht genau, warum er jetzt hier saß. Vielleicht nur, um in der Nähe des Geschehens zu sein. Es war so, wie er es Daisey einmal erklärt hatte: Zu diesem Zeitpunkt konnte er nicht mehr so leicht damit aufhören; und wenn er richtig darüber nachdachte, dann wußte er, daß er es eigentlich gar nicht wollte. Gerade wenn er dachte, eine schreckliche Ungerechtigkeit aus der Welt geschafft zu haben, wurde bereits die nächste begangen. Wie sollte er da aufhören können, bei dem Wissen?
Was sollte aus diesen Vätern werden, aus diesen Vätern, die sich um ihre Kinder sorgten . . . konnte er sie so einfach dem System ausliefern? Himmel, was war überhaupt mit Paul Grant?
Quälende Fragen brannten in seinem Gehirn: Konnte er — Benny Shandling — bei den jetzt so verschärften Sicherheitsvorkehrungen überhaupt weitermachen, und wenn er dann *tatsächlich* mit allem fertig war, würde er dann wirklich etwas geändert haben? Und obwohl er in seinen Handlungen — in dem Kampf um Gerechtigkeit — nie mehr gesehen hatte als das, was es war, so dachte

er jetzt, daß es vielleicht an der Zeit war, in größeren Dimensionen zu denken. Es war wichtig, daß seine Anwesenheit hier etwas verändert hatte, wenn er, Benny Shandling, einmal nicht mehr sein würde.

Douglas Woods Büro befand sich außerhalb des Gerichtshofes, im neunten Stock des neuen Gebäudes. Bis jetzt hatte er insgesamt fünfzehn Mitglieder der Union der Väter vernommen. Jeder einzelne von ihnen hegte nach Ansicht der Ermittlungsgruppe einen tiefen Groll gegen das Justizsystem. Heute saß Chester Markham vor ihm. Er war dunkelhaarig, zweiunddreißig und paßte womöglich auf die Beschreibung, die Frank Chandler von dem Mann bei seiner Verhandlung gegeben hatte. Markham trug einen billigen, schlecht sitzenden Anzug und eine schmale Krawatte, die über den Kragen seines Hemdes hing.
»Erzählen Sie mir doch mal etwas über Ihre Sorgerechtsverhandlung«, sagte Douglas.
»Warum, wollen Sie Berufung für mich einlegen?«
»Sie wollen doch, daß sich etwas ändert, oder? Geht es nicht in Ihrem Fall genau darum?«
»Hören Sie, ersparen Sie mir diesen Unsinn . . . nichts wird dieses System ändern können. Es sei denn natürlich, Sie sind bereit, diese verdammten Richter hinauszuwerfen, die nicht mehr jung genug oder fähig sind, einen hochzukriegen, geschweige denn in der Lage sind, einem Kind ein Vater zu sein.«
»Wie viele Kinder haben Sie, Mr. Markham?«
»Zwei, sechs und vier Jahre alt. Und beiden ist es scheißegal, ob ich lebe oder tot bin. Das ist das Resultat Ihres so hohen und mächtigen Gerichtssystems.«
»Haben Sie das Recht, Ihre Kinder zu sehen?«
»Na sicher, das haben wir doch alle, oder?«

»Was soll das heißen?«
»Das soll heißen, daß neun von zehn Vätern die Besuchserlaubnis zugesprochen wird. Einige sind nicht das Schwarze unterm Nagel wert, die andern sind vielleicht etwas besser. Das Gift in der Suppe ist die Exfrau, die, die das Sagen hat. Und genau darum geht es bei diesem Spiel, Kumpel — um das Sagen. Sie ist diejenige, die die Grenzen absteckt — wo das Kind hin kann, wo es nicht hin darf. Wen es sehen darf, wen es nicht sehen darf. Die Väter dürfen nur das Geld bei der Oberaufseherin abliefern, das ist alles.
Ich hatte einen Freund, der hat es sogar durchgesetzt, daß sein Kind bei ihm übernachten durfte. Wissen Sie, was passiert ist? Dieses Miststück von Exfrau bombardiert das Kind mit so viel Fragen, wenn es heimkommt, daß es jedesmal krank davon wird. Als ob sie ein Buch darüber schreiben wollte. Hattest du Stuhlgang . . . o ja, wie oft? Was hat er dir zu essen gegeben, wie hat er es zubereitet? Zucker . . . du meinst, du willst mir damit sagen, daß er dich mit Zucker vergiftet hat? Mußtest du niesen, als du bei ihm warst . . . oh, vielleicht ist es zu staubig bei ihm.
Das Kind mußte über jede Körperfunktion Rechenschaft ablegen, bis es schließlich mit der weißen Fahne winkte. Vater hin oder her, das waren einfach zuviel Umstände. Was sollte mein Kumpel also tun, eine Zwangsvollstreckung gegen seine Exfrau beantragen? Wozu die Mühe, es ist doch nicht die Schuld dieses Miststückes — das Kind ist doch schuld, das ihn jetzt nicht mehr besuchen will.
So, wie ich es sehe, lernen die meisten Kinder zu lügen. Zuerst lügen sie ihre Mütter an, damit sie nicht jeden Sonntagabend einem Verhör ausgesetzt sind. Dann wird es zur Gewohnheit, sie lügen jeden an, jedesmal, wenn sie meinen, das macht weniger Mühe.«
»Sie zeichnen da aber kein schönes Bild.«

»Mit Scheiße am Pinsel kann man eben nicht so schön zeichnen.«
»Sie glauben also, daß sei bei allen geschiedenen Vätern der Fall?«
»Wollen Sie mich veralbern? Sicher gibt es Ausnahmen, es gibt miserable Väter und wirklich liebevolle Mütter. Aber glauben Sie mir, genau darum handelt es sich, nämlich um Ausnahmen. Verstehen Sie mich nicht falsch, natürlich ist es nicht überall gleich schlimm. Aber eines sage ich Ihnen, es gibt nicht viele Frauen, die widerstehen können, es ihrem Alten mal so richtig zu zeigen. Sie hocken wie Spinnen in ihrem Loch und warten nur darauf, herauszukriechen und ihre Netze zu spinnen.«
»Glauben Sie, daß diese Frauen den Tod verdienen?«
Chester lächelte. »Ich dachte mir doch, daß es sich hier nicht nur um einen kurzen Schwatz über die Gerechtigkeit handelt, Woods. Es geht um diesen Würger vom Gericht, stimmt's? Hören Sie, ich will Ihnen mal etwas sagen . . . wenn mir dieser Kerl über den Weg liefe, ich würde ihm hocherfreut die Hand schütteln. Aber wenn Sie glauben, daß ich das bin, dann sind Sie auf dem Holzweg. Wissen Sie, ich bin nun mal so ein Egoist. Wenn ich jemanden umbringen würde, dann meine Exfrau. Nicht die Exfrau von irgend jemand anderem.«
Später wurde Douglas von den Männern der Ermittlungsgruppe informiert, daß Chester Markham sauber war. Er hatte Alibis für zwei der Morde — eines stammte von dem Chef des Maschinenladens, in dem er arbeitete. Und das andere von einem Polizisten: Er hatte Chester Markham wegen unerlaubter Demonstration und öffentlicher Ruhestörung auf den Boston Commons festgenommen.
Er hatte auf die Union der Väter aufmerksam machen wollen.

13. KAPITEL

Lucas Dennison, ein untersetzter, muskulöser Schwarzer mit eckigem, kahlem Schädel arbeitete seit mehr als vierzig Jahren in der Diätküche am Massachusetts General. Obwohl er nur untergeordnete Tätigkeiten verrichtet — in erster Linie spülte er das Geschirr und die Tabletts und wischte die Böden —, so hatte er sich doch den Respekt derjenigen, die mit ihm zusammenarbeiteten, erworben. Keiner der Angestellten am Massachusetts General Hospital wagte es, sich über Lucas lustig zu machen, und dafür gab es zwei Gründe: zum einen seine mächtigen Pranken, die mit Leichtigkeit die Rippen eines Mannes brechen konnten, und zum anderen seine Fähigkeit, alles, was nicht leicht zu beschaffen war, aufzutreiben.

Als Lucas Benny auf sich zukommen sah, wrang er seinen Putzlumpen aus, klemmte sich den Stiel des Schrubbers unter den Arm und fragte: »Wie geht es dir, Benny?«

»Okay, Lucas, und dir?«

Lucas nickte und musterte Bennys Gesichtsausdruck.

»Du bist doch nicht nur hier, um mir mal kurz guten Tag zu sagen, oder?«

»Woher willst du das wissen?«

Lucas lächelte, und sein Grinsen legte sein breites Gesicht in Falten.

»In meinem Geschäft lernt man die Leute kennen, Benny. Also los, was kann der alte Lucas für dich tun?«

Benny holte tief Luft und sagte dann: »Ich dachte daran, mir eine Waffe zu beschaffen.«

»Eine Waffe — was für eine Waffe?«
»Ich weiß nicht, was meinst du?«
»Das hängt davon ab, wozu du sie brauchst. Es gibt Handfeuerwaffen, Revolver, 22er, 45er, 25er; dann gibt es noch diese billigen, kleinkalibrigen Dinger und dann —«
»Nein, eine große, eine, die die Leute beeindruckt, keine, die sie sich nur ansehen und dann nicht ernst nehmen und lachen.«
»Ich kenne nicht allzu viele Leute, die noch lachen, wenn der Lauf einer Waffe auf ihren Kopf gerichtet ist, ganz gleich, welche.«
»Du weißt doch, wie es ist, wenn man etwas anders machen will, Lucas, ich meine, etwas, das wirklich anders ist. Es passiert ja nicht so oft, daß kleine Leute — du weißt schon, so jemand wie ich — sich Gehör verschaffen. Die Leute versuchen es — das habe ich erlebt —, aber in dieser Gesellschaft ist das, was sie sagen oder tun, normalerweise keinen Pfifferling wert. Verstehst du, was ich versuche, dir zu sagen, Lucas?«
Lucas legte eine Hand auf Bennys Schulter.
»Sicher. Du willst etwas, das einschüchtert, das den Leuten eine Riesenangst einjagt, wenn sie es sehen.« Er massierte seine Stirn mit seiner dicken Fingerkuppe. »Ich glaube, ich weiß genau das Richtige für dich, Benny. Das ist heutzutage eine ganz heiße Ware. Hast du schon mal was von einer Uzi gehört?«
»Nein, noch nie. Was ist das?«
»Also, das ist ein kurzes Gewehr — nur vierundzwanzig Zoll lang, halbautomatisch. So ähnlich wie ein Maschinengewehr. Es feuert sehr schnell, und auf einem Ladestreifen sind dreißig Schuß. Man kann einen Mann damit in Stücke reißen.«

»Wie geht man mit ihr um? Ist es schwer?«

»Ein paar Stunden an einem einsamen Ort dürften reichen. Man muß ein paar Kniffe kennen: Du mußt die Waffe ganz fest an deine Schulter pressen, um den Rückstoß abzufangen, das Ziel anvisieren und dann den Atem anhalten, wenn du ganz langsam den Abzug drückst.«

Benny nickte. »Wieviel zahlt man dafür, Lucas?«

»Hmm, es gibt zwei Preise, Benny, das weißt du doch — Lucas' Standardpreis und dann den Spezialpreis für die Freunde von Lucas. Himmel, wie lange kennen wir uns jetzt eigentlich schon? Wenn ich mich recht erinnere, dann warst du noch ein halbes Kind, als du hierherkamst. Wie lange ist das her, fünfzehn Jahre?«

Benny nickte. »Ja, so lange ist es ungefähr her.«

»Der Preis für dich wäre zweihundertfünfzig. Auf der Straße zahlst du das Doppelte dafür. Und in dem Preis sind sechs Ladestreifen und ein Schulterriemen eingeschlossen.«

»Ich glaube, ich werde mehr Munition brauchen.«

Lucas zuckte mit den Achseln. »Kein Problem, ich besorge dir mehr.«

Benny nickte. »Okay, ich will sie haben. Und vielen Dank, Lucas.«

»Kannst du das Geld bis Montag besorgen?«

Benny nickte, obwohl er wußte, daß er momentan kaum mehr als fünfzig Dollar auftreiben konnte.

»He, sag mir doch mal, Benny, werde ich deinen Namen als Schlagzeile in der Zeitung lesen, oder was?«

Benny konnte ihm keine Antwort geben, da er es wirklich selbst noch nicht wissen konnte. Er wußte nur, daß ein Beruhigungsmittel und ein Nylonstrumpf bei einer so raffinierten Lady wie Maggie Grant nichts ausrichten

würden. Obwohl ihr Fall erst noch vor Gericht verhandelt werden mußte, wußte Benny bereits, wie die Entscheidung ausfallen würde.
Der erste Schritt würde das Geld sein. Wie sehr er es auch haßte, Daisey darum zu bitten, ihm zweihundert Dollar zu leihen, er hatte keine andere Wahl. Er könnte natürlich hingehen und es stehlen, aber Benny hatte noch nie in seinem Leben auch nur einen Cent gestohlen. Und er wollte jetzt nicht damit anfangen.

»Zweihundert Dollar, wozu brauchst du das Geld, Benny?« fragte Daisey.
»Ich kann nicht darüber sprechen, Daisey. Ich brauche es eben.«
»Bist du in Schwierigkeiten?«
»Nein, nichts dergleichen.« Er stand vom Tisch auf, ging zum Wohnzimmerfenster und starrte nach draußen, die Hände in die Taschen gestopft wie ein kleiner Junge, den man abgewiesen hatte. »Hör mal, Daisey, wenn du es mir nicht leihen willst, wenn du glaubst, das ist zuviel —«
Daisey stellte sich neben ihn. »Das ist es nicht, Benny. Du weißt doch, daß alles, was mir gehört, auch dir gehört. Es ist nur so, daß ich möchte, daß du dich mir anvertraust. Das ist alles.«
»Nun, ich kann nicht, Daisey. Diesmal nicht.«
Sie nickte. »Okay, Benny, du kannst das Geld haben. Ich werde es morgen in der Mittagspause von der Bank holen. Ist das in Ordnung?«
Benny drehte sich zu ihr um. Seine Augen waren feucht. Es war das erste Mal, daß Daisey ihn den Tränen so nahe sah.
»Ich liebe dich, Daisey«, sagte er. »Das weißt du doch, oder?«

Ja, das wußte sie, natürlich wußte sie das. Doch es war das erste Mal, daß er es tatsächlich ausgesprochen hatte.

Douglas hatte den größten Teil des Freitagmorgens damit verbracht, sich mit Justizwachbeamten, Protokollführern und Richtern zu unterhalten. Wenn der Mann wirklich so oft in dem Gebäude gewesen war, wie er vermutete, dann mußte ihn jemand gesehen haben, jemand, der Douglas eine vollständigere Beschreibung geben könnte. Wenn er doch nur ein Phantombild hätte, mit dem er arbeiten könnte. Aber bis jetzt hatte er nichts in der Hand.

Schließlich landete er am Kaffeeausschank.

»Wie geht es Ihnen, Celia?« sagte er zu der blinden jungen Frau.

»Mister Woods, richtig?« sagte sie, und ihre glatten braunen Wangen verzogen sich zu einem Lächeln, als sie ihm Kaffee einschenkte.

»Sie erstaunen mich immer wieder, junge Dame.«

Sie zuckte mit den Achseln. »Man gewöhnt sich an die Stimmen und an die Art, wie die Leute reden. Sie, Mr. Woods, klingen zum Beispiel immer bedächtig, geduldig.«

Er lachte. »Wie ist es denn bei den anderen?«

»Nun, manche Leute klingen erschrocken, andere gehetzt und verwirrt oder schüchtern . . . von Stimmen kann man auf viele Dinge schließen. Und dann gibt es natürlich noch andere Anhaltspunkte.« Sie reichte ihm den Kaffee. »Ich weiß zum Beispiel, daß Sie über einen Meter achtzig groß sind und dunkles Haar haben, wahrscheinlich sehr viel davon.«

»Sie haben recht. Woher können Sie das wissen?«

»Das ist leicht. Ich kann normalerweise einschätzen, aus

welcher Höhe die Stimme kommt. Bei Ihnen kommt sie von ziemlich weit oben.«
»Was ist mit der Haarfarbe?«
»Nun, da habe ich geschätzt. Als ich Ihnen eines Tages Ihren Kaffee gab, habe ich Haare auf Ihrem Handgelenk und auf Ihrem Unterarm gespürt. Normalerweise sind Leute mit starker Körperbehaarung dunkel.«
»Ich würde sagen, Sie sind ganz schön clever.«
»Wenn man blind ist, dann achtet man auf andere Dinge. Wenn die Leute etwas sagen, dann achte ich nicht nur auf das, was sie sagen, sondern auch darauf, wie sie es sagen. Mit anderen Worten, darauf, ob sie auch das meinen, was sie sagen.«
»Ich vermute, Sie treffen viele Leute, bei denen das nicht der Fall ist.«
Sie lachte. »Das kann man wohl sagen. Aber Sie nicht, Mr. Woods, Sie klingen so, als würden Sie sich Zeit lassen, bevor Sie etwas sagen, aber wenn, dann meinen Sie es auch so. Es hat beispielsweise sehr lange gedauert, bevor Sie mir Ihren Namen nannten und mich fragten, wie ich heiße. Aber als Sie es taten, da wußte ich, daß Sie mich mögen.«
Douglas musterte sie und meinte dann: »Wissen Sie, das stimmt auch. Es dauert bei mir eine Weile, bevor ich auf jemanden zugehe, um ihn kennenzulernen. Wenn ich es dann mache, dann bin ich mir ziemlich sicher, daß ich es auch will. Natürlich hat so ein Verhalten auch seine Nachteile; manchmal wartet man zu lange und versäumt vielleicht eine Gelegenheit, die es wert gewesen wäre . . .«
»Ich weiß, was Sie sagen wollen. Da ist dieser eine Rechtsanwalt, der sehr oft vorbeikommt, fast täglich sogar. Nun, er spricht nie sehr viel, aber ich hatte so ein Gefühl, als sei er einsam, vielleicht sogar traurig. Eines Tages habe ich ihn angesprochen und ihn um seinen

Namen gebeten. Jetzt unterhalten wir uns jedesmal, wenn er vorbeikommt. Nicht lange, aber immerhin.«

»Hatten Sie recht, ist er einsam?«

Sie preßte ihre Lippen zusammen. »Das weiß ich nicht, aber ich weiß, daß er unglücklich ist, und ich glaube auch, daß er Angst hat. Das zeigt sich an der eindringlichen Art, mit der er spricht. Manchmal glaube ich, daß er übertreibt. Sie wissen schon — daß er sich vor mir aufspielt.«

»Wieso denken Sie das?«

»Nun, wenn man ihm glaubt, dann hat er immer einen sehr wichtigen Fall laufen. Ich kenne keinen anderen Anwalt, der so viele Scheidungs- und Sorgerechtsfälle hat. Ich meine, was Verhandlungen betrifft, da hat man einen, vielleicht zwei oder drei im Monat, aber —«

»Celia, wie heißt dieser Mann?«

»Ich kenne ihn nur als Benny. Das ist eigentlich ungewöhnlich — die meisten Anwälte nenne ich nicht bei ihren Vornamen. Aber mehr hat er mir nicht gesagt.«

»Wie sieht er aus, können Sie mir darüber etwas sagen?«

»Nun, das ist auch seltsam. Wenn jemand mitteilsam ist, dann nehme ich normalerweise an, daß er gut aussieht. Jetzt ist Benny überhaupt nicht mitteilsam, aber einmal, als er den Ausschank verlassen hatte, hörte ich zwei Frauen flüstern, daß er sehr gut aussehen würde.«

»Wissen Sie irgend etwas Konkreteres?«

»Nein, das war alles.«

»Wie groß ist er denn?«

Sie überlegte einen Augenblick. »Ein Meter und fünfundsiebzig . . . einsachtzig vielleicht. Warum stellen Sie mir all diese Fragen über Benny, Mr. Woods?«

»Celia, Sie haben doch sicher schon von dem Würger am Gericht gehört.«

»Natürlich, wer nicht? Mir wird ganz anders, wenn ich mir vorstelle . . . Sie meinen doch nicht — denken Sie dabei an Benny?«

»Nicht direkt. Aber das klingt alles etwas eigenartig. Wir haben bisher das gesamte Personal überprüft, selbst die Anwälte. Sagen Sie doch mal, wann ist Benny das letzte Mal hiergewesen?«

»Jetzt, wo Sie es erwähnen, fällt es mir auf. Ich habe ihn seit ein paar Tagen nicht mehr gesehen. Aber ich vermute, daß er bald wieder auftauchen wird.«

»Um welche Zeit trinkt er denn normalerweise seinen Kaffee?«

»Oh, früh . . . er ist normalerweise einer der ersten Kunden. Wir machen hier bereits vor acht Uhr auf.«

»Celia, ich werde einen der Wachbeamten anweisen, Montag morgen in der Nähe zu sein. Er wird sich Ihnen gegenüber ausweisen. Wenn Benny den Ausschank verläßt, dann geben Sie dem Beamten ein Zeichen. Werden Sie das tun?«

»Sicher, aber ich will nicht, daß Benny Schwierigkeiten bekommt.«

»Wahrscheinlich ist er nur einer der Anwälte, die häufig hier bei Gericht sind. Doch ich möchte sichergehen.«

Als Douglas den Kaffeeausschank verließ, ging er zu einem der Wachbeamten, der dafür verantwortlich war, daß sich die Leute am Eingang in Listen eintrugen.

»Ich möchte, daß Sie die Listen der vergangenen Woche durchgehen. Ich suche jemanden, der Ben, Benjamin oder Benny heißt. Ein Rechtsanwalt vielleicht, vielleicht aber auch nicht. Bringen Sie die Namen dann in mein Büro.«

Dummerweise hatte Daisey Liz erzählt, daß sie Geld von ihrem Konto abheben wollte, um es Benny zu geben.

»Ich denke, das war dumm von dir«, meinte die Freundin. »Er nutzt dich doch nur aus.«

»Du bist doch nur sauer, weil ich mit dir nicht zum Mittagessen gehe«, erwiderte Daisey.

»Wenn du das denkst, dann bist du sogar noch dümmer, als ich dachte. Männer, zumindest anständige Männer, bitten Frauen nicht um Geld. Sieh ihn dir doch nur an, er lebt praktisch in deiner Wohnung, ißt die Lebensmittel, die du kaufst, und verbraucht den Strom, den du bezahlst.«

»Benny zahlt immer noch seine eigene Miete und legt jede Woche Geld für Adam auf die Seite. Außerdem verdient er nicht soviel.«

»Aber du, oder?«

»Benny hat Verpflichtungen, ich nicht. Und ich mag es gar nicht, wenn du über ihn sprichst, als sei er irgend so ein schäbiger Schnorrer. Er hat mich in den vergangenen paar Monaten glücklicher gemacht, als ich es je zuvor in meinem ganzen Leben war. Ich weiß endlich, was es heißt, bedingungslos zu lieben.«

»Oh, jetzt mach aber mal 'nen Punkt — nur weil er gut aussieht?«

»Nein, so siehst du das, Liz, ich nicht. Meine Liebe zu Benny hat nichts mit seinem Aussehen zu tun. Das, was in ihm steckt, ist wichtig. Er ist sensibel, liebevoll und freundlich. Er verfügt über all die wunderbaren Eigenschaften, die ich mir bei einem Mann immer gewünscht habe. Und wenn es etwas gibt, das ich tun kann, um ihm das Glück zu schenken, das er mir gibt, dann tue ich das auch. Einschließlich, ihm Geld zu leihen.«

»Ich schätze, du bist bereit, ihm dein ganzes Bankkonto zu überschreiben, wenn er dich darum bittet.«

»Ich habe zweitausend Dollar gespart, und Benny weiß

das. Und ja, wenn er es ganz haben wollte, ich würde es ihm geben.«
Daisey knallte die Tür des Buchladens zu und eilte zur Bank. Sie hatte Liz' ständige Eifersucht satt!

Bevor sie nach Hause fuhr, ging Maggie noch auf einen Sprung zu Joyce Whitestone, deren Büro zwei Stockwerke unter dem ihren lag. Joyce war eine stämmig gebaute Frau, die ihr braungelocktes Haar nüchtern kurz geschnitten trug.
»Setz dich doch«, sagte sie zu Maggie, als sie ihre Kaffeetasse erneut füllte. »Leistest du mir Gesellschaft?«
Maggie schüttelte den Kopf.
»Danke dir. Hast du etwas von Pauls Anwalt gehört?«
»Das habe ich, sie werden Montag beide hier auftauchen. Aber sag mal, hast du versucht, mit Paul über die Sache zu reden? Vielleicht kannst du ihn überreden, daß er sich für eine gewisse Zeit mit diesem Zustand abfindet. Überzeuge ihn, daß er Hilfe braucht.«
»Das habe ich bereits mehrmals versucht. Aber meistens endet das damit, daß wir uns anschreien und daß einer von uns beiden auflegt.«
Joyce schüttelte den Kopf. »Ich wußte doch, das war zu schön, um wahr zu sein.«
»Was meinst du?«
»Nun, eure Scheidung generell. Alles war so vernünftig und zivilisiert. So etwas passiert nicht oft, wie du ja wohl weißt. Besonders dann nicht, wenn es um ein Kind geht. Ich meine, ihr beide seid so zuvorkommend miteinander umgegangen. — Manchmal dachte ich, jetzt wird mir gleich übel.«
Maggie lachte. »Dann bekomme ich jetzt also auch mein Fett ab, meinst du das?«

»Nein, das habe ich nicht gesagt. Ich bin einfach nur mißtrauisch, wenn etwas im oder außerhalb des Gerichtes zu glatt läuft. Oh, übrigens, unsere Verhandlung findet unter dem Vorsitz von Campbell statt.«

»Gut, er ist ein Schatz.«

»Nicht unbedingt für Frauen, das weißt du.«

»Für keinen, wie ich es sehe. Aber er ist fair oder versucht wenigstens, es zu sein, das ist das Wichtigste. Und das ist alles, was ich will. Du weißt, daß ich an seinem Urteil kaum zweifeln würde. Ich vertraue ihm, daß er sich ein vollständiges Bild der Sachlage macht und dann, so ehrlich er kann, entscheidet, was im vorliegenden Fall das beste ist.«

»Meine Güte, du hast aber viel Vertrauen in einen einzigen Richter.«

»Das kommt daher, daß ich genügend Fälle vor Greenspon, Leeder, Cagney und Farswick vertreten habe. Ein paar von diesen Typen genügen, und man weiß jeden zu schätzen, der die Fähigkeit zur Anteilnahme und halbwegs Intelligenz besitzt.«

Joyce lächelte. »Übrigens, ich weiß, daß du mit Douglas Kontakt hast. Gibt es etwas Neues über den Würger vom Gericht?«

»Nicht, daß ich wüßte.«

»Ich mußte seit drei Wochen nicht mehr ins Gericht, und bei dem, was da so läuft, hätte ich eigentlich gehofft, noch etwas länger nicht mehr dorthin zu müssen.«

»Mach dir keine Sorgen, Joyce, er hat es nicht auf Anwälte abgesehen — das heißt, solange sie keine geschiedenen Frauen oder Mütter sind.«

Nach dem Abendessen versuchte Maggie mit Richie über die Verhandlung am Montag zu reden.

»Während du in der Schule bist, wird sich der Richter anhören, was dein Vater und ich zu sagen haben, dann wird er entscheiden, was er für das beste hält. Er ist ein sehr weiser Richter, Richie. Ich vertraue darauf, daß er das Richtige machen wird.«

»Du meinst, daß er sich für dich entscheidet.«

»Nicht unbedingt. Wir werden abwarten müssen, nicht wahr?«

»Er kennt dich wahrscheinlich.«

»Das tut er tatsächlich, aber wieso? Das wird seine Entscheidung bestimmt nicht beeinflussen.«

Er starrte sie an und schaute dann wieder weg.

»Was ist los, Richie?«

»Nichts.«

»Du verschweigst mir doch was, oder?«

Er stand auf. »Nein, nichts . . . du hast doch gehört, ich sagte, nichts. Warum hörst du nicht auf, mir zu sagen, was ich denken soll!« Mit diesen Worten rannte er in sein Zimmer.

Maggie saß wie betäubt da. Das waren nicht seine eigenen Worte, das waren Pauls Worte. Ihr hatte es nie zuvor etwas ausgemacht, daß Paul fast jeden Nachmittag mit Richie telefonierte, aber plötzlich hatte sie etwas dagegen.

Einfach großartig! Was waren das nur für Gerüchte, die Paul in die Welt setzte?

14. KAPITEL

Obwohl Maggie es sich verkniffen hatte, Paul anzurufen, um herauszufinden, was er Richie erzählt hatte, hielt ihr Ärger das ganze Wochenende an, auch wenn Douglas alles versucht hatte, sie abzulenken. Als sie am Montagmorgen schließlich nach einer weiteren unerfreulichen Episode mit Richie im Gericht ankam, war sie erschöpft und angespannt. Am Eingang legte sie ihren Anwaltsausweis auf den Tisch. Der Wachbeamte schob ihn in einen kleinen Apparat, wo er fotografiert wurde, und händigte ihn ihr dann mit einem verlegenen Lächeln wieder aus.

»Tut mir leid, Maggie«, sagte er.

Sie nickte nur und sah sich dann nach Joyce um. Plötzlich fühlte sie sich genauso deplaziert und verstört, wie ihre Mandanten sich vermutlich fühlen mußten. Sie entdeckte Joyce, die auf einer Bank saß und zwei Becher mit Kaffee neben sich stehen hatte.

»Nervös?« wollte Joyce von Maggie wissen, als sie ihr einen Becher gab.

»Ich bin ein Wrack. Ich habe ein Gefühl, als müßte ich gleich aus meiner Haut fahren.«

»Entspann dich. Du wirst wahrscheinlich gar nicht viel sagen müssen. Bei diesen mündlichen Verhandlungen um eine einstweilige Verfügung werden kaum Zeugen vernommen.«

Maggie nickte und schaute sich dann um.

»Ist Paul schon hier?«

»Nicht, das ich wüßte, aber sein Anwalt ist hier.« Joyce

griff in ihre Aktenmappe, holte ein fünfseitiges Dokument heraus und gab es Maggie. »Hier, Pauls eidesstattliche Erklärung.«
Maggie las sie durch und blickte dann hoch.
»So ein Unsinn! Hast du diese Lügen gelesen?«
»Alle eidesstattlichen Erklärungen sind doch erlogen.«
»Wie bitte?«
»Jeder sieht die Sache nur von seinem ganz persönlichen Standpunkt aus. Das weißt du doch, Maggie.«
»Herrgott, auf wessen Seite bist du überhaupt?«
»Auf deiner natürlich. Aber du weißt doch, daß ein und dieselbe Geschichte ganz verschieden klingen kann, je nachdem, wer sie erzählt. Und jeder schwört alle Eide, daß sie wahr ist.«
»Dann willst du damit wohl sagen, daß ich deiner Meinung nach nicht objektiv bin?«
»Nein, das habe ich nicht gesagt. Ich bin sogar überzeugt, daß du wesentlich objektiver als Paul bist. Und ich weiß, ich würde an deiner Stelle genauso empfinden. Ich weiß eben nur nicht, ob ich den Mut hätte, diesen Schritt zu tun. Paul und Richie haben ein sehr enges Verhältnis . . . du könntest am Ende mit einem Sohn dastehen, der sich weigert, mit dir zu sprechen.«
»Nun, das Risiko muß ich wahrscheinlich eingehen, oder?« Da Maggie diese Unterhaltung beenden wollte, schaute sie sich unter den Leuten um, die in die Halle strömten, und ihr Blick blieb auf einem Mann hängen.
Joyce beugte sich näher zu Maggie, und ihre Augen folgten Maggies Blick.
»Wer ist das?« flüsterte sie.
Maggie schreckte zusammen, und Joyce zog, ebenfalls erschrocken, den Kopf zurück.
»Du bist aber wirklich nervös.« Dann: »Also, wer ist das?«

Maggie zuckte mit den Achseln, als der Mann an ihr vorbei und die Treppen hoch zu den Arbeitsräumen ging.
»Ich weiß nicht«, sagte sie und wandte ihre Aufmerksamkeit schließlich wieder Joyce zu. »Es ist nur so, er war dunkelhaarig und um die Dreißig ... das ist die allgemeine Beschreibung, die wir von dem Mörder haben.«

Benny hatte am Abend zuvor beschlossen, daß es zu gefährlich wäre, im Verhandlungsraum anwesend zu sein; in dieser Hinsicht hatte Daisey recht. Statt dessen würde er sich in den Hof des Gerichtsgebäudes setzen und dort abwarten. Er hatte vorher bereits gesehen, wie sie hineingegangen war — allein. Er nahm an, daß auch Paul bereits dort war.
Einen Augenblick versetzte er sich an Pauls Stelle, aber es tat zu weh. Also dachte er statt dessen über die Waffe nach, die er heute in der Arbeit abholen würde — er hatte, zusammen mit seinen eigenen fünfzig, Daiseys zweihundert Dollar schon in der Brieftasche stecken. Daß Lucas das Geld heute schon haben wollte, hatte ihn überrascht. Aber das war etwas, was er an Lucas bewunderte ... er fackelte nicht lange herum. Benny neigte eher dazu, lange über den Dingen zu brüten, bevor er eine Entscheidung traf.
Hatte er nicht bereits zu lange gezögert, sich endlich eine Waffe zu beschaffen?

Bis sie schließlich in den ihnen zugewiesenen Verhandlungsraum zu Richter Campbell kamen, war es fast zehn Uhr. Maggie sah sich um — außer den beiden Anwälten und ihr selbst war niemand da.
»Ich sehe Paul nicht«, flüsterte Maggie Joyce zu.

Die zuckte nur mit den Achseln. »Er muß ja nicht kommen, nehme ich an.«
»Das ist aber nicht sehr klug von ihm.«
Campbell benötigte zehn Minuten, um sich die Unterlagen durchzulesen. Dann wandte er sich an Gustafson, Pauls Anwalt.
»Wie üblich haben wir es hier mit zwei widersprüchlichen Auffassungen zu tun. Ihr Mandant beschreibt seine Trinkgewohnheiten als im Rahmen des Üblichen liegend, wohingegen Mrs. Grant darlegt, er habe Probleme mit dem Alkohol. Sie weist auf mehrere Vorfälle hin, die in direktem Zusammenhang mit seinem Alkoholproblem standen, wie sie behauptet. Bei dem letzten Vorfall dieser Art handelt es sich darum, daß der sechsjährige Richard beinahe ertrunken wäre.«
»Euer Ehren, mein Mandant ist im Vertrieb von Serviceleistungen an große Firmen tätig. Im vergangenen Jahr wurde er zum besten Verkäufer der Ostküste gewählt. Jetzt kann mir aber niemand erzählen, daß ein Alkoholiker — der er nach Mrs. Grants Behauptung ja sein soll — in der Lage ist, auf regelmäßiger Basis mit Managern größerer Firmen zu verhandeln und dabei ständig so ausgezeichnete Beziehungen zu pflegen, die für einen derartigen Verkaufserfolg notwendig sind. Mr. Grant ist darauf angewiesen, sich zu verkaufen — und für einen hohen Preis, wie ich hinzufügen darf. Wenn er nicht in der Lage wäre, das Vertrauen und den Respekt seiner Kunden zu gewinnen, könnte er genausogut zu Hause bleiben. Alkoholiker, Euer Ehren, arbeiten weder auf diese Weise, noch haben sie die Fähigkeit, ausgefuchste Führungskräfte mit ihrer Geschäftstüchtigkeit zu beeindrucken.«
»Das ist nicht unbedingt immer der Fall«, sagte Joyce. »Es

gibt verschiedene Ausprägungen und Stadien von Alkoholismus, Euer Ehren, wie Ihnen ja wohl bekannt sein dürfte. Manche trinken täglich, andere sind nur Gelegenheitstrinker. Manche werden bösartig, sogar gewalttätig, wenn sie betrunken sind, andere wiederum schlafen einfach ein. Doch alle haben eines gemeinsam: Sie sind unzuverlässig, und man kann im Notfall nicht mit ihnen rechnen, was aber unabdingbar ist, wenn es um das Wohl eines Kindes geht.«

Maggie mußte unwillkürlich nicken. *Gut so, Joyce, das hätte ich selbst nicht besser formulieren können.*

»Und ich möchte hinzufügen«, fuhr Joyce fort, »daß es so scheint, als hätte Mr. Grant genau den idealen Job, hinter dem er ein ernsthaftes Alkoholproblem verstecken kann. Er legt seine Termine selbst fest. Zwischen seinen geschäftlichen Verabredungen ist er zu Hause und für niemanden zu sprechen ... Ich würde sagen, daß so ein Lebensstil sich als ideal erweist, eine Abhängigkeit zu verbergen.«

»Euer Ehren«, sagte Gustafson, »mein Mandant ist ein Mann, der ein sehr enges Verhältnis zu seinem Sohn hat. Und diese Frau hier«, er deutete auf Maggie, die allein an einem Tisch saß, »versucht nichts anderes, als ihre Macht zu mißbrauchen und dieses enge Band zu zerstören. Sehen Sie denn nicht, Euer Ehren, Mrs. Grant ist eifersüchtig — eifersüchtig darauf, daß sie selbst nicht dasselbe liebevolle Verhältnis zu ihrem Sohn hat, wie es zwischen ihrem Kind und ihrem Exmann besteht.«

Maggie legte im Geist Widerspruch ein, als Joyce rief: »Einspruch, Euer Ehren!«

Ich danke dir, Joyce.

»Mein Kollege hier hat offensichtlich zu viele Fälle gelesen und beschlossen, meine Mandantin willkürlich in irgendeine Schublade zu stecken. Meine Mandantin ist eine ausgezeichnete Mutter und hat ein enges, liebevolles Verhältnis zu ihrem Sohn. Und weil sie ihn liebt, liegt ihr nichts ferner, als das enge Verhältnis ihres Sohnes zu seinem Vater zu zerstören. Im Gegenteil, hier steht eine Frau, die bei ihrer Scheidung unzähligen Forderungen ihres ehemaligen Mannes nachgegeben hat.

Obwohl ihr das Sorgerecht zugesprochen wurde, bestand sie darauf, daß Mr. Grant den Jungen uneingeschränkt, d. h., so oft er wollte, sehen konnte. Damit will ich ausdrücken, daß der Beklagte — der, wie ich hinzufügen darf«, meinte Joyce mit einer Geste zu den Bänken, »es nicht für nötig befunden hat, zu dieser Verhandlung heute morgen zu erscheinen —, daß es dem Beklagten nie abgeschlagen wurde, den Jungen zu sehen, sei es während der Woche oder am Wochenende gewesen. Ganz gleich, was in der Zeit ihrer Ehe auch passiert ist, meine Mandantin war entschlossen, davon nicht die Beziehung zwischen Vater und Sohn beeinträchtigen zu lassen.«

»Dann fragen Sie sie doch mal, Euer Ehren, was geschehen ist, daß sie ihre Meinung zu diesem Thema geändert hat?« sagte Gustafson.

»Ich denke«, erwiderte Joyce, »das geht doch eindeutig aus ihrer Klage, der eidesstattlichen Erklärung und dem Bericht des Arztes über das Beinahe-Ertrinken des Jungen hervor. Die mangelnde Aufsicht, wenn das Kind bei seinem Vater ist, spricht doch Bände. Er weigert sich, oder vielleicht sollte ich besser sagen, er ist unfähig, darauf zu verzichten, sich 'mal einen zu genehmigen', wenn das Kind unter seiner Obhut steht.«

»Vielleicht steckt aber in Wirklichkeit auch etwas ganz anderes dahinter, nämlich eine radikale Änderung von

Mrs. Grants Lebensumständen«, konterte Gustafson. »Es ist allgemein bekannt, daß sie einen neuen Liebhaber hat, der in ihrer Vorstellung vielleicht dem Jungen ein neuer Vater sein soll. Soweit ich informiert bin, bin ich geneigt zu sagen, daß ihr Liebhaber bei mehr als einer Gelegenheit bereits eine ganze Nacht —«

Eine Lüge, das ist eine Lüge.

»Das reicht!« meinte Campbell. »Ich bin am Sexualleben dieser Leute nicht interessiert, es sei denn, es hat seine Auswirkungen auf den Jungen. Sind Sie auch geneigt zu sagen, daß die klägerische Partei in Anwesenheit des Jungen Geschlechtsverkehr hatte?«

»Das nicht, aber —«

»Sind Sie geneigt zu sagen, daß der Junge zu irgendeiner Zeit in sexuelle Handlungen verwickelt war?«

Gustafson schüttelte den Kopf und machte, zu Maggies Erleichterung, einen Rückzieher.

In diesem Augenblick wurde die Tür des Gerichtssaales aufgestoßen: Richies Augen blickten erschrocken, als Paul ihn hineinführte.

Maggie hielt die Luft an. *Dieser Mistkerl, dieser stinkende, lausige Mistkerl!*

»Ich denke, es ist mehr als angebracht, daß das Kind Gelegenheit hat, seine Wünsche vorzubringen«, sagte Gustafson, der diese Unterbrechung eindeutig erwartet hatte.

Maggie sprang auf.

»Einspruch, Euer Ehren!«

Douglas hatte die Liste mit zwölf Namen am Montagmorgen bereits vor zwölf Uhr auf seinem Schreibtisch liegen. Vier der Männer mit Namen Ben oder Benjamin — Bennys waren keine darunter —, die in der vergangenen

Woche ins Gerichtsgebäude gelassen wurden, waren Anwälte, der Rest Personen, die vermutlich in irgendwelche Rechtsstreitigkeiten verwickelt waren. Er übergab Peterson, einem der Männer der Ermittlungsgruppe, die Liste und bat darum, daß man die Telefonnummer und die Adresse jedes Rechtsanwaltes feststellen und den Hintergrund der anderen Personen überprüfen möge.

Dann ging er nach unten, ins alte Gebäude hinüber, um mit Celia zu sprechen. Laut Aussage des Wachbeamten, der sich bereits früher am Tag bei ihm gemeldet hatte, war der Mann namens Benny heute nicht am Kaffeestand aufgetaucht.

»Tut mir leid, daß ich keine Hilfe sein konnte«, sagte Celia, als sie erkannte, daß es Douglas war.

»Das ist nicht Ihre Schuld. Ich fürchte, die verstärkten Sicherheitsmaßnahmen haben ihn vielleicht abgeschreckt. Ganz zu schweigen von den Geschichten in der Zeitung.«

»Nun, einerseits ist das doch ganz gut, oder?«

»Wenn er dadurch gewarnt wird, nicht.«

Sie seufzte. »Nein, wahrscheinlich nicht.«

»Hören Sie, wir werden aber weiterhin täglich einen Mann hierherstellen, um sicherzugehen. In der Zwischenzeit versuchen wir, über seinen Namen etwas herauszufinden. Vielleicht ist er sogar auf der Liste derer aufgeführt, die ins Gebäude gelassen wurden. Sie waren uns auf jeden Fall eine große Hilfe, Celia.«

Douglas ging dann nach oben zu den Sälen, in denen Familienrechtssachen verhandelt wurden. Er fragte sich, ob Maggies Verhandlung wohl schon vorüber war. Als er auf die Uhr sah, beeilte er sich, zu den Aufzügen im neuen Gebäude zu kommen. Er mußte selbst zur Vernehmung eines Angeklagten, eines Mannes, der bereits zum zweitenmal wegen Kindesmißbrauchs vor Gericht stand und der ein Gesuch um Freilassung gegen Kaution stellen wollte. Wenn es nach ihm ginge, dann würde der Kerl für immer hinter Gittern verschwinden.

»Es reicht!« rief Richter Campbell und schlug mit dem Hammer auf die Richterbank, um die plötzlich entstandene Unruhe einzudämmen. Dann, an Paul und Richie gewandt: »Mr. Grant, bringen Sie den Jungen nach draußen.«

»Aber Hohes Gericht«, setzte Paul an.

»Unverzüglich!«

Als Richie neben Paul den Gerichtssaal verließ, warf er einen schnellen Blick auf Maggie und drehte sich dann weg.

Campbells rauchblaue Augen blieben auf Gustafson ruhen.

»Dieser Gerichtssaal hier ist kein Zirkus, Mr. Gustafson. Kinder haben zu Zeugenaussagen keinen Zutritt, es sei denn, ein dementsprechender Antrag wurde gestellt. Ich bin überzeugt, daß Sie das durchaus wissen. Wenn Sie glauben, theatralische Auftritte würden sich zu Ihren Gunsten auswirken, dann haben Sie sich getäuscht, Sir. Und falls Sie noch einmal zu solchen Mitteln greifen, dann werde ich Sie wegen Mißachtung des Gerichts einsperren lassen — zusammen mit Ihrem Mandanten. Haben Sie mich verstanden?«

Gustafson lief rot an. »Ja, Euer Ehren.«

»Wenden wir uns nun wieder dem vorliegenden Problem zu.« Er schaute Maggie an. »Maggie, würden Sie Ihre Einwilligung dazu geben, daß Ihr geschiedener Mann . . . nun, sagen wir mal, zwei Stunden pro Woche zu Ihnen kommt und den Jungen sehen darf?

Sie oder eine zuverlässige Aufsichtsperson würden selbstverständlich dabei anwesend sein.«

Maggie dachte einen Augenblick darüber nach und nickte dann.

»Ja, Euer Ehren«, sagte sie mit zitternder Stimme.

»Glauben Sie, daß Sie und Mr. Grant in der Lage sein würden, so zivilisiert miteinander umzugehen und einen Zeitpunkt pro Woche festzulegen, der beiden Parteien paßt — und diesen Besuch dann natürlich ohne größere Feindseligkeiten über die Bühne zu bringen?«

Maggie holte tief Luft. »Der Zeitpunkt dafür ist nicht gerade sehr günstig, fürchte ich. Aber ich bin sicher bereit, es zu versuchen.«

Der Richter schaute Gustafson an. »Ich nehme an, Sie sind in der Lage, für Ihren Mandanten zu sprechen.«

»Ich glaube, daß mein Mandant dem zustimmen wird, Euer Ehren. Aber —«

»Das reicht, Mr. Gustafson. Ich habe Ihnen Gelegenheit gegeben zu sagen, was Sie wollten, mehr will ich nicht hören.«

Der Anwalt nickte.

»Ich werde für diesen Fall einen Jugendamtsvertreter bestellen, der die heute vorgebrachten Einlassungen überprüfen wird. Und ich werde den Jugendamtsvertreter anweisen, mir innerhalb eines Monats seinen Bericht zu übergeben, und dann werde ich mir den Fall erneut ansehen. Ich möchte es noch einmal in aller Deutlichkeit zum Ausdruck bringen — ich habe nicht die Absicht, eine Vater-Sohn-Beziehung zu zerstören. Weiß der Himmel, es sind wenige genug, die eine gute Beziehung haben. Aber ich werde nicht zulassen, daß die Sicherheit eines Kindes gefährdet wird — weder von der Mutter noch vom Vater. Vergessen Sie nicht, wir sprechen hier von

einem Kind, das fast gestorben wäre, das aber Gott sei Dank heute hier steht.
Und Sie, Mr. Gustafson«, sagte Campbell und wandte sich an Pauls Anwalt, »sollten es als Ihre erste Pflicht ansehen, sich darum zu kümmern, daß Ihr Mandant adäquate Hilfe bekommt, und zwar sowohl zu seinem als auch zum Wohl des Jungen.«
Er schlug mit dem Hammer auf die Richterbank. »Die Sitzung ist beendet.«
Als sie den Sitzungssaal verließen, nahm Gustafson Paul auf dem Gang sofort beiseite, und Maggie ging zu Richie, der allein auf einer Bank saß. Sie setzte sich neben ihn.
»Es ist vorbei, Richie«, sagte sie.
Er nickte, Tränen schimmerten in seinen Augen. Er schluckte schwer.
»Bist du wütend auf mich, weil ich gekommen bin?«
»In erster Linie bin ich auf Daddy wütend. Er hätte dich nicht hierherbringen dürfen. Er hätte vernünftiger sein sollen.«
»Sei nicht wütend, bitte nicht. Ich wollte doch nur, daß der Richter weiß, daß ich Daddy sehen muß. Daß es schlecht wäre, wenn ich es nicht könnte.«
Sie nickte.
»Ich glaube, der Richter hat mich nicht gemocht.«
»Der Richter hat dich sehr gemocht, Richie. Aber er ist nicht der Meinung, daß Sechsjährige in einem Gerichtssaal sein sollten, zumindest nicht in einer solchen Situation.«
»Was hat er gesagt?«
»Er möchte, daß dein Vater einmal in der Woche zu uns kommt, um dich zu besuchen. Zu einem Zeitpunkt, wenn entweder Jenny oder ich dabeisein können. Und er möchte, daß man Daddy bei seinem Alkoholproblem hilft, damit er dich öfter sehen kann.«

Plötzlich quollen Tränen aus Richies Augen, und Maggie schloß ihn in die Arme und drückte ihn an sich. Nach einer Weile ließ sie ihn wieder los.
»Jetzt komm aber, gehen wir«, sagte sie.
Er wischte sich mit beiden Handrücken über sein Gesicht.
»Kann ich mich von Daddy verabschieden?«
Sie nickte.
Maggie und Paul verließen zusammen mit Richie das Gerichtsgebäude; keiner von beiden sagte viel, nur Richies wegen tauschten sie Belanglosigkeiten aus. Als sie nach draußen in den einsetzenden Sprühregen traten, nahm Paul Richie auf den Arm, drückte ihn an sich, setzte ihn dann wieder ab und eilte davon.
Maggie bückte sich und wischte mit einem Papiertaschentuch die Tränen von Richies Gesicht, während er seinem Vater hinterherblickte. Niemals, nicht einmal bei ihrer Scheidung war ihr Paul so fremd erschienen. Plötzlich, zum erstenmal in ihrem Leben, empfand sie ein brennendes Verlangen, sich zu betrinken.
Auch sie sah ihm nach, als er den Hof des Gebäudes verließ: War es das, was Paul jetzt tun würde?

Benny beobachtete das alles vom gegenüberliegenden Ende des Hofes, wo er nicht naß werden konnte, da er unter der Markise eines der kleinen Geschäfte stand. Er hatte von seinem Platz aus alles mit angesehen ... den in Tränen aufgelösten Jungen, den Vater, der allein wegging, bevor er in Gegenwart seines Kindes zu weinen anfing. Benny konnte die vertraute Schwere hinter seinen eigenen Augenlidern aufsteigen spüren.
Er hätte auch geweint ... wenn er nur gekonnt hätte.

15. KAPITEL

Maggie rief Douglas an und schilderte ihm kurz, was sich bei Gericht abgespielt hatte. Aber sie bat ihn, erst dann zu ihr zu kommen, wenn Richie im Bett war.

»Was ist los, will Richie mich nicht mehr sehen?« fragte Douglas, nachdem er bei ihr war.

»Das ist es nicht. Es war nur so ein aufwühlender Tag für ihn. Ich hielt es für besser . . .«

»Du machst dir immer noch Gedanken über Gustafsons Anspielung, richtig?«

»Das war mehr als nur eine Anspielung. Aber Campbell kam gleich auf den Kern der Sache und hat ihn gebremst. Ich kann mir nicht vorstellen, daß Paul dachte, diese Holzhammermethode würde funktionieren. Er ist doch die ganze Zeit mit anderen Frauen ins Bett gehüpft, während wir noch verheiratet waren.«

»He . . . steck uns nicht in dieselbe Kategorie — ins Bett hüpfen. Ich bin sehr sensibel.«

Sie lächelte. »Aber das tun wir doch, oder?«

»Nicht nur, ich jedenfalls nicht . . . und ich hoffe, du auch nicht.«

Sie schmiegte sich in seine warme, beschützende Umarmung. Später kamen sie auf die Richter am Vormundschaftsgericht zu sprechen, besonders auf Campbell.

»Es ist seltsam«, meinte Maggie, »alle diese Richter, mit Ausnahme von Campbell, haben Kinder und Enkelkinder — Greenspon hat sogar Urenkel —, und doch ist keiner davon in der Lage, sich so die Interessen eines Kindes zu vergegenwärtigen, wie Campbell das tut. Bei jedem Fall, in dem ich ihn erlebt habe, hat er alles getan, um das Kind in den Vordergrund zu stellen. Zum Beispiel sein Vorschlag, daß Paul Richie hier besuchen soll . . . Vielleicht hätte ich selbst daran denken sollen.«

»Manche Frauen würden vielleicht Schwierigkeiten haben, mit so einer Situation umzugehen.«

»Obwohl ich Paul momentan umbringen könnte, glaube ich nicht, daß mir diese zwei Stunden in der Woche sehr weh tun werden. Und außerdem, falls ich feststelle, daß es mir wirklich auf die Nerven geht, dann kann ich ihn immer noch kommen lassen, wenn Jenny nach der Schule hier ist. Aber um wieder auf Campbell zu sprechen zu kommen, ich habe den Eindruck, als müßte er einen Haufen eigene Kinder haben.«

»Warum, weil er sie mag? Ich mag Kinder auch, aber manchmal jagen sie mir eine Heidenangst ein.«

Maggie schaute ihn an. »Dir?«

»Sie sind für alles so empfänglich, so zart. Man kann jetzt etwas sagen oder tun, das noch zwanzig Jahre später Auswirkungen auf sie haben wird. Kinder großzuziehen, das scheint mir eine ziemlich schwierige Angelegenheit zu sein. Aber ich glaube, meine Scheu davor hat sich bis jetzt noch nicht bemerkbar gemacht, hmm?«

»Nun, mir ist aufgefallen, daß du dich bei Richie zurückgehalten hast, vor allem am Anfang, aber ich dachte mir, das sei deine Art, Paul nicht in die Quere zu kommen. Aber da du dich ihm nicht aufgedrängt hast — was viele Männer in einer solchen Situation tun —, hast du bei Richie einige Pluspunkte gesammelt.«

»Nun, das höre ich gern. Er ist ein ganz besonderes Kind,

und das nicht nur, weil er dein Sohn ist.« Douglas lächelte und strich mit den Fingern über ihr Kinn. »Natürlich hilft es, Maggie Grant zur Mutter zu haben.«
Maggie saß eine Weile nachdenklich da, und dann, als ihr einfiel, wie jämmerlich Paul beim Verlassen des Gerichtshofes ausgesehen hatte, sagte sie:
»Vielleicht wird Paul wieder zur Besinnung kommen, wenn er eine Zeitlang auf Richie verzichten muß.«
»He, wie hat denn der sich wieder in unsere Unterhaltung geschmuggelt?«
Sie zuckte mit den Achseln. »Ich habe dich, ich habe Richie. Wen hat Paul denn schon?«
»Nun, vielleicht wird er zu gegebener Zeit ein neues Leben beginnen, aber damit würde ich momentan noch nicht rechnen.«
Maggie sah ihn fragend an.
»Er hat doch eben erst eine größere Umstellung hinter sich, vergiß das nicht. Es wird eine Weile dauern, bis er das verdaut hat.«
»Du hast ihn irgendwo gesehen, stimmt's?«
Douglas zuckte mit den Schultern. »McGivins und ich haben in der Pizzeria neben dem Gericht kurz gegessen. Paul sah aus, als wäre er schon eine Weile dort gewesen.«

Benny sollte Lucas in einem der Lagerräume im Keller treffen, bevor er das Krankenhaus verließ. Er zahlte ihm das Geld, und Lucas händigte ihm einen braunen Jutesack aus, in dem die Waffe, Munition und ein Schulterriemen waren. Dann gab er ihm noch einige Tips, wie er damit umgehen sollte.
»Geh irgendwohin und übe zuerst mal eine Weile, du wirst es schnell kapieren«, meinte Lucas schließlich.

Statt sofort in Daiseys Wohnung zu fahren, ging Benny kurz in sein Zimmer, um dort den Jutesack zu verstauen, und so kam er erst gegen Mitternacht zu Daisey.
»Ich mußte noch kurz bei mir vorbei, um die Miete zu zahlen«, erklärte er ihr.
Sie nickte. »Ich habe mir überlegt, daß es eine Geldverschwendung ist, für dein Zimmer zu bezahlen, Benny. Du bist ja praktisch nie dort. Und außerdem sind fast deine ganzen Kleidungsstücke und anderen Sachen hier.«
»Was willst du damit sagen, willst du, daß ich hier bei dir einziehe?«
Statt ihm eine Antwort zu geben, ging sie zu ihm und gab ihm kleine Küsse auf den Hals, und er lachte eines seiner seltenen Lachen, das nur Daisey bei ihm hervorrufen konnte. Er packte sie und drückte ihren schmalen Körper an sich; es wäre schön, wenn er in Daiseys gemütliche kleine Wohnung ziehen könnte und sie und Daisey nie mehr verlassen müßte. Noch schöner wäre es, wenn Adam hier bei ihnen leben könnte. Aber das war reines Wunschdenken . . .
»Laß mich darüber nachdenken, okay?« antwortete er schließlich. Sie nickte, und dann fragte er: »Hast du etwas dagegen, wenn ich mir morgen deinen Wagen ausleihe?«
»Nein, überhaupt nicht. Du mußt mich morgens nur zur Arbeit fahren. Warum, wo willst du hin?«
»Ich will mir mal wieder Adam ansehen.«
Daisey war froh — obwohl sie wußte, daß er nach diesen Besuchen immer nachdenklich und in sich gekehrt war, war es ihr lieber, daß er zu Adam ging, als sich bei Gericht aufzuhalten. Besonders jetzt, da es dort soviel Ärger gab.

Er hatte nicht gelogen, er hatte die Absicht, zuerst bei Adam vorbeizufahren. Aber der kalte Sprühregen, der seit dem Vortag nicht mehr aufgehört hatte, war schuld daran, daß die Kinder der Grundschule von Salem während der Pause im Haus blieben. Benny wartete eine Weile und beobachtete die Fenster des roten Ziegelbaus — er konnte undeutlich Gesichter erkennen, aber keines, das Adam hätte sein können. Schließlich fuhr er, ohne seinen Jungen gesehen zu haben, in Richtung Red-River-Reservat, das zwischen Boston und Salem lag.

Er fuhr durch die offenstehende, eiserne Einfahrt und legte dann auf kurvigen, schmutzigen Straßen ein paar Meilen zurück. Schließlich hielt er an, holte den braunen Jutesack vom Rücksitz und trug ihn ungefähr fünfzehn Meter in den Wald. Dort löste er die Verschnürung des Sackes und holte den Schulterriemen, das Gewehr und die Munition heraus.

Während er den Riemen um Rücken und Schulter schnallte, dachte er an das, was in diesem Augenblick bei Gericht vor sich ging. Er konnte sogar eine flüsternde Stimme aus einem der Sitzungssäle hören.

Aber nein, es war die Stimme seiner Mutter, die er hörte.

Du hast deinen Jungen im Stich gelassen, genau wie dein Vater, Benny. Das hätte ich nie von dir erwartet. Ausgerechnet du . . .

Nein, Mom, ich habe es dir doch immer und immer wieder erklärt . . . Hör doch, wenn ich es dir sage . . . es ist nicht so, wie du denkst.

Wie ist es denn dann?

Er will mich nicht sehen, er haßt mich . . . Claire ist schuld, daß er mich haßt.

Und — hättest du daran nichts ändern können?

Was sagst du da?

Vielleicht haßt er dich, weil du dich nie gewehrt hast. Du bist nie wie die anderen Väter vor Gericht gegangen.
Was hätte das schon bewirkt? Sie haben doch verloren. Siehst du denn nicht, wie sie sich vor dem Richter bloßstellen, nur um dann abgewiesen zu werden. Sie verlieren, Mom, sie verlieren doch immer.
Aber sie haben wenigstens den Mumm, es durchzukämpfen. Was hast du getan, Benny?
Schließlich nahm er die Uzi, schob den Ladestreifen hinein, wie Lucas ihm gezeigt hatte, nahm einen dicken Ast ins Visier und feuerte . . .

Gegen elf Uhr an diesem Morgen rief Maggie Paul an; seine Stimme klang distanziert und desinteressiert.
»Ich dachte mir, wir könnten vielleicht einen Besuchstermin für diese Woche vereinbaren«, sagte sie.
»Aha.« Dann Schweigen.
»Nun, wann würde es dir passen?«
»Du bist doch am Drücker, warum sagst du es mir nicht?«
Sie holte tief Luft. »Nun, morgen paßt es nicht — Richie ist beim Fußballtraining. Aber Donnerstag oder Freitag wäre gut . . . nach der Schule. Jenny wird dasein. Oder später natürlich, wenn ich zu Hause bin, falls dir das lieber ist.«
»Ich habe Verkaufstermine außerhalb. Ich werde vor Freitag abend nicht zurück sein.«
»Nun, dann vielleicht . . . Auch Samstag oder Sonntag würde passen —«
»Wie wäre es mit Montag nach der Schule?« schnitt er ihr das Wort ab.
Zögernd meinte sie: »In Ordnung, wie du meinst. Ich werde Richie und Jenny Bescheid geben, daß du kommst. Oh, Paul, bevor du auflegst . . .«
»Was?«

»Richie freut sich wirklich schon auf deinen Besuch.«
Er legte ohne eine Antwort auf. Maggie seufzte ... Okay, dann erst am Montag ... Richie würde enttäuscht sein.

Von den fünfundsiebzig Namen, die Douglas aus den Akten über Scheidungs- und Vormundschaftsfälle herausgesucht hatte — die schlimmsten Fälle der letzten fünf Jahre, in denen immer die Mütter gesiegt hatten —, waren bis jetzt nur dreißig überprüft worden. Viele der Väter hatten aufgegeben, waren weggezogen und hatten auf jegliches Umgangsrecht verzichtet, das man ihnen zugestanden hatte. Andere waren geblieben und sahen ihre Kinder nur gelegentlich. Ein dritter Teil kämpfte weiter den wöchentlichen Machtkampf. Von den dreißig Fällen schienen nur drei zu einer Art gegenseitigem Übereinkommen mit ihren geschiedenen Frauen zum Wohl der Kinder gekommen zu sein.
Mit Ausnahme von sechs Fällen waren die monatlichen Schecks für die Kinder zu einem strittigen Punkt geworden, und das Geld wurde als Druckmittel eingesetzt. Einen Augenblick wanderten Douglas' Gedanken zu seinem Vater — etwas, das nur selten geschah. Hatte sein Vater auch zu irgendeiner dieser Kategorien gehört?
Er beugte sich vor, studierte die Berichte, die vor ihm lagen, und zwang sich, sich wieder auf das vorrangige Problem zu konzentrieren. Bis jetzt hatte man noch keinen der Männer befragt, die in das Schema gepaßt und die fünf bisherigen Morde hätten ausführen können. Die Ben/Benjamin-Liste wurde von der polizeilichen Ermittlungsgruppe immer noch überprüft. Und die Person namens Benny war an Celias Kaffeestand auch nicht mehr aufgetaucht. Vielleicht hatte die Tatsache, daß der Fall öffentlich bekannt war, den Mörder dazu getrieben,

irgendwo unterzutauchen. Und wenn das so war, für wie lange? Wartete er nur darauf, daß die Sicherheitsvorkehrungen wieder verringert wurden, bevor er erneut zuschlug?

Douglas hatte sich mit einem Polizeipsychiater unterhalten, der gemeint hatte, daß ein psychopathischer Mörder von sich aus nie aufhören würde; selbst wenn er wollte, so könnte er nicht. Sobald die Phantasievorstellungen eines solchen Menschen einmal in Gang gesetzt sind, werden sie immer ausufernder, und er wird tiefer und tiefer in die Sache hineingezogen. Hindernisse — wie zum Beispiel die momentane Unmöglichkeit, Zutritt zum Gericht zu erlangen — werden ihn nur für eine gewisse Zeit abhalten. Er wird es schließlich fertigbringen, das Szenario zu verändern, um es den neuen Gegebenheiten anzupassen.

Douglas dachte an Maggie. Ihr Fall mit Paul lag ganz anders als die anderen Fälle. Zum einen hatte es keinen endlos langen Rechtsstreit gegeben, nur einen simplen Antrag und dann die mündliche Verhandlung in der Woche darauf. Und die ganze Zeit über waren verschärfte Sicherheitsmaßnahmen angeordnet gewesen. Der Mörder konnte nichts davon gewußt haben.

In der vergangenen Nacht hatte er bei ihr bleiben wollen, aber sie wollte nichts davon wissen. Größtenteils wegen der Anschuldigungen, die bei Gericht gegen sie vorgebracht worden waren; und obwohl Campbell nicht auf den gegnerischen Anwalt hatte hören wollen, hatte er dennoch einen Jugendamtsvertreter bestellt. Das letzte, was Maggie jetzt gebrauchen konnte, war ein vom Gericht bestellter Untersuchungsbeamter, der sich in ihr Leben einmischte und das eigentliche Problem verschleierte.

Doch trotz allem würde er sich besser fühlen, wenn sie mit Richie nicht allein wäre. Zumindest nicht, bis sie diesen Kerl geschnappt hatten.

Es war gegen halb acht abends, als der scheidende Tag in gänzliche Dunkelheit überging. Und Benny war die ganze Zeit über draußen gewesen, hatte nicht ein einziges Mal an seine Arbeit, an Mom oder an Daisey gedacht, nicht einmal an Adam. So etwas war ihm nie zuvor passiert.

Er ging zum Wagen, ließ zuerst den Motor an und schaltete dann die Scheinwerfer ein — er mußte aufpassen, daß die Batterie sich nicht zu sehr abnutzte. Allmählich begriff er, wie er mit dieser Waffe umzugehen hatte. Eine Stunde vielleicht noch, dann wäre er perfekt.

Er hob die Uzi erneut hoch und streichelte sie wie eine Geliebte. Zum erstenmal in seinem Leben wußte er, wie es war, wenn man Macht fühlte . . .

Paul ging abends normalerweise aus oder hatte zumindest ein Mädchen über Nacht bei sich. Aber heute abend, wie schon am Abend zuvor, fühlte er sich nicht danach. Er wollte nur daliegen und versuchen, den Ärger loszuwerden, den er immer noch spürte. Bis jetzt hatte Maggie sich nicht dazu erniedrigt, das Spiel mit ihm zu spielen, das ihm andere geschiedene Männer beschrieben hatten. Eigentlich hatten Maggie und er es fertiggebracht, mehr als ein Jahr lang eine ziemlich anständige Beziehung nach ihrer Scheidung aufrechtzuerhalten. Doch plötzlich, wie aus heiterem Himmel, hatte sie sich selbst übertroffen. *He, Kumpels, wartet, bis ihr die Geschichte meines Miststückes hört . . . Sie überbietet alles.*

Und es war kaum zu glauben: Sie war doch tatsächlich

überrascht, daß er lieber ins Haus kam, wenn sie nicht da war — das hatte er ihrer Stimme angemerkt. Obwohl er sich im Augenblick schmerzlichst danach sehnte, seinen Sohn zu sehen, würde er es bis Montag nachmittag aushalten. Das hieß natürlich auch, daß Richie warten mußte. Obwohl er ihn bestimmt nicht für das bestrafen wollte, was zwischen ihm und Maggie stand, so war es vielleicht doch an der Zeit, daß auch sie sich etwas schuldig fühlte.

Paul trank den Rest seines Scotchs, nahm die Flasche und goß sich mit zitternder Hand von neuem ein.

16. KAPITEL

Obwohl Benny am Abend zuvor nicht mehr zur Arbeit gegangen war — er hatte seine neu erworbenen Schießkünste weiter vervollkommnet —, kam er wie üblich gegen halb zwölf zu Daisey in die Wohnung.

»Hast du Adam gesehen?« fragte sie ihn, als er nach Hause kam.

Er schüttelte den Kopf. »Sie sind während der Pause drinnen geblieben.«

»Oh, das tut mir leid, Benny. Fahr noch mal hin, wenn das Wetter besser ist. Du kannst jederzeit meinen Wagen nehmen.«

Er nickte und stützte dann seinen Kopf in beide Hände.

»Schon wieder Kopfschmerzen?« fragte sie.

»Nein, ich denke nur nach.«

»Worüber denn?«

»Ich denke über die Zukunft nach, über unsere Zukunft. Eines Tages werde ich dich heiraten, Daisey.«

Daisey schluckte schwer.

»Sprich nicht vom Heiraten, solange du es nicht wirklich so meinst, Benny.«

»Aber ich meine es so. Es wird nur eine Weile dauern, es gibt da ein paar Sachen, die ich zuerst klären muß.«

»Was für Sachen denn?«

»Nur ein paar Dinge, um die ich mich kümmern muß. Außer mir kann die niemand erledigen.«

»Warum erzählst du mir nicht davon? Wer weiß, vielleicht kann ich dir helfen.«

»Nein, niemand kann mir helfen. Und ich will auch kein Geheimnis daraus machen. Ich habe nur manchmal Schwierigkeiten, die richtigen Worte zu finden. Es hat damit zu tun, daß ich in meinem Kopf klarkommen muß. Du weißt doch, mein kranker Kopf ist nicht immer richtig aufgeschraubt, wie er es eigentlich sein sollte.«
Sie schüttelte den Kopf und verschränkte die Arme vor der Brust.
»Und was glaubst du, wie lange dieser Prozeß dauert?«
Er musterte sie ein paar Augenblicke lang.
»Ich hoffe, nicht allzu lange«, sagte er schließlich.
Normalerweise bekam Daisey es nicht mit, wenn Benny nachts wach war, da sie einen festen Schlaf hatte, aber heute nacht war sie ebenfalls wach und hörte, wie er leise in der Wohnung umherging — typisch für ihn, daß er versuchte, sie nicht zu stören. Sie fragte sich, ob das Geld, das sie Benny gegeben hatte, irgend etwas mit dem zu tun hatte, was er erledigen mußte.
Heiraten ... Benny heiraten. Eigentlich hätte sie vor Freude ganz aus dem Häuschen sein müssen. War es denn nicht genau das, was sie mehr als alles andere wollte? Doch statt dessen war das Glück, das er ihr für diesen einen, seltenen Augenblick geschenkt hatte, ein wenig getrübt.
Und daran waren diese geheimnisvollen Dinge schuld, die Benny hinter sich bringen mußte.

Mittwoch morgen rief Benny von einer Telefonzelle in der Summer Street im Krankenhaus an, um sich dafür zu entschuldigen, daß er in der Nacht zuvor nicht zu seiner Schicht erschienen war.
»Sie hätten gestern schon anrufen sollen«, tadelte ihn die Oberschwester von der Tagesschicht.

»Das hätte ich auch getan, aber ich konnte nicht ans Telefon.«

»Und, wie geht es Ihnen jetzt?«

»Das kann ich noch nicht sicher sagen. Das wird sich noch herausstellen.«

Nachdem Benny eingehängt hatte, ging er zur Bushaltestelle. Er nahm heute die Straßenbahn bis zur Commonwealth Avenue, um sich die luxuriöse Stadtwohnung von Paul Grant anzusehen. Wie er den früheren Akten des Falles Grant gegen Grant entnommen hatte, war Paul Handelsvertreter. Da er regelmäßig geschäftlich unterwegs war, würde Benny warten, bis er ihn mit seinen Koffern wegfahren sah.

Dann würde er zurückgehen und das Gewehr holen. Auch diesmal hatte er den braunen Jutesack in seinem Zimmer gelassen. Sobald die Sache vorüber wäre ... sobald alles vorüber wäre, würde er sein Zimmer aufgeben, wie Daisey es gewollt hatte.

Und dann würde er sie heiraten.

Nachdem sie an der Protokollierung einer eidesstattlichen Aussage in der Tremont Street teilgenommen hatte, die den ganzen Morgen dauerte, traf Maggie sich mit Douglas zu einem späten Mittagessen. Sie erzählte ihm von ihrem gestrigen Gespräch mit Paul.

»Das klingt mir so, als versuchte er, auch dir einen Teil des Schwarzen Peters zuzuspielen«, sagte Douglas.

»Ich weiß nicht, er ist einfach so wütend. Nicht, daß ich etwas anderes erwartet hätte. Aber ich hoffte, er würde sich Richies wegen zusammenreißen. Richie hat natürlich erwartet, daß Pauls erster Besuch gleich nach der Verhandlung stattfinden würde. Ganz sicher aber am Wochenende.«

»Vielleicht können wir Samstag oder Sonntag zusammen etwas unternehmen. Wie wäre es mit einem Picknick, das heißt, wenn das Wetter besser wird.«

»Das klingt gut, Douglas, ich werde es Richie erzählen. Vielleicht läßt ihn das eher über seine Enttäuschung hinwegkommen.«

Douglas sagte eine Weile nichts und meinte dann: »Eine Geschäftsreise morgen, hmm . . . wo, hast du gesagt, fährt Paul hin?«

»Ich weiß es nicht, er hat nichts gesagt.« Sie holte tief Luft. »Hör auf damit, Douglas, ich weiß, was du denkst, und es ist verrückt. Du hast mich überzeugt, daß ich nichts zu befürchten habe, also erzähl mir jetzt nicht das Gegenteil.«

»Versteh doch, ich versuche bestimmt nicht, dir Angst einzujagen. Aber tu mir einen simplen Gefallen: zum einen, setz dich mit Paul und seinem Büro in Verbindung und vergewissere dich, daß sich niemand nach seinen Terminen erkundigt hat.«

»In Ordnung, das klingt annehmbar. Ist das alles?«

»Nein. Ich möchte, daß du mich bei dir übernachten läßt . . . heute abend und morgen.«

»Douglas, ich würde dem Gericht lieber keinen Grund geben —«

»Das ist doch Unsinn, und das weißt du. Aber wenn du dich dadurch besser fühlst, dann übernachte ich auf dem Sofa.«

Sie schüttelte den Kopf.

»Soll ich daraus schließen, daß du 'nein' meinst?«

»Nur was das Sofa betrifft. Wenn du schon kommst, um mich zu beschützen, dann will ich dich auch in meinem Bett haben.«

Benny sah Paul einmal herauskommen und ihn dann fünfzehn Minuten später mit einer braunen Lebensmitteltüte unterm Arm wieder hineingehen. Er hatte offensichtlich nicht die Absicht, jetzt wegzufahren, aber Benny konnte ja bleiben und abwarten. Benny hatte einen bequemen Platz hinter Büschen, die den Gebäudekomplex umgaben . . . und obwohl es kein sonniger Tag war, so war es doch entschieden schöner als am Tag zuvor.
Er entdeckte eine Zigarrenbinde, die um einen Zweig geschlungen war. Er streckte die Hand aus, holte sie herunter und betrachtete sie. Bald würde er sich Gedanken über einen Ring für Daisey machen müssen. Claire hatte er nur einen billigen Goldreif geschenkt, aber für Daisey wollte er etwas Beeindruckenderes haben. Gedankenverloren zerknüllte er das Papier. Solange er die Sache noch nicht erledigt hatte, gab es nicht den geringsten Anlaß, Zukunftspläne zu schmieden.

Obwohl Maggie Douglas' Bedenken zuerst auf die leichte Schulter genommen hatte, fing sie im Laufe des Tages doch an, sich Sorgen zu machen. Sie nahm den Telefonhörer und rief in Pauls Wohnung an.
»Ja«, meldete er sich.
Verdammt, er hatte wieder getrunken . . . »Paul«, setzte sie an.
»Laß mich raten, wer«, sagte er. »Mal sehen . . . Madeline, Sheila, Gretchen, Cathy.«
»Bitte, Paul, kann ich einen Moment mit dir reden.«
»Nur zu, rede. Himmel, in der letzten Zeit rufst du aber oft an. Du mußt ja 'ne ziemliche Telefonrechnung haben.«
»Paul, hast du irgend jemandem von deiner Geschäftsreise erzählt?«

»Hoffentlich habe ich es dem Kerl gesagt, den ich treffen soll. Warum, hast du etwas anderes gehört?«

»Vergiß es, Paul.« Sie legte auf und rief bei Acreage Consultants an, der Firma, für die er arbeitete. Laut Aussage des Verkaufsleiters hatte Paul zwei Termine selbst festgelegt, und seines Wissens kannte kein Außenstehender Pauls Terminplan.

»Es wäre sehr ungewöhnlich, wenn jemand nachfragen würde«, sagte er. »Abgesehen vom Büropersonal würde auch niemand diese Information brauchen.«

Obwohl die Antwort ihre Befürchtungen eigentlich zerstreut haben sollte, war das aus irgendeinem Grund nicht der Fall. Den restlichen Nachmittag verbrachte sie damit, sich einen Wahnsinnigen vorzustellen, der ungehindert im Gerichtsgebäude herumlief. Nachdem sie schließlich mehrere Anläufe gemacht hatte, einen Schriftsatz anzufertigen, der in einer knappen Woche fällig war, warf sie die Seiten mit den Entwürfen in einen Aktendeckel, zusammen mit einer Liste von Vorladungen, steckte ihn dann in ihre Aktentasche und fuhr nach Hause.

Vielleicht lag es an dem trüben Wetter. Auf dem Nachhauseweg kam ihr ein Gedanke: Wenn Paul soviel trank, wie es momentan der Fall war, wie konnte er dann diese Geschäftsreise überhaupt machen?

Aber ist das deine Angelegenheit, Maggie? Nein. Also halte dich da raus.

Erst kurz nach fünf Uhr, als er bereits zum Gehen fertig war, landete die Ben/Benjamin-Liste, zusammen mit weiterem Informationsmaterial, auf Douglas' Schreibtisch. Er überflog die Angaben und hakte jeden Namen ab, wenn er die dazugehörige kurze Biographie gelesen hatte.

Schließlich entdeckte er eine Lücke. Er läutete nach seiner Sekretärin, und sie kam herein.

»Wer hat das gebracht?« fragte er Peg.

»Peterson, warum?«

»Da fehlt ein Lebenslauf.«

Sie trat an den Schreibtisch und neigte den Kopf, um sich den Namen anzusehen.

»Oh, der — laut Peterson ist das einer der Rechtsanwälte.«

»Und, was ist mit der Adresse und der Telefonnummer, um die ich gebeten habe?«

»Er hat es versucht, aber er konnte keinen Eintrag finden.«

»Warum nicht?«

Sie zuckte mit den Schultern. »Er hat sich sogar die Liste der Anwälte im Roten Buch angesehen.«

»Woher wissen wir dann, daß er Anwalt ist?«

»Er hat seine Karte der Anwaltskammer beim Betreten des Gebäudes vorgezeigt.«

Douglas schaute auf die Uhr, stand dann auf und schlüpfte in seinen Trenchcoat.

»Jetzt ist es zu spät, aber sagen Sie Peterson, er soll morgen als erstes bei der Anwaltskammer anrufen. Ich möchte Näheres über diesen Ben Shandling wissen.«

Obwohl Daisey sich den ganzen Tag Liz gegenüber sehr kühl verhalten hatte, begleitete die Freundin sie zum Parkplatz, nachdem Daisey um Viertel nach fünf den Laden abgeschlossen hatte.

»Hör mal«, sagte Liz, »ich wollte es dir schon den ganzen Tag sagen, eigentlich hätte ich es dir bereits vor Wochen sagen sollen. Aber wahrscheinlich hatte ich nicht den Mut dazu . . .«

Daisey schaute sie an.

Liz seufzte. »Es tut mir leid, Daisey. Ich will mich nicht so mies benehmen, was Benny und dich betrifft.«

»Warum tust du es dann?«

»Das habe ich mich selbst auch schon gefragt. Aber nachdem ich mich das lang genug gefragt habe, bin ich schließlich dahintergekommen. Du fehlst mir. Die Sache ist ganz klar, einfach und egoistisch.«

»Ich fehle dir? Jetzt mach aber mal halblang . . . wir sind acht, neun Stunden täglich zusammen.«

»Du weißt schon, was ich meine. Vor Benny, da gab es nur uns beide, ein echt trauriges Pärchen vermutlich, aber wir haben auch schöne Zeiten zusammen erlebt. Jetzt . . . nun jetzt ist das anders. Natürlich arbeiten wir zusammen, aber wenn die Arbeit vorüber ist, dann gehst du und kaufst ein, kochst und bäckst und was weiß ich . . . bereitest alles für deinen Mann vor, der zu dir heimkommt. Und ich stehe da . . . die dicke, fette Liz, die jeden Abend allein zu Hause ist.«

»Sag so etwas nicht.«

»Aber so ist es . . . warum soll ich es nicht aussprechen?«

Liz lächelte. »Weißt du noch, wie wir uns immer darüber unterhalten haben, was für einen Mann wir gerne kennengelernt hätten? Dann haben wir uns immer einen netten Kerl herausgepickt und uns ausgemalt, wie er wohl sein würde.«

Daisey nickte.

»Ich weiß, was du jetzt denkst . . . das war lange, bevor du deinen Mann dann tatsächlich gefunden hast. Das mag dir jetzt wahrscheinlich dumm und albern erscheinen. Eigentlich sollte ich mich für dich freuen — Daisey, meine beste Freundin, hat ihren Mann gefunden . . . und einen gutaussehenden noch dazu. Aber statt mich mit dir zu freuen, benehme ich mich wie ein eifersüchtiges, verzogenes Gör.«

Daisey lächelte. »Nun, ein bißchen vielleicht. Weißt du, Liz, das Schlimmste daran ist, daß du mir auch fehlst.«
»Ich dir auch?«
»Sicher. Wir hatten doch so vieles gemeinsam. Nur weil ich verliebt bin, heißt das noch lange nicht, daß wir uns nicht immer noch nahe sein können.«
»Bist du wirklich verliebt?«
Daisey lachte. »Jetzt komm aber ... glaubst du denn, ich würde mit einem Mann, in den ich nicht verliebt bin, buchstäblich zusammenleben?«
»Nein, wahrscheinlich nicht. Wie ist das so, Daisey? Ich meine, verliebt zu sein. Ist es so, wie wir uns das immer vorgestellt haben?«
»In vieler Hinsicht sogar noch besser. Ich meine, es gibt nichts, was ich für Benny nicht tun würde. Er ist ein Teil von mir, ich würde sterben, wenn ich diesen Teil aufgeben müßte. Natürlich gibt es auch negative Aspekte.«
»Negative ... oh, verschone mich damit, was könnte daran negativ sein?«
»Wenn man jemanden gern hat, dann macht man sich leicht Sorgen. Das liegt in der menschlichen Natur, nehme ich an. Wenn es Benny zum Beispiel schlechtgeht, dann bin auch ich niedergeschlagen.«
»Weshalb geht es ihm schlecht ... weil er seinen Sohn nicht sehen kann?«
»Meistens deswegen. Ich glaube, er vermißt auch seine Mutter. Sie ist vor ein paar Jahren gestorben ... bei einem Arbeitsunfall. Ich glaube, er hat Schuldgefühle, weil er zuließ, daß sie arbeitete.«
»Nun, eines seiner Probleme kannst du ja lösen ... zumindest kannst du es versuchen. Ihr zwei könnt doch ein eigenes Kind haben.«
»Glaub ja nicht, daß ich das nicht bereits angesprochen

habe. Ich hätte sehr gern ein Kind von ihm, Liz. Aber Benny glaubt, ein anderes Kind zu bekommen, würde soviel bedeuten, wie der ganzen Welt zu verkünden, daß Adam tot ist.«

»Das ist doch verrückt.«

»Das weiß ich. Aber Benny sieht die Dinge wahrscheinlich etwas anders als wir.«

»Ist das eines der Dinge, die dir an ihm Sorgen machen?«

Daisey starrte Liz an. Nie zuvor hatte sie die Sache unter diesem Gesichtspunkt betrachtet, aber vermutlich war es so.

Mommy und Daddy zogen sich aus . . . Mommy schlug Daddy auf die Nase. Welche Farbe hatte das Blut? Mommy und Daddy legten sich auf das Bett . . . Mommy stand auf, aber Daddy war tot. Der kleine Junge saß da und versuchte einfach, seinen Spaß zu haben . . . dann sah er es — er hielt die Waffe in der Hand! Oh, wie traurig, oh, wie traurig . . . der kleine Junge ist böse.

Geduld, Geduld, Geduld, Benny. Den ganzen Tag über und fast den ganzen Abend hatte er bereits dagesessen, als er schließlich zu dem Schluß kam, daß Paul doch nicht wegfahren würde, zumindest heute abend nicht. Aber Benny würde morgen zurückkommen, und wenn er mußte, den folgenden Tag und den Tag darauf . . .

Er würde alles machen, um sein Werk zu vollenden . . .

17. KAPITEL

An diesem Abend hatte Douglas Richie auf seinen Schultern ins Bett getragen. Als er dann in die Küche zurückkam, nahm er sich ein Geschirrtuch und holte den gespülten Topf aus dem Abtropfbecken.

»Maggie, hast du schon mal was von einem Ben Shandling gehört?« fragte er.

Sie fuhr mit einem Schwamm über die Küchentheke, warf ihn ins Spülbecken und steuerte das Sofa im Arbeitszimmer an, nachdem sie die doppelten Verriegelungen an beiden Türen überprüft hatte.

»Nein, Douglas, nicht, daß ich wüßte. Warum fragst du das?«

Er stellte den trockenen Topf auf den Geschirrständer und folgte ihr ins Arbeitszimmer.

»Kannst du dich noch an die Unterhaltung erinnern, die ich mit Celia hatte?«

»Sicher . . . über diesen Anwalt namens Benny.«

»Nun, offensichtlich hat dieser Ben Shandling Zutritt zum Gerichtsgebäude erlangt, indem er eine Karte der Anwaltskammer als Ausweis vorlegte. Peterson, einer der Männer, die den Namen überprüfen, konnte ihn im Roten Buch aber nicht finden. Ich dachte mir, vielleicht würde dir der Name etwas sagen.«

»Nein, tut mir leid. Vielleicht ist er ja kein Anwalt.«

»Vielleicht. Peterson soll sich deswegen morgen mit der Kammer in Verbindung setzen.«

»Es hat doch keine weiteren Morde mehr gegeben, oder?«

Er schüttelte den Kopf.
»Schön, vielleicht hat er aufgehört.«
Douglas hatte bisher die Prophezeiung des Psychiaters Maggie gegenüber nicht erwähnt; und er sah keine Veranlassung, dies jetzt zu tun.

»Ich mache mir Sorgen um Benny«, gestand Daisey Liz am nächsten Morgen.
»Was gibt es denn jetzt?«
»Das wird wahrscheinlich albern klingen, aber ... nun, die letzten beiden Abende, als er heimkam, da waren seine Kleider naß.«
»Du hast recht, das klingt albern. Draußen hat es geregnet, und er war naß ... was ist daran so schlimm?«
»Ich weiß nicht, nur in der letzten Zeit scheint er in Rätseln zu sprechen. Über irgendwelche Dinge, die er zuerst noch erledigen muß. Und dann seine nassen Kleider. Gestern war seine Hose hinten voller Grasflecken.«
»Was soll das heißen ... Dinge, die er erst noch erledigen muß?«
Mit einem Lächeln, das sich langsam über ihre sorgenvolle Miene legte, sagte sie: »Benny will mich heiraten, Liz. Er hat es mir gestern gesagt.«
Liz bekam ganz große Augen. »Du lügst mich an.«
»Nein, im Ernst.«
»Verheiratet ... er hat dich gestern gebeten, ihn zu heiraten, und du hast mir das nicht gesagt?«
»Nun, da warst du noch so kritisch.«
»Aber verheiratet. Das hätte ich bestimmt nicht kritisiert.«
»Nun, bis jetzt ist noch kein bestimmter Termin ausgemacht.«
»Was soll's, er hat dich doch gefragt, oder?« Plötzlich schlang Liz ihre Arme um Daisey und tanzte mit ihr im

Laden herum, bis beide schließlich wieder wie in alten Zeiten zu kichern anfingen.
Und die nassen Kleider waren vergessen . . . und ebenso die Dinge, die Benny noch zu erledigen hatte.

Paul wachte um sechs Uhr früh, als der Wecker klingelte, mit stechenden Kopfschmerzen und einem rebellierenden Magen auf. Als erstes mixte er sich einen steifen Wodka mit einem Schuß Limonensaft und einem Teelöffel Vitamin C, zusätzlich schluckte er noch drei Tranquilizer. Als sein Kreislauf nicht mehr ganz so wackelte, duschte er sich, zog sich an und warf ein paar Sachen in seine Reisetasche. Er packte Schlüssel, Trenchcoat und Aktentasche, ging zur Tür und blieb dort noch einmal kurz stehen, um zu überlegen, ob er auch alles hatte. Nein, er hatte nichts vergessen.
Er würde eine kurze Kaffeepause einlegen, dann bis Connecticut durchfahren und so zeitig in Hartford ankommen, daß er sich noch im Hotel Statler einschreiben und dann um zwei Uhr seinen ersten Termin mit dem Leiter der Hartford National Bank wahrnehmen konnte. Morgen — Freitag — hatte er noch zwei weitere Termine, einen in West Hartford und den anderen im nahe gelegenen New Britain.
Zum Glück war Benny sehr früh zu Pauls Appartementhaus gefahren . . . gerade noch rechtzeitig genug, um zu sehen, wie dieser mit seiner schwarzen Lederreisetasche und der Aktenmappe herauskam und in seine gelbe Corvette stieg. Obwohl Paul exquisit gekleidet war — er trug einen leichten, silbergrauen Anzug und eine burgunderrote Seidenkrawatte mit dem Streifenmotiv seines Hemdes —, sah er genauso niedergeschlagen aus wie am Tag zuvor im Hof des Gerichtsgebäudes.
Ein scharfer Stich durchfuhr Benny und ließ ihn richtig-

gehend zusammenzucken, als er den Sportwagen zurücksetzen, anhalten, wieder vorfahren und dann in die Straße einschwenken sah.

Ganz langsam, Paul . . . es wird nicht mehr lange weh tun . . .

Da Maggie an diesem Morgen sehr früh zu einer Besprechung der anstehenden Verhandlungen mußte, bot Douglas sich an, Richie zur Schule zu bringen.

»Kennst du meinen Daddy?« fragte Richie, als sie von der Auffahrt in die Straße einbogen.

»Nicht sehr gut, Rich . . . warum?«

Eine Pause, dann: »Ich glaube, er kennt dich.«

»Aha . . . warum glaubst du das?«

»Manchmal sagt er was über dich.«

»Was denn?«

Richie zuckte mit den Achseln. »Oh, so Sachen eben.«

Douglas nickte.

»Meine Mommy hat es fertiggebracht, daß er mich nicht mehr sehr oft sehen kann.«

»Das habe ich gehört . . . sie ist eine ziemlich mutige Frau.«

»Warum sagst du das?«

»Weil es nicht leicht ist, einem Menschen, den man liebt, Dinge zu sagen, die er nicht hören will.«

»Du meinst, so, wie sie es mir sagen mußte?«

Er nickte. Richie war eine Weile still und meinte dann: »Wirst du meine Mommy heiraten?«

Douglas warf ihm von der Seite einen Blick zu und lächelte dann: »Das würde ich gerne. Aber sag doch mal, hättest du etwas dagegen, wenn ich es täte?«

»Du kannst nicht mein Vater sein, weißt du. Selbst wenn du sie heiratest.«

»Das verstehe ich. Aber ich sehe keinen Grund, warum wir deshalb nicht Freunde bleiben sollten, oder?«
Richie dachte einen Augenblick darüber nach und nickte dann.
»Ja, das wäre in Ordnung, glaube ich.« Nach einer langen Pause wandte er sich wieder an Douglas. »He, Douglas, warum, glaubst du, ist mein Daddy wütend auf mich?«
»Er ist nicht wütend auf dich, Richie, er ist wütend auf sich selbst. Und ich möchte wetten, irgendwann einmal wird er dir das auch sagen.«
Als Douglas in sein Büro kam, holte er sich die Liste mit den Fällen, und bevor er in den Sitzungsraum ging — er hatte ein Dutzend Anklagevernehmungen angesetzt —, erkundigte er sich bei seiner Sekretärin, ob sie mit Peterson gesprochen habe.
»Bis jetzt noch nicht, er ist erst gegen Mittag wieder zu erreichen.«
»Okay. Sagen Sie ihm, er soll diesen Benny Shandling nicht vergessen.«

Benny war vor zehn Uhr wieder in seinem Zimmer. Er holte den braunen Jutesack mit seiner Waffe und der Munition, ging — mit einem kurzen Zwischenstopp — zur Haltestelle des Trolleybusses zurück, fuhr dann zwanzig Minuten bis nach Brookline — und alles in allem benötigte er dafür nur eineinviertel Stunden. Die drei Blocks bis zu der Adresse, die er in seinem Gedächtnis gespeichert hatte, ging er zu Fuß: zu Margaret Grants Haus.
Die Häuser des Blocks waren weit auseinandergesetzt, und eine großzügige Bepflanzung mit Büschen sorgte für ausreichend Privatsphäre . . . das jeweilige Nachbarhaus lag mindestens in hundert Meter Entfernung. In der

langgestreckten, breiten Auffahrt zum Haus stand kein Auto. Aber das hatte er erwartet. Die Situation, in der er sich hier befand, war völlig anders als bisher, und das war ihm auch bewußt. Er würde sich erst einmal umsehen und dann die leichteste Art, ins Haus zu kommen, herausfinden müssen; einmal drinnen, würde er warten, bis sie nach Hause kam.
Nie zuvor war er in ein Haus eingebrochen, aber er hatte es oft genug im Fernsehen gesehen, um zu wissen, wie er vorzugehen hatte; bevor er in Boston losgefahren war, hatte er bei einer Eisenwarenhandlung angehalten und einen Glasschneider gekauft. Er nahm nicht an, daß sie der Typ war, der aus dem Haus ging und die Türen tagsüber unverschlossen ließ. Aber da er sich dieser Dinge nicht so sicher war, probierte er als erstes die Knäufe beider Türen aus: Verschlossen . . . du hattest wieder mal recht, Benny.
Als er seine Inspektionsrunde hinter dem Haus drehte, fiel sein Blick nach unten — das Kellerfenster war eines jener Halbfenster, die zwar eng waren, aber doch breit genug, damit sich ein Mann seiner Größe hindurchzwängen könnte.

Die Fahrt nach Hartford dauerte höchstens drei Stunden, selbst wenn man oft Pausen einlegte und so langsam fuhr, wie Paul das mit Absicht tat. Den ganzen Weg über hatte er seine Stereolautsprecher voll aufgedreht; normalerweise hörte er lieber Musik, aber an diesem Morgen hatte er fast die ganze Zeit über diverse Unterhaltungssendungen eingeschaltet, um sich so weit wie möglich von seinem persönlichen Kummer abzulenken.
Kurz vor elf näherte Paul sich der Buckley Bridge, die über den Connecticut River von East Hartford nach

Hartford selbst führte. Man konnte es drehen und wenden, wie man wollte; selbst wenn er sich vorher noch in seinem Hotel eintrug, es würden immer noch ein paar Stunden übrigbleiben, die er vor seinem Termin totzuschlagen hatte.
Ein leichtes Mittagessen vielleicht und ein Cocktail . . .

Douglas kam erst nach seinen Gerichtsterminen und dem Mittagessen ins Büro zurück. Es war inzwischen kurz nach zwei.
»Haben Sie mit Peterson gesprochen?« fragte er Peg, als er bei ihr vorbeikam.
Sie folgte ihm in sein Zimmer, legte einen Stapel Telefonnotizen auf seinen Schreibtisch und nahm sich die Akten, die er eben darauf gelegt hatte.
»Kann ich die mitnehmen?« fragte sie, und er nickte.
»Peterson ist aufgehalten worden. Er mußte noch ein paar Befragungen bezüglich des Falles durchführen. Aber ich schätze, daß er jede Minute zurück sein muß.«
»Tun Sie mir einen Gefallen, Peg, und verbinden Sie mich mit jemandem von der Anwaltskammer.«
Sie ließ es bei ihm läuten, als sie die Verbindung hatte. Douglas nahm den Hörer ab.
»Hier spricht Douglas Woods, Stellvertreter der Staatsanwaltschaft in Suffolk. Ich benötige Informationen über einen Rechtsanwalt. Könnte ich die von Ihnen bekommen?«
Es dauerte ganze fünf Minuten, bis die Frau wieder ans Telefon kam. »Tut mir leid, Mr. Woods, Ben Shandling ist in den Unterlagen der Anwaltskammer nicht eingetragen.«
»Soll das heißen, daß Sie ihn auf der Liste nicht finden können?«

»Das soll heißen, daß er kein praktizierender Anwalt ist, soweit es den Staat Massachusetts betrifft. Und es auch nie war. Ich weiß natürlich nicht, ob er in einem der anderen Staaten . . .«

»Wie kam er dann an eine Karte, die ihn als solchen ausweist?«

»Sie sind von der Staatsanwaltschaft, nicht ich. Was glauben *Sie* denn, wie er an die Karte gekommen ist?«

Douglas legte auf, überlegte ein paar Minuten und läutete dann bei Peg.

»Geben Sie meinen Männern von der Ermittlungsgruppe Bescheid. Sagen Sie ihnen, daß ich sie sofort hier sehen will.«

Es war einfacher, als selbst Benny es sich vorgestellt hatte. Vorsichtig hatte er die scharfe Kante des Glasschneiders angesetzt, hatte damit die Ränder des Glases umrundet, die Scheibe in einem Stück herausgenommen, sich auf den Boden gesetzt, die Beine durchs Fenster geschoben und sich hineingleiten lassen.

Drinnen war er hochgesprungen und hatte den Jutesack und den Glasschneider gepackt, die draußen vor dem Fenster lagen. Er hatte sie zu sich heruntergezogen und in den leeren Rahmen ein Stück Pappkarton gesteckt, das er von einer der Schachteln im Keller abgerissen hatte. Ein Eichhörnchen oder eine schmutzige Feldmaus, die sich in den Keller schlichen und sich dort ein Nest bauten, das hätte der Rechtsanwältin gerade noch gefehlt.

Er betrachtete seine Umgebung — ein ganz gewöhnlicher Keller . . . staubig und voller Spinnweben und Schachteln, die unnützes Zeug enthielten; in einer davon waren alte Babyspielsachen. Er fischte einen glänzenden Pla-

stikclown heraus — Adam hatte auch so einen gehabt. Benny stellte ihn auf den Zementfußboden, gab ihm einen Schubs und sah zu, wie der Clown über den Boden wackelte und dann aufrecht stehenblieb. Schließlich legte er ihn in die Schachtel zurück, klemmte sich seinen Jutesack unter den Arm und ging nach oben.
Er hatte eine Menge Zeit totzuschlagen ... er nahm nicht an, daß sie etwas dagegen hatte, wenn er sich ein bißchen umsah.

Es hatte damit angefangen, daß er beim Zimmerservice eine Bestellung aufgegeben hatte: ein Vollkornsandwich mit Truthahnfleisch und einen Martini. Jetzt befanden sich auf dem Tisch vor ihm ein Kübel mit Eis, das schon fast geschmolzen war, eine Flasche mit White Label, in der bereits zwei Drittel fehlten, und ein Truthahnsandwich, von dem er erst einmal abgebissen hatte.
Er schaute auf die Uhr — halb drei. Jetzt sollte er gerade sagen: Sie sehen also, Mr. Bushwick, was wir für Sie tun können, haben wir für eine Vielzahl anderer Finanzinstitute im ganzen Land getan ... und uns damit selbstverständlich eine Reihe zufriedener Kunden erworben.
Wir kommen zu Ihnen, analysieren jede Abteilung, sprechen mit Ihren Abteilungsleitern, machen uns ein Bild von Ihren Geschäften und erstellen dann einen Überblick, aus dem Sie ersehen können ... Und dann, mit einem festen Händedruck ... es geht hier um beträchtliche Einsparungen, Mr. Bushwick.
Unsere erprobten Methoden verbinden Unternehmensführung mit höchster Leistungskraft. Unsere Leute helfen Ihren besten Mitarbeitern, deren jeweilige Arbeitsbereiche neu zu strukturieren, so daß jeder Bereich sich harmonisch, aber unabhängig in die anderen einfügt. Mit

dem Resultat, daß aus den einzelnen Teilen ein Ganzes wird, in dem die tägliche Arbeit reibungslos und wie ein frisch geölter Mechanismus abläuft. Unser Konzept, das Ziel, Mr. Bushwick, ist maximale Produktivität bei minimalen Kosten.

Paul kippte seinen Scotch hinunter. Und wenn Sie diesen Schwachsinn glauben, Mr. Bushwick, dann können Esel fliegen und Hühner sprechen . . . und ich, Paul Grant, bin kein verdammter Alkoholiker. Plötzlich schleuderte er das Glas gegen die Wand; klirrend zerbrach es in tausend Stücke und rollte dann geräuschlos auf den dicken grünen Teppich.

Warum, zum Teufel, hast du das getan, Paul . . . Bushwick hat deiner Analyse doch noch gar nicht zugestimmt . . . Tränen fingen an, über seine Wangen zu laufen . . . er wollte Richie sehen . . . er wollte seinen Sohn sehen.

Zur Hölle mit Maggie . . . zur Hölle mit ihm selbst.

Erst kurz nach drei Uhr saßen die beiden Männer in Douglas' Büro und hörten sich seinen Bericht an.

»Ihr versteht also«, sagte Douglas, »daß ich dieser Sache nachgehen will. Ich habe da so ein Gefühl. Findet heraus, wer dieser Kerl ist und wo er sich aufhält, und dann will ich, daß ihr seine Wohnung durchsucht — wie ihr das macht, ist mir egal — und ihn anschließend zur Befragung ins Präsidium bringt.«

»Was ist, wenn er uns nicht hineinläßt? Solange wir keinen stichhaltigen Grund haben, kann es passieren, daß wir diesen Kerl herbringen, und Sie sagen uns dann, daß wir ihn widerrechtlich in Haft genommen haben. Und was die Ermittlungsgruppe auch immer herausgefunden haben mag, das war dann alles umsonst.«

»Jetzt kommt aber, Leute, würde ich das von euch verlangen? Ihr findet mir diesen Kerl, und ich besorge euch einen Haftbefehl.«

»Welche Anklage stellen Sie sich denn da vor?«

»Wie gefällt euch 'unbefugtes Auftreten als Anwalt?«

»Herr im Himmel«, meinte einer der Männer. »Welcher Paragraph ist das denn?«

»Ich weiß nicht, aber zweifellos ein alter. Vertraut mir, ich werde ihn ausgraben.«

Sobald sie weg waren, rief Douglas Maggie an.

»Es wird heute abend etwas später werden.«

»Bei mir wird es auch spät werden ... ich muß noch einen Schriftsatz aufsetzen, der ist in ein paar Tagen fällig. Ich habe eben mit Jenny telefoniert und sie gebeten, Richie das Abendessen herzurichten. Ich glaube nicht, daß ich vor sieben Uhr zu Hause bin. Wird es bei dir später werden?«

»Wahrscheinlich.«

»Wieso, was ist los?«

»Ich glaube, wir haben eventuell einen Hinweis auf den Mann. Und ich will sichergehen, daß auch alles ordentlich abläuft.«

Maggie hielt den Atem an.

»Erzähl mir mehr, Douglas.«

»Der Name, den ich gestern erwähnt habe — Ben Shandling. Laut Auskunft der Anwaltskammer ist er kein Anwalt aus Massachusetts. Das ist natürlich nicht viel, aber es kommt mir seltsam vor. Besonders, wenn er zufälligerweise derselbe 'Benny' sein sollte, den Celia erwähnt hat. Der, der angeblich alle diese Sorgerechtsfälle zu verhandeln hatte.«

»O Gott, Douglas. Das ist ja erschreckend.«

»Wirst du allein zurechtkommen?«

»Mach dir keine Sorgen, es wird schon gutgehen.«
»Wenn du mich brauchst, ruf mich hier an. Falls ich länger als eine Viertelstunde vom Büro weg sein werde, dann rufe ich dich an.«
»Hör auf damit, Douglas, behandle mich nicht wie ein Kind. Ich sagte es dir doch, ich werde schon zurechtkommen.«

Benny hatte sich alle Zimmer angesehen und sich dann in Richies Schlafzimmer gesetzt . . . war darin herumgelaufen, hatte seine Kleider, seine Bücher und die Souvenirs berührt, die auf einem Bücherregal über dem Schreibtisch aufgereiht waren, und war schließlich vor einer Schachtel mit Spielsachen stehengeblieben. Er holte einen Baseballhandschuh und einen Ball heraus und stopfte den Ball in die Handfläche des halb abgetragenen Handschuhs. Er fragte sich, ob Adam wohl auch so einen hatte. Nicht sehr wahrscheinlich, daß Claire ihm einen kaufen würde.
Als er hörte, wie vor dem Haus eine Wagentür zugeschlagen wurde, packte er seinen Jutesack, eilte damit aus dem Schlafzimmer, zur Kellertür und die Treppen hinunter . . . Von unten hörte er, wie klirrend ein Schlüssel ins Schloß gesteckt wurde, dann Schritte und gedämpfte Worte. Es war der Junge . . . und jemand war bei ihm. Es klang nach einem Babysitter.
Er hörte das Telefon läuten, später dann die Stimme des Jungen in der Küche.
»He, Jenny, hast du meinen Baseballhandschuh genommen?«
»Oh, du hast mich ertappt.«
»Jetzt komm schon, hast du?«
»Nun mach aber 'nen Punkt, Richie, glaubst du wirklich, daß mich dein Baseballhandschuh interessiert?«

»Aber jemand hat ihn aus meiner Spielzeugschachtel genommen.«
»Frag deine Mutter, wenn sie heimkommt.«
»Sie rührt meine Spielsachen nie an.«
»Nun, ich auch nicht, also laß mich in Ruhe.«
Ein paar Minuten war es still, dann: »Was machst du jetzt?«
»Was mache ich hier wohl — kochen. Nudeln mit Käse.«
»Für wen?«
»Für dich natürlich.«
»Wieso machst du das Abendessen?«
»Weil mich deine Mutter gerade angerufen und gesagt hat, daß sie vor sieben Uhr nicht heimkommen wird. Also muß ich dir was zum Essen machen, Kerlchen. Beantwortet das deine Frage?«
»Ich hasse Nudeln mit Käse. Besonders diese Art.«
»Tut mir leid, mehr kann ich nicht. Aber Dosen kann ich noch aufwärmen.«
Benny saß unter der Kellertreppe und lauschte der unerfreulichen Unterhaltung zwischen dem Jungen und dem Babysitter. Was für eine Mutter war Margaret nur, daß sie ihn mit so einem Mädchen allein ließ? Ein weiterer negativer Beweis gegen die klagende Partei in dem Fall Grant gegen Grant. Aber wer — außer Benny — interessierte sich denn schon für Beweise?
Bei Gericht hatten sie ihre Chance bekommen, ihre Arbeit zu erledigen. Aber wie immer hatten sie es verpfuscht. Jetzt war er an der Reihe ... Er legte den Baseballhandschuh auf den Boden, zog seine Windjacke aus und öffnete den Jutesack. Es war Zeit, daß er seinen Schulterriemen umlegte und sein Gewehr vor die Brust schnallte, wo es hingehörte.

18. KAPITEL

Paul schlug die Augen auf ... wo, zum Teufel, war er? Als er die Glasscherben auf dem Teppich entdeckte, fiel es ihm wieder ein. Er ließ die Beine über den Rand des Doppelbettes baumeln, richtete sich auf und legte seine Stirn auf die Knie; mit einer Hand massierte er seinen Nacken. Schließlich sah er auf die Uhr: sechs Uhr — er hatte mehr als drei Stunden geschlafen.
Nun, einen Termin hatte er versäumt ... morgen gab es noch andere Termine. Aber die konnte er verschieben. Wenn er jetzt losführe, dann wäre er in zwei, zweieinhalb Stunden in Boston. Und dann? Dann würde er zu Richie gehen.
Er griff zum Telefon, das neben dem Bett stand.
»Rezeption«, meldete sich eine Stimme.
»Oh, ja ... hier ist Paul Grant, Zimmer ... äh ...« Er verstummte, während er in seinen Hosentaschen nach dem Zimmerschlüssel suchte, ihn dann neben dem vertrockneten Truthahnsandwich auf dem Tisch entdeckte, ihn aufhob und auf den Anhänger schaute. »Zimmer 416. Machen Sie mir bitte die Rechnung fertig. Ich werde abreisen.«
»Oh, das tut mir leid. Ist irgend etwas mit Ihrem Zimmer nicht in Ordnung, Mr. Grant?«
»Nein, nein. Machen Sie mir nur die Rechnung fertig.«

Inzwischen war das Gerichtsgebäude abgesperrt worden. Bis auf ein paar Nachzügler und eine Handvoll Reinigungspersonal war Douglas allein im Gebäude, als er den Korridor entlangging, der in den alten Bau hinüberführte. Oben im Büro des Geschäftsstellenleiters angekommen, trat er unverzüglich an den Schrank mit den Karteikarten und blätterte den Buchstaben S durch, bis er zu dem Namen kam: Shandling. Unter sieben Shandlings gab es nur einen Ben ... Ben und Claire. Er nahm die Karte heraus: Die Scheidungspapiere waren vor fast vier Jahren ausgestellt worden. Aber im Gegensatz zu den meisten anderen Karten war auf dieser hier keine Eintragung zu finden ... diese Karte wies keine Unterschriften auf, daß man sie ausgeliehen hätte.

Er suchte die entsprechende Prozeßnummer im Aktenschrank und holte die dünne, unbenutzte Akte heraus. Dann setzte er sich an einen der leeren Schreibtische und las sie durch: Eine Scheidungsklage, eine Vorladung und eine knappe, dreiseitige Vereinbarung. Sauber und einfach, fast zu einfach. Douglas nahm sich die Vereinbarung vor: nur zwei Stunden wöchentlich Besuchszeit für den Vater.

Er schaute sich die Scheidungsklage an. Sie war aufgrund unüberwindlicher Differenzen eingereicht worden — die übliche Klage, die von den meisten Anwälten vorgebracht wurde. Aber warum sollte sich ein Vater mit lausigen zwei Stunden in der Woche zufriedengeben, ohne um mehr zu kämpfen? Douglas fielen nur drei Gründe ein: Erstens, es war ihm egal; zweitens, er wußte, daß er vor Gericht schlecht aussehen würde, wozu also die Mühe; und drittens, er hatte einen miserablen Anwalt.

Falls dieser Mann derjenige war, den sie suchten, falls er tatsächlich das Motiv hatte, das Maggie und Douglas vermuteten, dann konnte die erste Begründung sofort gestri-

chen werden. War es möglich, daß Douglas auf der falschen Fährte gewesen war? Er hatte nach einem Vater gesucht, der einen zermürbenden Kampf vor Gericht verloren hatte. Doch Ben Shandling hatte den Kampf bereits verloren, ehe dieser überhaupt begonnen hatte . . .
Er hatte nicht einmal Gelegenheit gehabt, vor Gericht sein Glück zu versuchen.
Douglas kopierte die wenigen Unterlagen, steckte die Akte zurück und ging mit den Papieren wieder in sein Büro.

Obwohl es draußen immer noch hell war, rief die unheimliche Stille in dem leeren Büro ein angespanntes und unbehagliches Gefühl in Maggie hervor. Zwar bemühte sie sich, sich auf den Schriftsatz zu konzentrieren, aber Gedanken an den Würger vom Gericht lenkten sie immer wieder ab. Dieser Ben Shandling, den Douglas momentan überprüfte . . . war es möglich, daß er der Täter war?
Plötzlich hörte sie ein Geräusch vor dem Büro.
»Wer ist da?« rief sie.
Keine Antwort.
Da war jemand . . . sie war sicher. Sie holte tief Luft, stand auf und trat auf die Tür zu. Sie ging in das äußere Büro . . .
»Ma'am?« sagte die Frau, deren zahnloses, verrunzeltes Gesicht nur Zentimeter von Maggie entfernt war.
Maggie wich erschrocken und um Luft schnappend einen Schritt zurück.
»Ich wollte Sie nicht erschrecken, Ma'am. Ich kann ja später noch mal kommen.«
Maggie schaute auf den Wagen mit den Putzsachen, dann auf die Frau. Irgendwie erschien es ihr absurd, daß sie sie »Ma'am« nannte.

»Maggie ... Maggie Grant«, sagte sie. »Es war nicht ihre Schuld«, fügte sie mit einem zaghaften Lächeln hinzu. »Ich bin nur etwas nervös heute abend.«
Die Frau grinste, entblößte dabei ihr eingefallenes Zahnfleisch und deutete auf das Büro: »Ich kann ja wiederkommen ... kein Problem.«
Maggie schaute auf die Uhr, es war schon nach sieben, sie war später dran als erwartet.
»Ein paar Minuten noch, ich muß noch kurz telefonieren und alles zusammenpacken, und dann bin ich Ihnen aus dem Weg.«
Maggie holte ihren Schriftsatz ... sie war vorangekommen, aber nicht weit genug. Sie würde Jenny Bescheid geben, daß sie auf dem Weg nach Hause war.

Nach dem letzten Anruf machte Benny sich auf die Suche nach der Telefonleitung, obwohl er nicht genau wußte, wozu das gut sein sollte. Aber er erinnerte sich an eine Reihe von Filmen und Fernsehspielen, in denen der Einbrecher die Telefonleitung gekappt hatte. Und obwohl er sich nur ungern als Einbrecher sah, nahm er doch an, daß andere Leute das in ihm sehen würden — ob es nun stimmte oder nicht.
Schließlich fand er die Kabel. Aber er würde noch eine Weile warten — zumindest bis sie nach Hause kam. Es war bereits sieben Uhr, und sie war immer noch nicht zu Hause, wo sie hingehörte. *Ein weiterer Beweis gegen die Klägerin, Hohes Gericht* ... Ein Gedanke kam ihm — Richter sollten sich ab und zu in Kellern verstecken, vielleicht würden sie dann dahinterkommen, was tatsächlich vor sich ging.
Benny tastete nach seiner Windjacke, um die Waffe zu spüren, die sich an seine Brust schmiegte. Plötzlich

knurrte sein Magen. Ausgerechnet jetzt bekam er Hunger. Das war so unpassend, daß er eigentlich hätte lachen müssen.
Ihm fiel ein, daß er den ganzen Tag noch nichts gegessen hatte. Er fragte sich, was Daisey wohl zum Abendessen kochte . . .

Obwohl die Ermittlungsgruppe einen Lebenslauf von Ben Shandling zusammengestellt hatte, war nicht viel dabei herausgekommen. Er hatte keinen Wagen angemeldet, hatte keinen Führerschein und keine Kreditkarten; man wußte nur, daß er die Boston High School abgebrochen hatte, und kannte die fünfzehn Jahre alte Adresse einer Wohnung, die an seine Mutter, Ruth Tompson Shandling, vermietet war. Seit damals war das Haus renoviert und die einzelnen Wohnungen als Eigentumswohnungen verkauft worden. Und die Mutter war inzwischen verstorben.
Offensichtlich war Shandling einer jener Menschen, die es irgendwie schaffen, durch die Maschen der Bürokratie zu schlüpfen. Douglas gab Peterson die Adresse, die er auf der drei Jahre alten Scheidungsklage gefunden hatte. Und dann hatte er das Glück, Barry Millerman bei sich zu Hause in Peabody, vierzig Meilen nördlich von Boston, zu erreichen. Douglas erklärte ihm, daß das Büro der Staatsanwaltschaft in einer Sache ermitteln würde und daß der Name eines seiner Mandanten dabei aufgetaucht wäre. Mehr nicht.
»Nun, wenn Sie mich vielleicht morgen wieder anrufen, dann habe ich meine Akten vor mir und kann nachsehen«, sagte Millerman.
»Ich habe es leider etwas eilig. Ich dachte mir, Sie könnten sich vielleicht an den Mann erinnern. Sie haben

ihn vor vier Jahren vertreten, eine simple Scheidungssache. Es handelt sich um Ben Shandling.«

Kurze Pause, dann: »O ja, Benny, wie er sich selbst nennt. Ich kann mich tatsächlich an ihn erinnern.«

»Er ist zufälligerweise nicht Rechtsanwalt, oder?«

»Anwalt, wie kommen Sie auf die Idee?«

»Es wäre um vieles leichter, wenn Sie mir einfach meine Fragen beantworten würden.«

»O ja, selbstverständlich. Nein, nein, er ist ganz bestimmt kein Anwalt. Ich glaube, er arbeitet in irgendeinem Krankenhaus in Boston. Vielleicht beim Pflegepersonal, irgendeine untergeordnete Arbeit jedenfalls.«

»Können Sie sich an die näheren Umstände der Scheidung erinnern?«

»Sicher, wie Sie ja sagten, es war ein einfacher Fall. Die beiden Parteien einigten sich auf die Bedingungen, und die Scheidungsvereinbarung wurde zu den Akten genommen.«

»War er mit der Besuchsregelung zufrieden?«

»Nein, eigentlich nicht. Aber welcher geschiedene Vater ist das schon? Das Kind war damals erst zwei Jahre alt. Ich erklärte ihm, daß er keine große Chance hätte, mehr zu bekommen.«

»Weshalb nicht, war mit dem Mann irgend etwas nicht in Ordnung?«

»Nein, eigentlich nicht. Er war vielleicht ein bißchen seltsam, aber eigentlich war mit ihm alles in Ordnung. Ich meine, ich weiß, daß er an dem Kind hing. Aber meiner Erfahrung nach sind die Richter solchen Leuten gegenüber nicht allzu großzügig.«

»Erklären Sie mir doch mal, was meinen Sie mit 'solchen Leuten'?«

»Nun, Leute ohne Auftreten, ohne Erziehung, ohne rhetorische Fähigkeiten eben. Ohne nennenswertes Geld. Ich denke, ich habe einen guten Handel herausgeschlagen, was die Unterhaltszahlungen für das Kind betraf. Fünfundsiebzig Dollar wöchentlich waren es, glaube ich . . . das ist doch gar nichts heutzutage.«

»Hatte die Frau Geld?«

»Ihre Familie. Sie hätte mich von ihrem Anwalt in einen Papierkrieg verwickeln lassen können, wenn sie gewollt hätte. Nicht, daß mir der Papierkram etwas ausmacht, aber wenn schon, dann will ich ein Ergebnis sehen.«

»Ich verstehe. Dann waren Sie vermutlich der Ansicht, daß er es sich nicht hätte leisten können, vor Gericht zu gehen.«

»Nun, das lag meinen Überlegungen vermutlich auch zugrunde. Schließlich hat jedes Problem auch seine praktischen Seiten.«

»Sagen Sie doch mal, haben Sie ihn nach der Scheidung jemals wiedergesehen?«

»Nein . . . Warten Sie, das stimmt nicht ganz, einmal noch. Das ist jetzt fast ein Jahr her, glaube ich. Er kam zu mir und hat sich beschwert, daß sein Besuchsrecht sabotiert würde. Erst hat die Frau angefangen, dann hat sich das Kind auf die Seite der Mutter gestellt. Sie wissen doch, die alte Geschichte . . . das Kind bricht die Verbindung lieber ab.«

»Was haben Sie ihm denn geraten?«

»Ich erklärte ihm, daß er darum kämpfen könne, wenn er wolle, daß ein Richter aber nicht viel tun könne, um Kinder zu zwingen, irgendwohin zu gehen, wo sie nicht hin wollten. Es sei denn, es handelt sich dabei um eine starke Persönlichkeit, um einen Vater, der entschlossen genug ist, diese Hindernisse zu überwinden. Aber Benny ist alles andere als eine starke Persönlichkeit. Ich würde

ihn schon eher als schwach bezeichnen, als einen Menschen, der sich alles gefallen läßt.«
»Dann haben Sie ihn also nach Hause geschickt?«
»Natürlich nicht ohne ein paar Ratschläge. Ich riet ihm, ans Familienrechtsgericht zu gehen ... sich dort etwas umzusehen. Er sollte selbst sehen, was Eltern ihren Kindern antun, wenn sie darauf bestehen, diese wüsten Schlachten um das Sorgerecht zu schlagen. Das ist kein schöner Anblick. Wenn mehr Eltern vielleicht —«
»Ich muß Sie leider kurz unterbrechen. Wissen Sie, wo ich diesen Benny Shandling finden kann?«
»Nein, aber wenn Sie mich morgen früh im Büro anrufen, dann kann ich Ihnen sagen, was in meinen Unterlagen steht.«
»Könnte die Adresse eventuell dieselbe wie die auf der Scheidungsklage sein?«
»Das ist sehr wahrscheinlich, aber das kann ich nicht mit Sicherheit sagen.«
Douglas legte auf. Vor fast einem Jahr hatte Millerman Benny geraten, sich am Gerichtshof umzusehen ... die Morde hatten exakt vor zehn Monaten angefangen. Er warf einen Blick auf die Kopie des Paragraphen, den er nach einer Stunde Suchen in der juristischen Bibliothek der Staatsanwaltschaft gefunden hatte ... das Strafmaß für unberechtigtes Auftreten als Anwalt. So wie die Dinge sich entwickelten, würde er darauf vielleicht nicht zurückgreifen müssen, um seinen Haftbefehl zu bekommen. Doch erst mußten sie Shandling finden.
Von den Informationen, die ihm dieser Anwalt, der sehr von sich überzeugt zu sein schien, gegeben hatte, waren für Douglas nur zwei verwertbar: Claire, Bennys geschiedene Frau, und ein Krankenhaus in Boston, wo Benny

vielleicht noch arbeitete. Er nahm den Telefonhörer, um Peterson zu verständigen.

Während er das erste Läuten abwartete, dachte er an Millermans Beschreibung von Benny: Schwach, jemand, der sich alles gefallen läßt, hatte er gesagt.

Ich weiß ja nicht, wie er damals war, als Sie mit ihm zu tun hatten, Millerman. Aber schwach? Jetzt? Nein, das denke ich nicht.

Wieder drehte Paul die Lautstärke voll auf. Obwohl die Nacht kühl war, kurbelte er beide Fenster herunter und ließ sich von dem frischen Wind durchblasen. Seit fast einer dreiviertel Stunde fuhr er siebzig Meilen schnell — nur einmal hatte er kurz an einer Howard-Johnson-Raststätte angehalten, um zu tanken und sich ein Thunfischsandwich, eine Büchse Pepsi und zwei Schokoladenriegel für unterwegs zu besorgen.

Immer wieder überlegte er, was er Richie sagen würde. Was mochte das Kind jetzt denken — daß seinem Vater alles egal war, daß sein Vater ihn für die schreckliche Szene gestern vor Gericht verantwortlich machte?

He, Richie, es tut mir leid. Ich werde es wiedergutmachen. Irgendwie werde ich es wiedergutmachen. Das verspreche ich.

Paul blickte auf die Straße vor sich. Die Mautstellen von Massachusetts tauchten vor ihm auf.

Es war schon beinahe acht Uhr, und es wurde langsam dunkel, als Maggie in die Auffahrt einbog und neben Jennys Wagen parkte. Sie schaute auf das Haus, fast alle Fenster waren hell erleuchtet, bis auf das in ihrem Schlafzimmer . . . und natürlich das Kellerfenster.

Sie machte die Wagentür auf, holte ihre Aktenmappe

heraus, schlug die Tür zu und ging auf den Vordereingang zu. Sie seufzte tief auf. Was für eine Erleichterung, zu Hause zu sein . . . Zum Glück würde Douglas seinen Fall bald abschließen können, so daß niemand — besonders Frank Chandler und sein Sohn — sich deswegen mehr Sorgen zu machen brauchte.

Als sie sich umdrehte, um die Stufen zur Eingangstür hinaufzusteigen, sah sie aus den Augenwinkeln einen schmalen Schatten . . . irgendwo aus dem Gebüsch neben dem Kellerfenster. Wahrscheinlich nur eine Feldmaus.

Trotzdem beschleunigte sie ihre Schritte.

19. KAPITEL

Sobald Benny das Schlagen der Autotür hörte und dann vom Kellerfenster aus sah, wie sie auf die Eingangstür zuging, rannte er schnell zu den Telefonleitungen zurück, aber noch bevor er sie durchschneiden konnte, läutete das Telefon. Er nahm seinen Posten unter der Kellertreppe wieder ein.

»Ich bin wieder zu Hause, Kinder«, hörte er die Rechtsanwältin sagen.

»Gerade zur rechten Zeit, Mrs. Grant«, rief der Babysitter. »Ein Anruf für Sie, Mr. Woods, glaube ich.«

Er hörte, wie Schritte ins Arbeitszimmer eilten. Ein paar Minuten lang unterhielt sie sich, dann legte sie auf. In diesem Augenblick schnitt Benny die Leitungen durch.

Zehn Minuten später war der Babysitter weg — Benny hörte, wie der Wagen wegfuhr. Es war bereits dunkel. Doch er mußte noch warten, bis der Junge im Bett war. *Das vorrangige Interesse des Kindes.* Der Satz, den er von diesen Anwälten immer wieder gehört hatte, schoß ihm durch den Kopf. Und in diesem Punkt hatten sie recht — der Junge sollte auf keinen Fall Zeuge werden, wie seine Mutter starb.

Paul war noch ungefähr eine Viertelstunde von Brookline entfernt, als er an einer Tankstelle bei einer Telefonzelle anhielt. Er würde Maggie bitten, Richie etwas länger aufbleiben zu lassen, bis er zu ihnen kam. Das würde ihr sicher nicht gefallen, aber zum Teufel damit! Er wollte nur

eine Weile mit seinem Sohn reden. Nicht einmal *sie* konnte ihm das abschlagen.
Er steckte die Münze in den Schlitz, wählte und wartete. Er ließ es zehn, fünfzehn Mal klingeln, bevor er wieder einhängte. Sie mußte mit Richie zum Essen gegangen sein, was bedeutete — da morgen wieder Schule war —, daß die beiden inzwischen zurück sein mußten, bis er zu ihnen kam. Wenigstens brauchte er keine Angst zu haben, daß Richie bei seiner Ankunft bereits schlafen würde.
Er stieg wieder in seine Corvette. Vielleicht wäre ein Überraschungsbesuch sogar noch besser, sie würde nicht darauf vorbereitet sein . . .

Maggie hatte eben damit aufgehört, Richie eine Gute-Nacht-Geschichte vorzulesen.
»Okay, ins Bett mit dir«, sagte sie, küßte ihn auf die Nase, zog die Bettdecke nach oben und stopfte sie unter seinem Kinn fest.
Richie beugte sich vor und stützte sich auf dem Ellbogen ab.
»Mommy, hast du meinen Baseballhandschuh genommen?«
»Warum sollte ich deinen Baseballhandschuh nehmen?«
Er zuckte mit den Achseln. »Irgend jemand hat ihn genommen. Er war in meiner Schachtel, aber jetzt ist er weg.«
»Du hast ihn bestimmt irgendwo im Haus herumliegen lassen.«
»Nein, habe ich nicht.«
»Okay. Dann werden wir ihn morgen suchen.«
»Kann ich nicht jetzt danach suchen?«
Sie ging zur Tür und schaltete das Licht aus.

»Du hast gehört, was ich gesagt habe. Morgen.«
Als Maggie das Schlafzimmer verlassen hatte, ging sie zu beiden Türen, überprüfte die doppelten Schlösser, nahm dann die Zeitung vom Wohnzimmersofa, wo sie sie beim Hereinkommen hatte liegenlassen, und ging damit ins Arbeitszimmer. Sie hatte Douglas gesagt, daß sie sich den Luxus einer dampfend heißen Badewanne leisten würde, sobald sie Richie ins Bett gebracht hätte, aber jetzt war sie dafür zu unruhig. Statt dessen würde sie zu lesen versuchen.
Als sie an der Tür vorbeikam, die in den Keller führte, bemerkte sie, daß diese einen Spalt offenstand, und machte sie zu.

»Ist dort Claire Shandling?«
Nach einer Pause: »Wer spricht da?«
»Douglas Woods, ich arbeite im Büro der Staatsanwaltschaft von Suffolk.«
Eine weitere Pause: »Hier spricht Claire Cranston, geschiedene Shandling.«
»Ich verstehe. Der Name Ihres Exmannes ist doch Ben . . . Benny?«
»Ja, das stimmt. Würden Sie mir bitte sagen, worum es geht?«
»Wir führen im Augenblick eine Untersuchung durch, und dabei ist Bennys Name aufgetaucht. Ich würde Ihnen gerne ein paar Fragen über ihn stellen.«
»Nun — was hat er getan?«
»Wie kommen Sie darauf, daß er etwas getan haben könnte?«
»Hören Sie, Mr. Woods, ich wäre Ihnen sehr dankbar, wenn Sie mit mir nicht Katz und Maus spielen würden. Ich nehme doch nicht an, daß Sie um diese Zeit hier

anriefen, wenn Benny nicht irgendwie unter Verdacht stehen würde.«

»Nun, mir wäre es wirklich lieber, jetzt nicht ins Detail zu gehen. Es wäre hilfreicher, wenn Sie einfach nur meine Fragen beantworten würden.«

Ein Seufzer. »Okay, was möchten Sie denn wissen?«

»Als erstes, wie kamen Sie sofort auf die Idee, daß Benny in Schwierigkeiten stecken könnte? Hat er schon einmal Schwierigkeiten gehabt?«

»Nun, nein ... zumindest nicht, soweit mir bekannt ist. Aber Benny ist ein seltsamer Typ.«

»Wie meinen Sie das?«

»Ich weiß nicht so recht, es ist schwer in Worte zu fassen. Sie müßten ihn schon kennen, um das zu verstehen. Er hat merkwürdige Ansichten, sehr engstirnige Ansichten. Er ist nicht der Typ, der viel darüber spricht oder den Leuten seine Meinung aufdrängt, das nicht. Er ist eher der Typ, der die Dinge in sich hineinfrißt. Ich dachte mir schon, daß er eines Tages explodieren würde.«

»Gibt es irgendeinen bestimmten Grund, warum Sie so dachten?«

Sie seufzte. »Nun, als seine Mutter starb, da hatte er Alpträume, quälte sich mit Selbstvorwürfen ... solche Sachen eben. Aber es gibt keinen konkreten Anlaß, auf den ich mich beziehen könnte, ich hatte nur ein schlechtes Gefühl bei ihm. In der letzten Phase unserer Ehe hat es mich direkt nervös gemacht, mit ihm zusammenzusein.«

»Ich verstehe. Und deswegen haben Sie die Scheidung eingereicht?«

»Deswegen und aus anderen Gründen. Er war — vom finanziellen Standpunkt aus betrachtet — nicht gerade der beste Familienvater im Staat Massachusetts, wenn Sie

verstehen, was ich meine. Nicht, daß er nicht brav zur Arbeit gegangen wäre — er arbeitete als Pfleger am Massachusetts General, und ich vermute, daß er immer noch dort ist und es auch den Rest seines Lebens sein wird. Aber er ist einfach nicht der Typ, der Karriere macht.«
»Sie halten also nicht viel von ihm, sehe ich das richtig?«
»Ja, ich fürchte, das stimmt. Benny ist ziemlich ungebildet, ungeschickt, und ich vermute, sein I.Q. läßt auch zu wünschen übrig. Ganz zu schweigen von seinem mangelnden Ehrgeiz.«
Douglas zögerte, meinte aber dann: »Ich hoffe, ich bin nicht zu persönlich mit meiner Frage, aber warum haben Sie ihn dann überhaupt geheiratet?«
Claire kicherte. »Weil er gut aussah, charmant war . . . auf eine sehr jungenhafte Art. Und ich weiß, es muß lächerlich klingen, nachdem ich Ihnen das alles gesagt habe, aber Benny ist ein sehr liebevoller Mensch.«
»Ich verstehe«, sagte Douglas, obwohl er sich dessen nicht sicher war. »Sagen Sie doch mal, Miss Cranston, wie oft kommt Benny, um seinen Sohn zu sehen?«
»Er kommt überhaupt nicht.«
»Können Sie mir sagen, warum?«
»Adam hat sich geweigert, ihn wiederzusehen.«
»Und warum, hat er etwas getan, das dem Jungen Angst eingejagt hat?«
Claire zögerte, meinte aber dann: »Nein, eigentlich nicht.«
»Dann begreife ich nicht ganz.«
»Nun, ich sagte Ihnen doch, daß Benny mich nervös macht . . .«
»Richtig.«
Ein tiefer Seufzer. »Ich vermute, meine Einstellung hat auf meinen Sohn abgefärbt. Ich meine, so etwas kommt oft

vor. Adam lebt bei mir, nicht bei ihm. Wenn ich einer Sache gegenüber zurückhaltend eingestellt bin, dann ist es nur natürlich, daß er eine ähnliche Haltung einnimmt.«

»Und Sie haben nichts unternommen, um diese Angst zu vertreiben?«

»Mr. Woods, wenn Sie mich fragen, ob ich Adam mit Absicht irgendwelche Ideen über Benny in den Kopf gesetzt habe, dann lautet die Antwort wahrscheinlich 'ja'. Und ich schäme mich nicht, das zuzugeben. Ich habe es bereits seiner Freundin gesagt, ich habe das Sorgerecht über Adam, und die Entscheidung, was das beste für ihn ist, liegt ausschließlich bei mir.«

»Sie haben eben eine Freundin erwähnt . . . Bennys Freundin?«

»Ja. Bennys Freundin ist vor nicht allzu langer Zeit zu mir gekommen, um mit mir zu reden.«

»Warum?«

»Um mich zu bitten, daß Benny Adam sehen darf.«

»Und Sie haben ihr diese Bitte abgeschlagen?«

»Ja, das habe ich.«

»Können Sie mir sagen, wie diese Frau heißt?«

»Warten Sie mal . . . ich glaube, es war irgend etwas mit Blumen. O ja, sie hieß Daisey.«

»Und ihr Familienname?«

Sie überlegte einen Moment. »Fängt mit B an, glaube ich. Klingt fast wie ein Vorname. Vielleicht Brad, Brady, Brook . . . aber ich bin mir wirklich nicht sicher.«

»Wissen Sie sonst etwas über sie? Ihre Adresse, wo sie arbeitet?«

»Tut mir leid, nichts.«

»Können Sie sie beschreiben?«

»Nun, an ihr Gesicht kann ich mich nicht mehr sehr gut

erinnern, aber ein paar Dinge sind mir an ihr aufgefallen.«
»Nur zu.«
»Sie war mager, flachbrüstig, klein, hatte krauses, orangerotes Haar und eine Menge Sommersprossen. O ja, ein Schneidezahn war angeschlagen. Wie Sie schon aus der Beschreibung bemerken, nicht sehr ansehnlich.«
»Und ihr Alter?«
»Sie sah aus wie achtzehn, aber aus der Unterhaltung würde ich schließen, daß sie schon etwas älter war.«
»Okay, wie steht es mit Bennys Adresse?«
»Ich weiß, daß er sich nach der Scheidung ein Zimmer irgendwo in Boston genommen hat. Das ist alles.«
»Besitzen Sie vielleicht ein Bild von ihm, das wir haben könnten?«
»Sie scherzen wohl. Die Bilder habe ich bereits vor langer Zeit mit dem übrigen Plunder weggeworfen.«
Gleich nachdem Douglas aufgelegt hatte, rief Peterson an.
»Bei dem Krankenhaus handelt es sich um das Massachusetts General«, sagte Peterson. »Er arbeitet dort als Pfleger, wahrscheinlich in der Schicht von drei bis elf Uhr, was heißt, daß er jetzt eigentlich dort sein müßte. Haben Sie den Haftbefehl?«
»Ich habe vor einer halben Stunde mit Richter Andrews gesprochen. Ich habe eine schriftliche Stellungnahme verfaßt, daß ausreichender Haftgrund besteht, und sie ihm durch Boten zuschicken lassen. Während wir hier reden, müßte er eigentlich gerade den Haftbefehl unterschreiben. Rufen Sie mich an, sobald Sie den Kerl haben.«
Douglas legte auf. Er spürte, wie ihn eine Woge der Erregung durchlief. Aber so war es immer, wenn man der

Sache so nahe kam. Jetzt konnte er nur noch dasitzen und abwarten — sobald Peterson Benny aufgegriffen hatte, würde er sich mit ihnen im Präsidium zum Verhör treffen.

Er hob wieder ab und wählte Maggies Nummer. Während er das tat, schaute er auf den Block vor sich. Dort hatte er den Namen notiert, Daisey . . . Brad, Brady, Brook . . . Darunter stand die Beschreibung.

Er ließ es ungefähr viermal klingeln, dann fiel es ihm wieder ein: Maggie war wahrscheinlich in der Badewanne. Er legte auf, er würde es später noch einmal versuchen.

Maggie hatte sich die Zeitung genommen, sie dann aber wieder weggelegt. Immer noch nervös, war sie unfähig, sich zu konzentrieren. Sie fragte sich, wie weit Douglas wohl seit seinem letzten Anruf gekommen war. Sie hätte ihn gerne angerufen, aber wahrscheinlich hatte er zu tun — sie wollte ihm nicht zur Last fallen. Statt dessen dachte sie über Frank Chandler nach. Sie hatte seit ein paar Tagen nicht mehr mit ihm gesprochen, nicht mehr, seit er bei ihr vorbeigekommen war, um den Testamentsnachtrag zu unterschreiben. Würde es ihn nicht freuen zu hören, welche Fortschritte die Staatsanwaltschaft gemacht hatte?

Sie holte sich ihre Adreßkartei, suchte seine Nummer und nahm den Telefonhörer ab . . . kein Freizeichen. Sie drückte mehrmals auf die Gabel und versuchte es noch einmal. Nichts . . . die Leitung war tot. Plötzlich hatte sie ein Gefühl, als würden ihre Magenmuskeln von einer eisernen Faust gepackt. Sie schluckte ein paarmal heftig, um die merkwürdige Beklemmung in ihrer Kehle loszuwerden, und stand dann langsam auf. Als sie sich umdrehte, sah sie sich einem Mann gegenüber. Und der hielt ein Maschinengewehr in der Hand!

Sie hielt die Luft an.

»Haben Sie keine Angst«, sagte er.

Sag irgend etwas . . . Aber sie brachte kein Wort heraus.

»Es muß einfach getan werden.«

Sie kannte ihn . . . sie kannte ihn . . . woher, woher kannte sie ihn?

»Es ist besser für den Jungen, verstehen Sie.«

Aus dem Gerichtsgebäude . . . der Mann, der sie über den Haufen gerannt hatte. O Gott, aus dem Gerichtsgebäude.

Er entsicherte die Waffe.

Sag irgend etwas, Maggie, um Himmels willen, sag was!

»Mommy . . . kann ich in der Garage nach meinem Handschuh —«

»Richie«, rief Maggie, deren Stimme ihr plötzlich wieder gehorchte. »Geh in dein Zimmer zurück!«

Richie stand da, seine nackten Füße wie in Zement im Teppich verwurzelt, und starrte den Mann an.

»Geh, Richie!«

»Wer ist das?« fragte Richie.

»Benny«, sagte der Mann, als würde er sich wie selbstverständlich vorstellen. Ein Stöhnen entrang sich ihr, als sie den Namen erkannte.

»Was wollen Sie?« fragte Richie.

»Tu, was deine Mutter dir sagt, geh in dein Zimmer zurück. Das hier ist nichts für kleine Jungs.«

»Was haben Sie vor?«

»Ich werde dafür sorgen, daß du zu deinem Daddy kommst.«

»Das glaube ich Ihnen nicht.«

»Nein, nein, im Ernst. Ich bin ein Freund von ihm.«

»Daddy hat keine Freunde mit Gewehren.«

Und in diesem Augenblick läutete es an der Tür. Maggie zuckte zusammen und schaute Benny fragend an.
»Wer immer das auch ist«, sagte sie und versuchte, ihre Stimme nicht zittern zu lassen, »der weiß, daß ich zu Hause bin. Der Wagen ... ich fahre nie ohne Wagen weg.«
Bennys Augen irrten durch den Raum.
»Sie können gehen ...« sie deutete in Richtung Küche. »Die Hintertür, Sie können dort hinaus, und niemand wird etwas erfahren.«
Wieder läutete es an der Tür ... jetzt wurde auch geklopft.
»Nein. Gehen Sie hin. Sagen Sie ihm, er soll gehen.«
Maggie holte tief Luft und ging dann an Benny vorbei zu Richie. Sie legte die Hände auf die Schultern ihres Sohnes, um ihn zur Tür zu führen.
»Nein, der bleibt hier. Bei mir.«
»Aber —«
»Lassen Sie ihn hier!«
»Sie verstehen nicht ... er könnte rufen. Wenn ich ihn mitnehme —«
Benny sah Richie an. »Das wirst du doch nicht tun, oder?«
Richie starrte ihn an.
»Weißt du, wenn du das tust, dann muß ich sie vor deinen Augen erschießen. Das willst du doch nicht, oder? Ich will es jedenfalls nicht, das weiß ich. Du siehst doch diese Waffe hier«, er deutete auf die Uzi. »Die ist wirklich gefährlich, ich könnte damit auf hundertfünfzig Meter einen Menschen treffen. Verstehst du, was ich sage?«
Richie nickte, verwirrt, die Augen weit aufgerissen, und Benny kam zu ihm und klopfte dem Jungen auf die Schulter.

»Hab keine Angst«, sagte er. »Es wird alles gut werden.«
Wieder läutete es, nur diesmal etwas länger. Benny deutete zur Tür. »Gehen Sie hin«, sagte er zu Maggie.
Sie zögerte, drehte sich dann um und ging zur Tür.
Sie öffnete sie. Paul . . . es war Paul.
»Warum hat das so lange gedauert?« fragte er.
»Ich . . . äh.« Sie zuckte mit den Achseln.
»Was ist los mit dir?«
Sie holte tief Luft und fragte dann: »Was willst du, Paul?«
»Ich will Richie sehen. Ich weiß, daß es spät ist, aber ich muß mit ihm reden, ihm erklären, warum ich nicht eher gekommen bin.«
»Er schläft schon, Paul.«
»Laß diesen Unsinn, Maggie. Ich habe vor einer Viertelstunde angerufen, und da warst du noch nicht einmal zu Hause. Du kannst mir nicht erzählen, daß er jetzt schon schlafen soll.«
»Aber das tut er. Er schläft.«
Er sagte nichts, sondern starrte sie nur an . . . »Okay, dann weck ihn auf«, meinte er schließlich. »Dieses eine Mal wird es ihm schon nicht schaden. Komm schon, tu mir den Gefallen, Maggie.«
Sie schüttelte den Kopf. »Nein, komm morgen wieder. Dann kannst du mit ihm reden.«
»Ich bin jetzt hier, und ich will nicht bis morgen warten. Zum Teufel, die paar Minuten . . . was soll dieses Getue?«
»Ich sagte, nein.« Sie wollte die Tür zumachen.
Er drückte dagegen. »Verdammt, laß mich rein!«
»Nein, Paul!« schrie sie, als sie von der sich wieder öffnenden Tür nach innen gedrängt wurde. Sie stieß gegen einen Stuhl.
Und Paul kam herein.
»Ach, du meine Güte«, flüsterte er heiser, als er die Szene,

die sich ihm darbot, überblickte. »Was ist denn hier los?« Maggie schaute zu Benny und dann zu Paul.

»Er ist hier, um mich zu töten«, sagte sie, und ihre Stimme sackte zu einem Flüstern ab. »Nimm Richie mit, Paul ... bitte, nimm ihn mit und geh.«

»Was ... was sagst du da?«

Paul fixierte Benny und fuhr sich dann mit der Zunge über die Lippen.

»He, Kumpel, warum legst du das Ding nicht weg? Reden wir miteinander ... was immer dir auch Sorgen machen muß, Himmel, was immer es auch sein mag, mir geht es noch schlechter. Das solltest du unbedingt wissen.«

»Ich weiß es auch«, sagte Benny.

»Tatsächlich?«

»Deswegen bin ich doch hier.«

Paul fing an, sich langsam auf ihn zuzubewegen.

O Gott, unternimm nichts, Paul. Bitte nicht.

»Du sagst, du weißt es?« meinte Paul. »Himmel, vielleicht bin ich ja wirklich so blöd. Aber im Ernst, es tut mir leid ... ich begreife immer noch nichts. Kannst du es mir vielleicht erklären?«

»Ich habe gesehen, wie Sie am Tag der Verhandlung aus dem Gericht kamen. Ich habe gesehen, wie sehr Sie gelitten haben.«

Paul nickte. »Und?«

»Also, wenn sie tot ist, dann bekommen Sie doch den Jungen.«

Paul war jetzt näher gerückt, war vielleicht noch drei Meter von der Waffe entfernt. Versuch nichts, Paul. Bleib da stehen, Paul, und als hätte er ihr Flehen gehört, blieb er stehen.

Paul holte tief Luft und sagte dann: »He, aber so geht das nicht ... begreifst du das nicht? Du siehst doch auf wie ein cleverer Bursche. Ich meine, wenn sie getötet wird, wen haben sie dann zuerst am Wickel? Mich natürlich, ich bin der Hauptverdächtige. Und wo bringt mich das hin ... ins Gefängnis? Und noch eine Frage, die viel wichtiger ist: Wo bringt das meinen Jungen hin?« Er schaute auf Richie hinunter, dessen glasige Augen auf ihn geheftet waren.

»Sie sollten eigentlich weg sein, ich habe gesehen, wie Sie wegfuhren. Ich dachte mir, Sie würden über Nacht fortbleiben«, sagte Benny.

Es war eine Weile still, dann meinte Paul: »Das wäre ich auch ... ganz sicher wäre ich das, wenn ich etwas gewußt hätte. Ich meine, wenn du mir deine Pläne eher gesagt hättest. Aber so, wie es jetzt aussieht, wird das nicht funktionieren. Wenn du sie jetzt umbringst, dann werde ich verhaftet, und mein Junge wird sehr leiden müssen.« Paul machte eine kleine Pause, als er sah, daß Benny überlegte. »Ich wette, du verstehst das. Du hast doch ganz bestimmt selbst Kinder. Habe ich recht?«

Du hast recht, Paul. Und er ist gefährlich ... du weißt nicht, wie gefährlich. Bitte, spiel nicht mit ihm.

»Ein Kind«, sagte Benny.

»Junge oder Mädchen?«

»Einen Jungen ... fünf Jahre alt.«

»Ich möchte wetten, das Luder macht dir das Leben zur Hölle, hmm?«

Benny schaute zu ihm auf ...

»Du weißt schon, deine Ehemalige. Das sind doch alles dieselben Luder. Die kämpfen doch nur, um ihre Macht zu demonstrieren, und das arme Kind sitzt zwischen allen Stühlen.«

Benny zielte mit der Waffe auf Maggie.

Maggie sank zu Boden.

Paul hob die Hände. »He, warte! Denk daran, was wir eben gesagt haben, es kann nicht funktionieren. Versuchen wir doch, einen anderen Weg zu finden, wie wir das hier erledigen können.«
»Sie versuchen doch nur, mich zu verwirren«, sagte Benny, der die Mündung des Maschinengewehrs immer noch auf Maggie gerichtet hatte.
»Nein, warum sollte ich das tun? Ich meine, du bist doch hier, weil du meine Probleme lösen willst und dir mein Kummer am Herzen liegt.«
»Ich weiß nicht. Ich weiß nur, daß ich das hier erledigen muß. Dann wird Ihr Junge wieder bei Ihnen sein, wo er auch hingehört.«
»So ist das also, du begreifst immer noch nichts, oder? Hierher gehört der Junge. Meine Ehemalige hatte die ganze Zeit über recht. Was, zum Teufel, soll Richie schon mit einem besoffenen Vater anfangen? Vielleicht war das in deinem Fall ja anders. Aber wir reden hier über —«
Benny zielte und holte dann tief Luft, wie Lucas ihm beigebracht hatte. Gerade als er den Abzug drückte, stürzte Paul vorwärts, packte die Mündung der Waffe und wurde von einem Kugelhagel, der seinen Magen durchsiebte, fünf Meter zurück an die Wand geschleudert.
»O Gott, nein!« schrie Maggie.

20. KAPITEL

Seit Petersons letztem Anruf waren fast vierzig Minuten vergangen. In der Zwischenzeit hatte Douglas im Telefonverzeichnis von Boston alle Eintragungen unter B, vor allem aber unter BR durchgesehen. Er hatte eine Liste mit sieben Nachnamen, die auch als Vornamen verwendet werden konnten, zusammengestellt: D. Brady, D. Brooks, Daisey Bridget, D. Brian, D. Brett, D. Bradley, D. Brenden. Und er wollte eben anfangen, die Nummern zu überprüfen, als das Telefon klingelte.

Er griff schnell nach dem Hörer. »Woods hier.«

»Douglas ... hier Peterson.«

»Was gibt es?«

»Shandling arbeitet seit fünfzehn Jahren am Massachusetts General. Fünf Tage in der Woche, in der Schicht von drei bis elf Uhr. Wir haben mit der leitenden Nachtschwester gesprochen, die bereits länger als Shandling dort ist. Ihrer Aussage nach ist Shandling ein guter Angestellter ... zuverlässig und flink, der keine Arbeit scheut ... Bei den Patienten ist er sehr beliebt.«

»Aber?«

»Bis Dienstag abend hat er noch nie gefehlt. Aber an dem Tag ist er nicht erschienen. Er hat anscheinend Mittwoch morgen angerufen, um zu sagen, daß er sich nicht wohl fühlte. Als man wissen wollte, ob er an diesem Abend zur Arbeit kommen würde, hat er gemeint, daß sich das erst noch herausstellen müsse.

Man muß wohl nicht extra hinzufügen, daß er seither nicht mehr aufgetaucht ist.«

»Haben die im Personalbüro ein Foto von ihm?«

»Nein, das habe ich bereits überprüft.«

»Wie steht es mit einer Adresse?«

»Ich rufe vom Wagen aus an. Wir sind gerade auf dem Weg dorthin. East Forth Street 221 — im Norden der Stadt. Es ist so eine Art Pension. Kein Telefon.«

»Okay. Rufen Sie mich wieder an, sobald Sie etwas wissen.«

Nachdem Douglas aufgelegt hatte, blieb er noch ein paar Minuten reglos sitzen, und seine Gedanken wanderten zu Maggie. Dann schaute er wieder auf die Namen auf seinem Schreibtisch.

Sobald er diese Namen überprüft hatte, würde er Maggie anrufen.

In den ersten paar Minuten waren nur seltsame Laute zu hören ... schluchzende, weinende Geräusche, die so weit weg waren, daß sie wie durch Watte an sein Ohr zu dringen schienen. Es war, als hätte die Welt um Benny sich von ihm zurückgezogen und vergessen, ihn mit sich zu nehmen. Er hatte das nicht gewollt, das wußte er. Paul Grant hatte nichts Falsches gemacht ... nichts. Aber der Mann, der mit einem Loch im Magen an der Wand lag, war Paul Grant, und er war tot, und er, Benny, hatte die Waffe abgefeuert, die ihn getötet hatte.

Jetzt, da der Junge außer ihr keinen Menschen mehr hatte, wie konnte er sie da noch töten? Er konnte es nicht. Plötzlich war in seinem Kopf ein Riesendurcheinander, alles war außer Rand und Band. Wenn er doch nur sein Gehirn so lange schütteln könnte, bis alles wieder an seinen Platz fiel, so, wie es mit den Schneeflocken in

diesen Glaskugeln war. Er mußte nachdenken ... ja, er mußte überlegen, was er als nächstes tun sollte.
Wenn doch Daisey nur hier wäre, seinen Nacken massieren und in ihrer beruhigenden Art, die seine Kopfschmerzen vertrieb, auf ihn einsprechen würde — dann würde alles besser aussehen, als es in Wirklichkeit war. Doch selbst Daisey würde das hier, das Chaos, das er angerichtet hatte, nie verstehen ...
O Gott, was für ein entsetzliches Chaos.

Ihr Körper zitterte so stark, daß es ihr schwerfiel, den Strom heißer Tränen wegzuwischen, die ihr lautlos übers Gesicht liefen. Sie schaute zu Richie hinüber ... er saß da, starrte auf Pauls Körper und sah zu, wie das Blut unaufhörlich sich in einem dunkelroten Kreis auf dem Teppich ausbreitete. Benny, der seine Waffe immer noch krampfhaft angelegt hatte, als wäre er in dieser Position erstarrt, kniete auf dem Küchenfußboden, ungefähr eineinhalb Meter von Richie entfernt.
Maggie, die nur knappe zwei Meter von der Eingangstür weg war, versuchte Richie mit Gesten anzudeuten, zu ihr zu kommen, aber er achtete nicht auf sie. Konnte sie es wagen, den Mund aufzumachen — würde es Benny aus seinem Trancezustand reißen, wenn sie es tat? Sie kniete sich hin und fing an, langsam in Richies Richtung zu kriechen. Sie schaute verstohlen zu Benny hinüber, als sie näher kam. Aber zum Glück nahm sein starrer Blick sie nicht wahr. Endlich hatte sie es bis zu Richie geschafft ... sie bedeckte sein Gesicht mit ihren Händen. Keine Reaktion.
Sie mußte aufstehen, sie mußte ... wenn ihre Beine sich nur nicht so schwach angefühlt hätten. Sie stützte sich mit einer Hand an der Küchenwand ab, zog sich hinauf und

zwang ihre Beine, mit dem Zittern aufzuhören; dann beugte sie sich vor und nahm Richie in die Arme. Langsam und ohne ein Geräusch von sich zu geben, steuerte sie die Tür an. Ein Schritt, zwei Schritte, drei Schritte . . .

»Stehenbleiben«, sagte er.

Sie blieb stehen. »Bitte«, sagte sie.

»Ich kann Sie nicht gehen lassen.«

Sie wandte sich um und deutete auf Richie, und ihre Stimme fing zu zittern an und ebenso Hände und Beine. »Er braucht Hilfe. Sehen Sie nicht, er braucht Hilfe.«

Er stand auf, schaute Richie an, schluckte so hart, daß sie hörte, wie der Speichel sich seinen Weg die Kehle hinunterbahnte, und sagte schließlich:

»Geben Sie Adam mir.«

Peterson hatte sich eine Viertelstunde später wieder bei Douglas gemeldet, und inzwischen hatte dieser auch mit der letzten Person auf seiner Liste gesprochen — alles Sackgassen: drei ältere Frauen, zwei Männer und zwei jungverheiratete Frauen, die noch nie den Namen Benny Shandling gehört hatten.

Peterson hatte auch nichts Besseres zu berichten. »Er hat dort ein Zimmer gemietet, das stimmt, aber seine Vermieterin sagt, daß er in den letzten Monaten dort nicht mehr gewohnt hat. Ab und zu kommt er und zahlt seine Miete, aber die meiste Zeit ist er bei einer Freundin. Das vermutet sie jedenfalls.«

»Ich nehme an, sie konnte Ihnen keinen Namen nennen.«

»Sie meinte, sie würde ihre Nase nicht in Angelegenheiten stecken, die sie nichts angehen. Aber wir haben sein Zimmer durchsucht. Die meisten Sachen hat er wahrscheinlich mit zu seiner Freundin genommen, aber etwas haben wir trotzdem gefunden: eine große Flasche mit Seconal ... Ein Volltreffer, würde ich sagen, ungefähr zwanzig, fünfundzwanzig Tabletten fehlen. Auf der Flasche war kein Rezeptabschnitt zu entdecken, nur ein handgeschriebener Zettel. Ich habe die Flasche als Beweismittel konfisziert. Was sollen wir jetzt machen?«

Douglas schaute auf die Uhr: halb elf.

»Fahren Sie heim, heute abend können wir doch nichts mehr tun. Ich stehe mit seiner Exfrau in Verbindung ... morgen werde ich einen Beamten vorbeischicken, der ein Porträt von Benny anfertigen soll. Und wir brauchen natürlich auch jemanden, der sich morgen um das Krankenhaus kümmert. Schließlich hat er sich krank gemeldet ... das heißt doch, daß er nicht die Absicht hat, seinen Job aufzugeben, oder?«

Sobald Douglas das Gespräch beendet hatte, wählte er Maggies Nummer. Dabei dachte er über das nach, was Benny bei seiner Krankmeldung zur Oberschwester gesagt hatte ... »Es würde sich erst noch herausstellen müssen.« Was hatte das nur zu bedeuten ... konnte das heißen, daß er hinter einem weiteren Opfer her war? Weshalb jetzt, wo er doch vorher noch nie seine Arbeit versäumt hatte? Zum Glück hatte Maggies Verhandlung eine gute Woche nach Shandlings letztem Auftauchen bei Gericht stattgefunden. Douglas hatte sich die Mühe gemacht, dies anhand der vorgezeigten Ausweiskarten zu überprüfen.

Er wartete, während das Telefon läutete ... und läutete ... und läutete. Plötzlich wurde ihm das Herz schwer in der Brust. Douglas legte den Hörer auf und stand langsam auf. Der Antrag, der Antrag auf Ausschluß vom Umgangsrecht, den Maggie eine Woche früher gestellt hatte ... war es

möglich? Nein, Gott, bitte nicht! Er rannte aus dem Büro und wartete nicht lange auf den Aufzug, sondern stürmte die beiden Treppen hinunter in den zweiten Stock des alten Gebäudes.
Als er in das Büro des Geschäftsstellenleiters kam, holte er sofort die Karteikarte Grant gegen Grant heraus. Joyce Whitestone lautete die letzte Eintragung. Aber es war der Name davor, der Douglas' Aufmerksamkeit fesselte: R. Choate!

Benny hatte das Kissen und die Steppdecke aus dem Bett des Jungen geholt — die Nachtluft war kühl — und dann den Jungen, dessen Augen weit aufgerissen waren, vorsichtig auf den Rücksitz von Margarets Wagen gelegt. Eines mußte er sich immer wieder ins Gedächtnis rufen — eigentlich wußte er es ganz genau, aber aus irgendeinem Grund hatte er Mühe, es in seinem Kopf nicht durcheinanderzubringen: Der Junge war Richard, nicht Adam. Aber so oder so, es war nur ein kleiner Junge, und man hatte ihm weh getan, und es war Bennys Schuld, daß das geschehen war. Als er nun den Wagen aus Brookline hinaussteuerte, redete Benny auf ihn ein und versuchte, ihn zu beruhigen.
»Du mußt keine Angst haben, Benny wird dir nicht weh tun. Er würde dir nie weh tun, daran mußt du ganz fest glauben«, erklärte er ihm gleich zu Anfang.
Später versuchte er sich zu rechtfertigen: »Ich wollte das nicht, weißt du«, sagte er. »Wenn er sich nur nicht vor die Waffe geworfen hätte. Hätte er doch nicht versucht, sie mir wegzunehmen. Verstehst du, ich wollte ihm doch da nur raushelfen, dafür sorgen, daß du zu ihm zurückkommst, wo du auch hingehörst. Ich weiß genau, was sich dort bei Gericht und mit diesen Richtern abspielt.

Die Väter haben dort keine Chance. Ich meine, ich habe sie doch alle erlebt: Greenspon, Leeder, Cagney, Farswick, Campbell. Sie sind schlecht, wirklich schlecht. Wir müssen jetzt diese Richter dazu zwingen, uns anzuhören, damit sie begreifen, was sie angestellt haben. Wer weiß, vielleicht hätte das schon längst geschehen müssen. Es ist schon seltsam, daß es immer die kleinen Leute sind, die es erwischt. Und die ganze Zeit über sitzen die großen Tiere in ihren prächtigen Wolkenkratzern und tun so, als ginge sie der ganze Schmutz nichts an. Ich meine, warum soll man hinter dem kleinen Mann her sein, wo die großen Herren doch einfach weiter ihren niederträchtigen Geschäften nachgehen? Verstehst du, was ich versuche, dir begreiflich zu machen, Richard?«

Benny wußte nicht, ob der Junge ihn verstand — kein einziges Mal sagte er etwas, das Benny einen Hinweis gegeben hätte —, aber er hoffte es. Er warf einen Blick über seine Schulter, um zu sehen, ob der Junge noch wach war — er war es. Vielleicht sollte er eine Weile ruhig sein, damit der Junge schlafen konnte.

Ja, das sollte er besser machen, der Junge sollte seine bösen Erlebnisse überschlafen.

Douglas hatte die Polizei verständigt, war dann zu seinem eigenen Wagen gelaufen und mit quietschenden Reifen nach Brookline gefahren. Er schlug mit der Faust auf das Steuer — verdammt, wie hatte er nur so dumm sein und nicht daran denken können, Maggies Karteikarte zu überprüfen? Himmel, wenn irgend etwas passiert war! Nein, er durfte nicht einmal daran denken, es sich nicht vorstellen ... Als er um die Ecke Tremont und Staate Street bog, kam er an einem burgunderfarbenen Honda Civic, Baujahr 89, vorbei: Draußen war es dunkel,

und außerdem achtete er nicht darauf. Sonst hätte er vielleicht Maggies Wagen erkannt.
Als er zu Maggies Haus kam, parkten bereits drei Streifenwagen am Straßenrand. Er sprang aus dem Wagen und rannte auf das Haus zu. Ein Lieutenant hielt ihn an der Tür auf. Douglas kramte in seiner Tasche, fand schließlich seine Brieftasche und zeigte seinen Ausweis vor.
Der Lieutenant musterte ihn prüfend und nickte dann.
»Aber rühren Sie nichts an, der Polizeiarzt ist auf dem Weg hierher. Ich hoffe nur, Sie haben einen starken Magen, Woods.«
Die Luft anhaltend, trat Douglas ins Haus. Pauls Körper saß teilweise aufrecht an die Wand gelehnt; sein Magen war aufgerissen, das Loch darin groß genug, um eine Faust hindurchzustecken, und die Eingeweide hingen grotesk verschlungen in seinem Schoß. Weiter oben, wo der Körper gegen die Wand geprallt war, war der Putz gesprungen und abgeblättert.
»Das war kein kleines Kaliber, das diesen Kerl hier umgeblasen hat«, sagte der Lieutenant.
Douglas sah ihn an. »Die Frau, das Kind . . . sind sie —«
»Die Frau ist mit einer unser Beamtinnen in dem Zimmer neben der Küche. Wir haben sie im Badezimmer gefunden, eingesperrt. Sie versuchte gerade, aus dem Fenster zu klettern. Haben Sie uns verständigt?«
»Der Junge . . . was ist mit dem Jungen?«
»Da sieht es nicht allzu gut aus. Man hat den Jungen mitgenommen, wahrscheinlich im Wagen der Frau. Die Fahndung danach ist bereits raus. Können Sie uns irgend etwas über die Sache sagen?«
Ohne eine Antwort zu geben, eilte Douglas ins Arbeitszimmer . . . er schaute auf Maggie, auf ihr tränenver-

schmiertes Gesicht, ihre zerrissene Kleidung, ihre dunklen, entsetzten Augen ...

O Gott, Maggie, verzeih mir ...

Als sie ihn sah, beugte sie sich vor.

»Er hat mich gezwungen ... er hat mich ins Bad gezwungen. Mit einer Waffe. Douglas, er hat Richie mitgenommen!«

Es war halb ein Uhr nachts, als Daisey anfing, sich ernsthafte Sorgen zu machen. Obwohl er bereits vor zwei Nächten zum allerersten Mal später als sonst nach Hause gekommen war, so spät war es noch nie geworden. Sie hatte ihm Kartoffelpuffer mit Apfelmus — eines seiner Lieblingsgerichte — machen wollen, sobald er von der Arbeit nach Hause kam. Die geriebenen, rohen Kartoffeln standen fertig in einer Schüssel auf dem Herd und verfärbten sich allmählich. Benny mochte es gar nicht, wenn die Stärke die Kartoffeln grau färbte.

Sie ging zum hundertsten Mal zum Fenster und schaute hinaus. Dadurch würde er zwar auch nicht schneller kommen, aber sie konnte nicht anders, sie mußte einfach ans Fenster. Sie sehnte sich danach, Benny um die Ecke kommen, ihn den steilen Hügel hochgehen zu sehen und dann seine Schritte im Hausgang zu hören, wenn er die beiden Stockwerke zu ihrer Wohnung hinaufeilte.

Und er beeilte sich immer, oder nicht? Wann immer sie diese verrückten Einfälle hatte, daß er sie nicht mehr lieben würde, dann wurde ihr schnell klar, daß das nicht stimmen konnte. Außerdem war es erst eine Woche her, daß er vorgeschlagen hatte zu heiraten. Das hätte er ganz sicher nicht getan, wenn es jemand anderen, eine andere Frau, geben würde.

Hör auf damit, Daisey ... du kennst Benny besser,

wahrscheinlich kennst du ihn besser als jeder andere Mensch auf der ganzen Welt. Und Benny ist nicht so, er ist nicht der Typ, der erst seine Liebe gibt und sie dann wieder wegnimmt. Da kam ihr augenblicklich der Gedanke an einen Unfall ... wenn Benny einen Unfall hätte, würde man sie überhaupt verständigen können? Normalerweise machte es Daisey nicht viel aus, kein Telefon zu haben ... aber das war eine jener Gelegenheiten, bei der sie sich wünschte, sie hätte eines. Vielleicht könnten sie sich eines installieren lassen, sobald Benny und sie verheiratet wären. Mit ihren beiden Löhnen könnten sie es sich bestimmt leisten. Sie blickte auf die Skyline von Boston ... irgendwo da draußen war Benny.
Aber die Frage war, wo.

21. KAPITEL

Der Teil der Garage unter dem Gerichtsgebäude, der von den Richtern und anderen Personen benutzt wurde, deren Tätigkeit eine solche Vergünstigung rechtfertigte, war über Nacht geschlossen. Benny fuhr zu der Ausfahrt, die sich in einer der Seitenstraßen befand, stieg aus dem Wagen und hakte die Kette aus, die die Autos von der Durchfahrt abhalten sollte. Als er hineingefahren war, legte er die Kette wieder vor und fuhr den dunklen Gang entlang, der in einer sanften Kurve unter der Straße verlief. Als er die Aufzüge passiert hatte, hielt er neben einem abgeschlossenen Treppenschacht an und parkte.

Zuerst kletterte er auf den Rücksitz, um sich zu vergewissern, daß es der Junge auch bequem hatte. Er stopfte die Steppdecke unter seinem Kinn fest und schaltete die Innenbeleuchtung ein, da er die Augen des Jungen nicht sehen konnte: Benny seufzte — zum Glück schlief der Junge jetzt.

Leise stieg Benny aus, ging zum Kofferraum und sah nach, ob er etwas Passendes finden konnte, wie zum Beispiel einen Schraubenzieher oder ein anderes geeignetes Werkzeug. Als er eine kurze Eisenstange mit spitz zulaufendem Ende entdeckte, entschied er sich dafür. Damit würde er die Tür zum Kellergeschoß des Gebäudes doch wohl aufbekommen.

Es war schon merkwürdig, wie sich plötzlich alles so für ihn entwickelt hatte, seit er vor ungefähr einer Stunde im Haus der Anwältin gewesen war. Jetzt hatte er gräßliche

Angst — ja, wenn er ehrlich war, dann mußte er zugeben, daß er Angst hatte —, aber vielleicht stand er auch kurz davor, die größte Tat seines Lebens zu vollbringen. Und zum Glück war Adam da, um ihm zu helfen.

Ihre Hände waren eiskalt, und Douglas umschloß sie mit seinen und versuchte, sie zu wärmen.

»Ich weiß, es ist schwer für dich, Maggie, aber du mußt dich zusammenreißen, damit du diese Fragen beantworten kannst.« Der Lieutenant, der inzwischen begriffen hatte, daß sie es mit dem Fall des Würgers vom Gericht zu tun hatten, hielt sich im Hintergrund, da der Fall in der Zuständigkeit der Staatsanwaltschaft von Suffolk lag.

»Nein, nein, ich will ja, Douglas«, sagte sie. »Frag mich ruhig, frag alles, was du willst.«

»Okay, zum ersten, hast du gehört, wie er ins Haus gekommen ist?«

»Nein, ich bin ganz sicher. Ich habe erst etwas gehört, als er schon im Zimmer stand. Und selbst da war es mehr eine Ahnung, die mich plötzlich überfiel. Ich hatte eben entdeckt, daß das Telefon nicht mehr funktionierte.«

»War Richie da bereits im Zimmer?«

»Nein. Nein, er ist ein paar Minuten später gekommen. Er kam, weil er mich etwas fragen wollte.«

Douglas nickte. »Wie ist Paul in die Sache verwickelt worden?«

Tränen strömten über ihre Wangen — sie wischte sie weg.

»Ich weiß nicht . . . plötzlich stand Paul vor der Tür. Ich weiß nicht, warum er von seiner Geschäftsreise zurückgekommen ist, aber er war da. Ich wollte ihn noch abhalten, ins Haus zu kommen. Du mußt wissen, als ich an der Tür war, stand Richie mit ihm in der Küche. Mit Benny.«

»Aber Paul ist trotzdem hereingekommen.«
»Er war wütend, er wollte mit Richie reden. Also hat er mit Gewalt die Tür aufgestoßen.«
»Und dann?«
Maggie zuckte mit den Achseln. »Er . . . Benny . . . versuchte, Paul die Sache zu erklären, ihm klarzumachen, weshalb er da sei, warum er mich um Pauls willen, um Richies willen töten müsse. Dann versuchte Paul mit ihm zu reden. Er war gut, Douglas, so gut, daß ich an einem Punkt dachte, es würde funktionieren.« Sie holte tief Luft und wischte weitere Tränen fort. »Aber dann . . . dann zielte er mit der Waffe auf mich . . . und Paul stürzte nach vorn. O Gott, Douglas, ich hätte sterben sollen, nicht Paul.«
Douglas wartete ein paar Minuten ab, bis sie sich wieder beruhigt hatte.
»Maggie, wenn hinter der ganzen Sache die Absicht steckte, dich zu töten, warum hat er es dann nicht mehr getan, was glaubst du?«
Sie zuckte mit den Achseln. »Ich weiß nicht . . . er war durcheinander, erschüttert, als er begriff, was er getan hatte. Eine Zeitlang glaubte ich, er würde vielleicht zulassen, daß ich Richie nehme und einfach weggehe, aber als ich mich der Tür näherte, hielt er mich auf.«
»Das beantwortet immer noch nicht meine Frage, warum er beschlossen hat, dir nichts zu tun.«
»Vielleicht weil ich als einzige für Richie übrig war, da Paul ja tot war. Aber ganz begreife ich es nicht, denn als er mir Richie wegnahm, da nannte er ihn Adam. Als ob er ihn plötzlich mit jemandem verwechselte.« Sie hielt inne, schluckte schwer und fragte dann: »Douglas, ist Adam der Name seines Jungen?«
Douglas nickte.

»O Gott. Wird er ihn töten?«

»Wenn es etwas gibt, was ich über ihn weiß, dann das, daß er sein Kind liebt. Ich habe mit seiner geschiedenen Frau telefoniert. Und schließlich wissen wir beide auch, daß er es bisher nie auf die Kinder abgesehen hatte. Ich vermute sogar, daß seine Sorge um die Kinder hinter all dem hier steckt. Zumindest in seiner Vorstellung ist das so.«

»Warum hat er dann Richie mitgenommen?« fragte Maggie.

Douglas schüttelte den Kopf. »Ich weiß nicht, vielleicht war es tatsächlich so, wie du sagtest, er war verwirrt und dachte, Richie sei Adam. Aber wir werden ihn finden. Ich verspreche dir, Maggie, wir werden ihn finden.«

Douglas stand auf und ging zu dem Lieutenant, der jetzt in der Küche stand und die letzten Worte mit angehört hatte.

»Gibt es etwas Neues?« fragte er ihn.

»Was den Wagen betrifft, nein. Einer meiner Leute hat entdeckt, wo im Keller die Telefonleitungen durchgeschnitten wurden. Unten wurde auch ein Fenster herausgenommen und durch ein Stück Pappkarton ersetzt. Die Glasscheibe hat man draußen im Gras gefunden. Außerdem einen Glasschneider und einen leeren braunen Jutesack unter der Kellertreppe, wo er wahrscheinlich Posten bezogen hatte. Das hier haben wir auch noch gefunden ...« Ihn vorsichtig an einer Ecke anfassend, hielt er Richies Baseballhandschuh in die Höhe. »Hat das Kind ihn dort unten gelassen oder was?«

Douglas nahm dem Lieutenant vorsichtig den Handschuh aus der Hand und ging damit ins Arbeitszimmer zurück.

»Maggie, was ist damit? Hat Richie —«

In dem Augenblick, als Maggie sah, was Douglas in der Hand hielt, hielt sie die Luft an und schlug sich die Hände vor den Mund.

Douglas gab den Handschuh dem Lieutenant zurück.
»Ich schätze, das beantwortet unsere Frage ... lassen Sie davon Fingerabdrücke nehmen. Und schicken Sie jemanden her, der ein Telefon für mich installiert. Ich brauche zwei Leitungen.«
Douglas ging zum Fenster. Warum hatte er Richie mitgenommen ... aber natürlich, wenn er wirklich dachte, es sei Adam ... Und wo ... wo würde er ihn wohl hinbringen? Er würde seine Leute noch einmal zu Bennys Pension schicken, aber er bezweifelte, daß er dort sein würde. Vielleicht in der Wohnung seiner Freundin? Er dachte an die Beschreibung, die ihm die Exfrau von Daisey gegeben hatte; sah aus wie achtzehn, schien aber älter zu sein. Klein, orangerotes, krauses Haar, Sommersprossen, mager, flachbrüstig ... mit einem Schneidezahn, an dem ein Stück fehlte.
Er würde von einem der Streifenwagen aus Peterson verständigen ... der sollte dann sofort dem Rest der Ermittlungsgruppe Bescheid geben. Und wenn sie den ganzen nördlichen Bezirk überprüfen mußten, die Leute aufwecken und jeden fragen, ob er ein Mädchen, auf das diese Beschreibung zutraf, gesehen hätte, sie würden es tun. Und er würde einen Polizeizeichner kommen lassen, damit Maggie ihm helfen konnte, ein einigermaßen aussagekräftiges Porträt von Benny Shandling anzufertigen.
In der Zwischenzeit — er ging in die Küche und räumte den Küchentisch für die Telefone ab — würde er sein Quartier hier beziehen. Er konnte Maggie nicht allein lassen, nicht jetzt. Paul hatte sein Leben geopfert, um sie und Richie zu beschützen ...
Jetzt lag es an ihm.

Benny hatte keine großen Schwierigkeiten, die Tür zum Kellergeschoß aufzubrechen. Als er es geschafft hatte, ging er zum Wagen zurück, schaltete die Scheinwerfer aus, hob dann sanft den in die Decke gewickelten Jungen heraus und trug ihn und die Eisenstange die eiserne Treppe ins Parterre hoch ... eine weitere Treppe in den ersten Stock, dann noch eine Treppe ...

Er machte die Tür nur einen Spalt auf und sah sich dann um; vielleicht waren da Wachbeamte ... aber kein Mensch war zu sehen. Er trat auf den Korridor im zweiten Stock, ging dann zwei Türen weiter und schlüpfte mit Richie in den Aufenthaltsraum der Richter. Er schaltete eine Lampe an und trug den Jungen zu einem der Ruhesofas.

Erst legte er die Eisenstange auf den Boden und dann den Jungen, der immer noch fest schlief, aufs Sofa.

Er zog seine Jacke aus, so daß sein Schulterriemen und die Uzi sichtbar wurden, und verhüllte dann mit der Windjacke den Lampenschirm, damit dieser gerade noch soviel Licht wie nötig spendete. Dann schaute er auf die Uhr: drei Uhr nachts. Eigentlich sollte er selbst noch etwas schlafen, aber zunächst mußten noch ein paar Dinge erledigt werden.

Zuerst mußte er die fünf Akten aus dem Büro des Geschäftsstellenleiters holen — Bacon, Silvers, Chandler, O'Brien und Grant —, dann wollte er sie noch einmal durchlesen, um sicherzugehen, daß er mit den Fällen vertraut war, wenn er die Männer, die für die schrecklichen Verwicklungen verantwortlich waren, befragen würde. Jeder Mensch, so vermutete Benny, mußte sich früher oder später vor einem höheren Gericht verantworten.

Jetzt waren endlich die Richter an der Reihe.

Plötzlich schrie der Junge auf, und Benny eilte zu ihm, und ihm fielen wieder all die entsetzlichen Dinge ein, die am Abend zuvor geschehen waren. Er fuhr mit den Fingern durch das seidige, blonde Haar des Jungen.
»Es wird alles wieder in Ordnung kommen«, flüsterte er beruhigend. »Warte nur, du wirst schon sehen. Benny wird mit den Männern reden, die für alles verantwortlich sind. Und wir werden dafür sorgen, daß so etwas nie mehr geschieht.«
»Daddy«, rief Richie, ohne die Augen aufzuschlagen.
»Ja, Adam, hab keine Angst, dein Daddy ist doch hier. Und er wird dich nie mehr allein lassen, das verspreche ich.«
Er verharrte zwanzig Minuten in der Stellung, bis keine Schreckgespenster mehr den Jungen heimsuchten und er in einen tiefen, friedvollen Schlaf zurückgesunken war. Benny schaute auf das Telefon . . . er wünschte sich, er könnte Daisey anrufen, damit sie sich keine Sorgen um ihn machte. Sobald sie verheiratet wären, würde er dafür sorgen, daß sie ein Telefon bekamen. Benny ging leise zur Tür. Er drehte sich noch einmal zu dem Jungen um. Der schlief so ruhig, daß er es wagen konnte, rasch die Akten zu holen.

Erst in den frühen Morgenstunden zog sich Daisey, die kein Auge zugetan hatte, an und ging hinunter zum Hauseingang. Bis auf einen Betrunkenen, der zusammengerollt in einer Gasse nebenan schlief, waren die Straßen menschenleer. Nachdem sie eine Viertelstunde dort gestanden hatte, stieg Daisey in ihren Wagen und fuhr die wenigen Blocks zu einer öffentlichen Telefonzelle. Sie suchte sich die Nummer des Massachusetts General heraus.

Die Telefonistin der Nachtschicht meldete sich.
»Ich suche jemanden, der bei Ihnen arbeitet«, setzte Daisey an.
»Welche Abteilung bitte?«
»Auf der Pflegestation . . . er ist Pfleger.«
»Einen Moment bitte.«
Es klingelte zehnmal, bevor sich eine Frau meldete. »Mrs. Walters, Pflegestation.«
»Sie kennen mich nicht, ich bin Daisey . . . Daisey Bradley.«
»Schön. Was kann ich für Sie tun, Miss Bradley?«
»Ich suche Benny Shandling, er arbeitet bei Ihnen als Pfleger. Seine Schicht endet um elf Uhr, aber ich dachte mir, vielleicht . . . Sehen Sie, ich bin seine Freundin.«
Die Frau seufzte. »Schon wieder Benny Shandling. Miss Bradley, Benny ist jetzt seit drei Tagen nicht mehr zur Arbeit erschienen. Er hat Dienstag bereits gefehlt und sich erst am Mittwochmorgen entschuldigt. Seitdem hat niemand mehr etwas von ihm gehört. Falls Sie Mr. Shandling vor mir sehen sollten, dann richten Sie ihm doch bitte aus, daß er sich sofort mit mir in Verbindung setzen soll.«
Ein paar Sekunden herrschte Schweigen, dann fragte Daisey: »Entschuldigen Sie . . . aber welche Entschuldigung hat er denn vorgebracht?«
»Er sagte, er sei krank, würde sich nicht wohl fühlen.«
Sie schluckte. »Sie sagten eben, 'schon wieder Benny Shandling', Mrs. Walters. Was meinten Sie damit?«
»Ich verstehe nicht ganz.«
»Als ich gleich zu Anfang unseres Gesprächs nach Benny fragte. Sie klangen genervt, so, als hätten sich bereits andere Leute nach ihm erkundigt.«
»O ja, das stimmt auch.«

»Dürfte ich wissen, wer?«
»Nun, ich nehme an, das ist kein Geheimnis. Ich meine, wenn Sie wirklich seine Freundin sind, dann sollten Sie es auch wissen. Die Polizei war bereits einmal hier, um sich nach Benny zu erkundigen. Fragen Sie mich aber nur nicht, um was es geht, ich weiß es nicht. Ich weiß nur, daß Benny, wenn er seine Arbeit hier im Krankenhaus behalten will, sich ein paar gute Entschuldigungen einfallen lassen muß.«
Daisey hängte ein. Plötzlich war ihr ganz übel; sie legte ihre Hand vor den Mund, als sie unkontrolliert zu würgen anfing. *Tief einatmen, Daisey, du mußt tief und fest einatmen. O Gott, die Polizei sucht nach Benny ... Weshalb, Benny, was hast du getan?*

Anita Perez, eine der sechs Personen, aus denen die kleine Gruppe Reinigungs- und Wartungspersonal bestand, die um sechs Uhr morgens ihren Arbeitstag begann, betrat das Gerichtsgebäude durch die kleine Pforte im Untergeschoß, die der Portier bereits für sie geöffnet hatte.
Sie hatte eine marineblaue Einkaufstasche aus Jeansstoff bei sich, in der sie ihre Schuhe, ihren Pullover, einen Schirm und die vielen kleinen Tüten mit ihrem Imbiß aufbewahrte. Da sie nur einhundertundsieben Pfund wog — und einen niedrigen Blutzuckerspiegel hatte —, mußte sie regelmäßig ihren Energiehaushalt auffüllen, indem sie ab und zu etwas aß. Natürlich gab es Automaten im Gerichtsgebäude, aber die meisten waren voller Delikatessen, die für Anitas Geldbeutel zu teuer waren.
Sie öffnete ihren Spind, zog ihren roten Kittel über, setzte sich daneben auf eine Bank und zog ihre Straßenschuhe aus und ein Paar Laufschuhe mit dicken Gummiprofilsoh-

len an. Ihre erste Aufgabe bestand darin nachzusehen, daß die acht Toilettenräume in der Vormundschaftsabteilung, die am Abend zuvor gereinigt worden waren, ausreichend mit Toilettenpapier, Papierhandtüchern und — bei den Damen — mit Hygienebinden ausgestattet waren. Danach würde sie in den Aufenthaltsraum der Richter gehen, den großen Kaffeebehälter aus rostfreiem Stahl ausspülen und frischen Kaffee aufbrühen.

Wenn die fünf Richter zwischen halb acht und acht Uhr kamen, verlangten sie, daß ihr Kaffee und die Hörnchen bereits auf sie warteten. Natürlich, wer konnte ihnen das verübeln? Würde sie nicht auch solche Ansprüche stellen, wenn sie das Glück hätte, ein so großes Tier zu sein?

Sie holte aus ihrer Einkaufstasche eine Tüte heraus, in der vier Erdnußbutterbrötchen eingeschweißt waren, und steckte sie in die Tasche ihres Kittels; dann küßte sie die schwarzen Perlen ihres Rosenkranzes, der an einem Haken in ihrem Spind hing.

Nach einer Stunde Arbeit hatte der Polizeizeichner — unter Maggies Anleitung — ein Porträt zustande gebracht, das Benny Shandling annähernd ähnlich sah.

»Bekommen wir das nicht noch besser hin?« wollte Douglas von ihr wissen.

Maggie musterte erneut die Zeichnung. »Nein, ich glaube nicht . . . Es ist schon ganz gut, soweit ich mich erinnern kann.«

Douglas begleitete den Beamten zur Tür.

»Lassen Sie mindestens hundert Kopien anfertigen, und geben Sie sie dann Sergeant Peterson. Er wird sich darum kümmern, daß sie verteilt werden.«

Als er gegangen war, kam Maggie ins Wohnzimmer.

»Maggie, warum bleibst du nicht im Arbeitszimmer?«

Maggie spähte zu dem jetzt leeren Platz hinüber, wo Pauls Körper erst vor ein paar Stunden noch gelegen hatte. An seiner Stelle markierte jetzt eine Kreidezeichnung die Lage des Körpers. Daneben auf dem Teppich war ein großer Blutfleck zu sehen, der sich dunkelbraun verfärbt hatte.

Douglas ergriff sie am Ellbogen und führte sie ins Arbeitszimmer zurück.

»Hör mal, Maggie, warum legst du dich nicht etwas hin ... wenn du nur eine Weile zur Ruhe kommen könntest —«

Sie schob seinen Arm fort. »Was dann ... werden wir Richie dann finden?«

»Wir werden ihn finden, Maggie.«

»Verdammt, Douglas, hör auf, mich wie einen Idioten zu behandeln. Wir haben keine Ahnung, wo Benny hingefahren ist. Inzwischen sind Stunden vergangen, und der Wagen ist immer noch nicht gefunden worden. Er ist ein Psychopath, Douglas! Dieser Mann, der Richie in seiner Gewalt hat, ist ein Psychopath! Wie können logisch denkende Menschen überhaupt versuchen, sich vorzustellen, was so einer als nächstes wohl tun wird?«

Douglas setzte sie auf das Sofa und kniete sich dann vor sie hin auf den Fußboden.

»Maggie, wollen wir es nicht so machen, wie wir es beim letzten Mal getan haben?«

»Was meinst du?«

»Ich meine, daß wir gemeinsam nachdenken und uns ein Verhaltensmuster überlegen, ein Verhaltensmuster, das Benny Shandlings Charakter entsprechen könnte. Soweit ich mit erinnere, warst du das letzte Mal gar nicht so schlecht.«

»Wer sind Sie?« fragte Anita, als sie zuerst den Jungen und dann den Mann sah.
Der Mann zog ein Maschinengewehr und zielte damit auf sie.
»Jesus, Maria und Josef«, murmelte sie, und ihre Hand schlug vor ihrer Brust das Kreuzzeichen.
»Kommen Sie herein und machen Sie die Tür zu«, sagte Benny.
Anita sah sich um ... nirgendwo konnte sie hinlaufen und sich verstecken. Sie ging hinein und machte die Tür zu; ihre Augen blickten gebannt auf den hölzernen Türknauf, den sie berührte ... Langsam zog sie ihre Hand zurück ... Würde sie jemals wieder diesen Türknauf berühren? fragte sie sich. Dann wunderte sie sich, wie sie nur auf so einen dummen Einfall kommen konnte.
Der Mann deutete auf den kleinen Jungen, der auf dem Sofa lag.
»Er schläft, wecken Sie ihn nicht auf«, sagte er.
Sie nickte ... warum sollte sie ihn aufwecken?
»Ich mache nichts, ich sehe nichts«, flehte sie ihn an. »Lassen Sie mich gehen, bitte, lassen Sie mich gehen.«
»Ich werde Ihnen nicht weh tun, tun Sie nur, was ich Ihnen sage.«
Im Kino sagen sie das auch immer ... kurz bevor sie den Abzug drücken.
»Knien Sie sich in die Ecke«, befahl er ihr.
Sie hastete in die Ecke, kniete sich hin und vergrub ihr Gesicht tief zwischen ihren Armen. Falls er schießen sollte, dann war es besser, wenn sie es nicht mit ansah. In Zeiten wie diesen fehlte ihr am allermeisten ihr Rosenkranz, aber alles, was sie bei sich hatte, waren ihre Erdnußbutterbrötchen.

Richie schrie auf, und Benny eilte zu ihm.
»Es ist ja alles in Ordnung«, sagte er und streichelte seinen Rücken.
Richie schaute sich in dem fremden Zimmer um und nahm dann Benny wahr. Er wich vor ihm zurück.
»Weißt du noch, ich bin Benny.«
Richie starrte ihn an.
»Keine Angst, du mußt nichts sagen, wenn du nicht willst. Benny wird dich nicht dazu zwingen. Überlaß mir das Reden, wenn wir vor Gericht sind. Warst du schon mal vor Gericht, Richie?«
Der Junge konnte sich nicht mehr erinnern, ob er schon mal vor Gericht gewesen war oder nicht. Aber es war ein übler Ort . . . aus irgendeinem Grund wußte er das noch.
Er schloß die Augen, und das Gesicht des Mannes verschwand wie hinter einem heruntergelassenen Rolladen . . .

22. KAPITEL

Malcolm Greenspon war der erste an diesem Morgen; er steuerte seinen marineblauen Lincoln auf den Parkplatz, der dem Aufzug am nächsten lag, und Harold Leeder parkte seinen Wagen daneben. Sie nickten sich freundschaftlich zu und betraten gemeinsam den wartenden Privataufzug. Greenspon, der fast einen Kopf kleiner als Leeder war, benutzte seinen Schlüssel, um den Aufzug in Gang zu setzten, drückte auf den zweiten Stock, und mit einem Surren schlossen sich die Türen.

»Na, Malcolm, es sieht so aus, als bekämen wir zum Wochenende schönes Wetter«, bemerkte Leeder.

»Und das werde ich auch ausnützen. Da der Boden allmählich abtrocknet, hab ich mir gedacht, daß ich heute etwas eher Schluß machen und auf ein paar Runden Golf in den Club fahren werde. Kommen Sie doch mit, warum nicht?«

»Ich würde gern, aber ich habe für heute nachmittag eine Anhörung angesetzt. Mit zwei streitbaren Anwältinnen, die beide — na, wie soll ich mich ausdrücken — nicht gerade dazu neigen, sich kurz zu fassen. Ich kann mich glücklich schätzen, wenn ich es bis fünf Uhr schaffe. Ganz zu schweigen von der Höhe, die mein Blutdruck dann erreicht haben wird.«

Beide kicherten, und dann meinte Leeder: »Sagen Sie doch mal, Malcolm, gibt es irgend etwas Neues über diesen Würger, der sich hier herumtreiben soll?«

»Nein, soweit ich weiß, nicht. Die ergriffenen Sicherheitsvorkehrungen scheinen das Problem eingedämmt zu haben, zumindest was eine akute Gefährdung hier im Gebäude betrifft. Ich persönlich bin der Meinung, daß wir uns überlegen sollten, ob wir die Zuschauer nicht auf unbestimmte Frist ausschließen. Heutzutage treibt sich viel zuviel Gesindel herum, man sollte diesen Leuten nicht erlauben, einfach so hier hereinzustolzieren und überall herumzulaufen.«

Leeder nickte. »Das stimmt, die Zeiten haben sich geändert. Es ist zwar einerseits eine sehr nette Vorstellung, die Gerichte einer Überprüfung durch die Öffentlichkeit zugänglich zu halten, aber andrerseits scheint das nicht mehr länger durchführbar zu sein.«

Die Tür des Aufzugs öffnete sich, und beide Männer traten auf den Gang.

»Es freut mich, daß wir diesbezüglich einer Meinung sind, Harold«, sagte Greenspon, als sie auf das Richterzimmer zugingen. »Dann kann ich also mit Ihrer Unterstützung rechnen, wenn ich diesen Punkt bei unserer nächsten Besprechung anschneiden werde?«

»Zählen Sie auf mich, Malcolm.«

Greenspon öffnete die Tür zum Aufenthaltsraum, hielt in der Bewegung inne, als seine schmalen Augen entsetzt die Szene aufnahmen, die sich ihnen bot, und machte wieder einen unsicheren Schritt zurück, wobei er Malcolm auf die Füße trat.

»Nein, nein, meinetwegen müssen Sie nicht gleich wieder gehen«, sagte Benny, der seine Uzi bereits im Anschlag hielt. »Kommen Sie doch herein und leisten Sie uns Gesellschaft.«

»Okay«, sagte Douglas und machte sich weitere Notizen auf seinem Block. »Wir wissen, daß er eine Freundin hat. Vielleicht ist er tatsächlich so durchgedreht, daß er Richie für Adam hält. Die drei können sich doch zusammen in einer Wohnung aufhalten ... richtig?«

Maggie nickte. »Aber er war ganz außer Fassung, Douglas, als er Paul erschoß, man hat es ihm richtig angesehen. Er war völlig niedergeschmettert. Ich weiß nicht, ob das alles so einfach für ihn sein dürfte.«

»Was steckt denn dann für ein Gedankenmuster dahinter? Er hatte einen Plan — in seinen Augen einen sehr ehrenwerten Plan. Aber wegen unvorhergesehener Umstände geht dieser schief. Die falsche Person wird erschossen, und er ist letztendlich dafür verantwortlich. Was macht er jetzt?«

»Er läuft davon.«

»Warum?«

»Weil er natürlich Angst hat, daß man ihn erwischt.«

»Warum hat er dann so lange gewartet ... warum ist er nicht sofort geflohen? Und in diesem Zusammenhang, warum hat er nicht dafür gesorgt, daß ihm nichts passieren kann, indem er dich ebenfalls erschießt? Du kannst ihn identifizieren. Außer Richie bist du sogar die einzige.«

Maggie seufzte. »Willst du damit ausdrücken, daß er gar keine Angst hatte, gefaßt zu werden?«

»Es scheint mir jedenfalls nicht seine Hauptsorge zu sein. Überlegen wir doch mal ... warum läuft er schließlich dann doch davon? Ich würde sagen, weil er Zeit braucht, um nachzudenken, um zu verdauen, was passiert ist, und um einen Weg zu finden, seine Pläne den neuen Umständen anzupassen.«

Maggie fuhr sich mit den Fingern durchs Haar und schaute ihn fragend an.

»Meinst du damit, daß er noch etwas anderes zu erledigen hat, etwas, das seiner Sache dienlich ist?«

»Genau.«

»Führt uns das denn nicht wieder zu der Vorstellung zurück, daß er zusammen mit seiner Freundin und Richie bei sich zu Hause sitzt? Natürlich in der Annahme, dieser sei Adam.«
»Vielleicht, aber ich weiß nicht, inwiefern dies ein ehrenwertes Vorhaben ist . . . Außerdem, wenn er sich noch so weit in der Gewalt hatte, einen weiteren Plan auszuhecken . . . Ist es möglich, daß er jeglichen Überblick verloren hat? Kann er wirklich glauben, daß Richie Adam ist?«
»Ich weiß es nicht, Douglas. Vielleicht hat er ja nur kurzzeitig den Bezug zur Realität verloren, aber trotzdem —«
»Gut, dann gehen wir mal davon aus, daß er immer noch irgendeinen Bezug zur Realität hat. Wir haben es hier mit einem Mann zu tun, der ohne egoistische Hintergedanken zum Wohle anderer gemordet hat. Was würde er wohl als nächstes tun?«
»Hinter anderen Frauen hersein.«
»Nein, er ist kein Killer, der wahllos zuschlägt. Denk daran, jede Frau wurde speziell ausgewählt. Und außerdem, wozu würde er Richie dabei brauchen?«
Maggie seufzte. »Wie wäre es damit — er ist einfach wütend, kann nicht mehr logisch denken. Um Himmels willen, wir reden hier über jemanden, dessen logisches Denkvermögen nicht gerade sehr entwickelt ist!«
Douglas schaute sie an. »Wütend . . . Warum ist er wütend?«
»Weil sein Plan mißlungen ist natürlich.«
»Und wer war daran schuld?«
»Ich weiß nicht, Paul wahrscheinlich.«
Douglas zögerte und meinte dann: »Und wem, außer Paul, können wir noch die Schuld geben?«

»Ich verstehe nicht ganz, Douglas. Außerdem habe ich das hier langsam satt, wir drehen uns nur im Kreis und kommen Richie damit keinen Schritt näher.«

»Nur noch eine kleine Weile, Maggie, mir kommt da eine Idee.«

Sie schaute ihn fragend an.

»Okay, ich bin wütend. Warum mußte das hier überhaupt geschehen? Verdammt, warum war ich derjenige, der auserwählt wurde, alles wieder in Ordnung zu bringen? Wessen Schuld ist es, daß ich in diesem gottverdammten Schlamassel sitze?«

Sie überlegte einen Moment und sagte dann: »Die Schuld des Gerichtswesens, der Gesetze . . . der Richter?« Sie hielt die Luft an und schaute Douglas an. »Aber wieso Richie, warum mußte er unbedingt Richie mitnehmen?«

»Um ihnen allen — den skrupellosen Richtern — zu zeigen, was sie diesem Jungen mit ihrer Entscheidung angetan haben.«

»Aber er würde doch nie dort hineinkommen, nicht bei all den Sicherheitsvorkehrungen.«

»Jetzt vielleicht nicht, aber in der vergangenen Nacht? Vielleicht konnte die Polizei den Wagen deshalb nicht ausfindig machen, weil er gar nicht mehr auf der Straße unterwegs war. Vielleicht ist er damit nur bis zum Pemberton Square gefahren.«

Innerhalb der nächsten Viertelstunde trafen die anderen drei Richter im Aufenthaltsraum ein. Jetzt saßen sie alle in einer Reihe an die Wand gelehnt und starrten Benny an. Anita — die immer noch zusammengekauert in der Ecke kniete — leierte murmelnd ihre »Ave Maria« ohne die tröstliche Sicherheit eines Rosenkranzes in Händen herunter.

»Was wollen Sie denn eigentlich?« fragte Campbell schließlich, der als letzter seinen Platz eingenommen hatte.
»Ich habe ein paar Anklagen vorzubringen, und Sie haben eine Menge Fragen zu beantworten. Hier geht eine Menge schief, und das muß endlich aufhören.« Er deutete auf Richie, der jetzt auf dem Sofa saß und Benny ebenfalls anstarrte. »Der Junge hier hat auch etwas zu sagen.«
»Ist das Ihr Sohn?« fragte Campbell, dem das Gesicht des Jungen bekannt vorkam. *Herr im Himmel . . . ist das nicht Maggie Grants Kleiner?*
»Ja . . . nein«, sagte Benny.
»Was jetzt?« fragte Greenspon.
Benny schluckte schwer, er haßte es, wenn Greenspon versuchte, alles an sich zu reißen. Er zielte mit der Mündung der Waffe auf ihn, und der Mann kauerte sich wieder an die Wand zurück.
»Ich stelle hier die Fragen«, sagte Benny.
»Warum sagen Sie uns nicht, was Ihnen Sorgen macht«, meinte Campbell mit leiser, einschmeichelnder Stimme. »Vielleicht können wir Ihnen helfen.«
Benny schaute sich um, und seine Augen schossen pfeilschnell durch den Raum.
»Nein, nicht hier. Ich will in den Verhandlungsraum. So etwas gehört in einen Verhandlungsraum.«
Cagney warf einen Blick auf seine Uhr — seine Hand zitterte.
»Es ist noch nicht acht Uhr, vielleicht sollten wir besser warten, bis die Gerichtsdiener eintreffen. Damit es einen offizielleren Anstrich bekommt.«
Benny schüttelte den Kopf; sie versuchten, ihn durcheinanderzubringen — das hatte er erwartet —, aber er würde es nicht zulassen.
»Nein, wir machen es jetzt«, sagte er, mit seiner Waffe

gestikulierend. »Stehen Sie auf und stellen Sie sich in einer Reihe vor der Tür auf. Vergessen Sie nicht, Richie und ich, wir werden die ganze Zeit über hinter Ihnen sein.«

Alle standen auf. Anita rief unter Tränen: »Was ist mit mir? Ich habe doch nichts getan, ich habe nichts falsch gemacht.«

»Nein, Sie bleiben«, sagte Benny, dem ihr Flehen ihre Anwesenheit erst wieder in Erinnerung rief. »Aber rühren Sie sich nicht vom Fleck, gehen Sie nicht aus dem Zimmer.«

»O nein, das werde ich bestimmt nicht. Und vielen Dank, Sir, ich bin Ihnen so dankbar.«

Benny holte die Eisenstange, mit der er die Tür aufgebrochen hatte, klemmte sich den Stapel Akten unter den Arm, nahm Richie bei der Hand und forderte ihn auf, mit ihm zu kommen, indem er leicht an seinem Arm zog.

»Nein, du mußt keine Angst haben«, sagte er sanft zu dem Jungen, »überlaß das alles nur mir.«

»Wo gehen wir hin?« fragte Campbell, als er sich in der bereits formierten Schlange hinten anstellte.

»In den Raum zwei Türen weiter . . . Sitzungssaal D.«

Daisey war bereits vor sieben Uhr im Geschäft, in erster Linie deshalb, weil sie es nicht mehr aushalten konnte, länger allein in der Wohnung zu sein. Zunächst war sie zu Bennys Pension gefahren — aber auch hier erfuhr sie, daß die Polizei nach Benny gefragt hatte.

Sie mußte ganz dringend mit jemandem reden. Liz kam normalerweise immer sehr früh, wie sie wußte, und brachte sich ihr Frühstück mit. Fast eine Stunde saß Daisey allein im Büro vor dem kleinen Schwarzweiß-

Fernsehapparat, ohne überhaupt zu registrieren, was sie da sah. Als Liz mit einer großen Tüte von McDonalds unter dem Arm in den Laden kam, stand Daisey hastig auf und steckte ihren Kopf durch die Tür.

»Oh, Liz«, sagte sie. »Bin ich froh, daß du da bist!«

»Was machst du denn so früh schon hier?« fragte Liz.

»Ich muß mit dir reden.«

»Natürlich, aber warte, ich bin schon unterwegs«, sagte Liz, während sie in das hintere Zimmer ging. Sie holte sich ihr Frühstück aus der Tüte, legte es auf eine Kiste und packte es aus. Dann sah sie Daisey an, die ihr inzwischen gegenüber saß.

»Okay, schieß los, ich bin soweit, rede.«

»Es geht um Benny, Liz. Er ist gestern abend nicht nach Hause gekommen.«

»So, aha.« Dann: »Nun, vielleicht ist ihm irgend etwas Wichtiges dazwischengekommen. Er hätte dich ganz bestimmt angerufen, wenn du ein Telefon hättest.«

Daisey schüttelte den Kopf. »Das ist noch nicht alles. Ich konnte die ganze Nacht nicht schlafen, und so habe ich mich heute morgen angezogen und bin zu einer Telefonzelle gefahren. Ich habe in dem Krankenhaus, in dem er arbeitet, angerufen.«

»Hört er normalerweise nicht um elf Uhr auf?«

»Ja, aber ich dachte mir, vielleicht wissen die ja, wo er ist. Wer weiß, manchmal werden die Angestellten gebeten, eine Doppelschicht einzulegen.«

»Und, war es so?«

»Nein.« Daisey holte tief Luft. »Liz, Benny hat seit drei Tagen nicht mehr gearbeitet ... nach seinem ersten Fehlen hat er sich telefonisch krank gemeldet, aber danach nicht mehr. Und um die Sache noch schlimmer zu machen, die Oberschwester hat mir erzählt, daß sich gestern abend die Polizei nach Benny erkundigt hat.«

Liz legte ihr Frühstück zur Seite. »Die Polizei, warum sollte sich die Polizei nach Benny erkundigen?«

»Ich weiß nicht. Heute morgen bin ich schon bei Bennys Pension vorbeigefahren ... die Vermieterin hat auch erwähnt, daß die Polizei bei ihr war. Mir ist klar, daß du Benny nicht so wie ich kennst, Liz, aber du mußt mir glauben, wenn ich dir sage, daß er ein guter Mensch ist. Er könnte nie etwas Böses oder Kriminelles tun. O Gott, ich drehe gleich durch, was soll ich nur machen?«

»Ich glaube, du kannst gar nichts tun außer warten.«

»Vielleicht sollte ich die Polizei anrufen.«

»Wozu? Du könntest ihm dadurch noch größere Schwierigkeiten bereiten, als er ohnehin schon hat. Nein, so, wie ich es sehe, kannst du dich nur hinsetzen und warten. Er weiß ja, wo er dich zu suchen hat.«

Bis sie endlich alle in dem Sitzungssaal waren, dröhnte Bennys Kopf, aber er konnte jetzt nichts daran ändern. Er schob die Eisenstange durch die Griffe beider Doppeltüren, um sie nach außen hin abzusperren, und wies dann die Richter an, sich in die erste Zuschauerreihe zu setzen. Mit Richie an der Hand ging er in das anliegende kleine Zimmer und holte eine schwarze Robe vom Wandhaken.

Ohne die Waffe abzulegen, schlüpfte er in die Robe und trug dann Richie und die fünf Akten hinaus. Er setzte Richie zusammen mit der Waffe und den Akten auf die Richterbank und nahm selbst Platz. Plötzlich zuckte er zusammen und griff sich an den Kopf ... es konnte kein Zweifel daran bestehen, der Schmerz wurde immer schlimmer.

Schließlich ebbte er wieder ab, und Benny nahm den Hammer und ließ ihn hart auf die Bank niedersausen. »Achtung, Achtung«, rief er. »Die Sitzung ist eröffnet!«

Genau in diesem Augenblick erhielt Max, der Leiter der Sicherheitsabteilung, den Anruf von Douglas. Er gab die Nachricht an einige seiner Männer weiter, und sofort wurden die Zuschauer, die bereits ins Gerichtsgebäude strömten, und das Personal aus dem Gebäude geführt. Die Alarmglocke schrillte, und die Sicherheitsleute und die Justizwachbeamten aus beiden Häusern versammelten sich in der Halle des alten Gebäudes zu Füßen der Statue von Rufus Choate.

»Ich bitte um Ihre Aufmerksamkeit!« rief Max in ein Megaphon, worauf sofort jeglicher Lärm verstummte, der in der Gruppe entstanden war. »Ich bin eben darüber informiert worden, daß ein Mann, der mit einem Maschinengewehr bewaffnet ist und einen kleinen Jungen als Geisel bei sich hat, sich möglicherweise irgendwo in diesem Gebäude versteckt hält.«

Alle hielten wie ein Mann den Atem an.

»Ich will, daß bis auf die Sicherheitsleute und die Polizei, die jeden Augenblick hier eintreffen kann, beide Gebäude geräumt werden. Man geht davon aus, daß diese Person einen Racheakt gegen die Richter am Vormundschaftsgericht plant. Es ist deshalb unerläßlich, daß alle Richter verständigt und auf der Stelle zu ihrer eigenen Sicherheit aus dem Gebäude geleitet werden.«

»Handelt es sich dabei um den Würger vom Gericht?« meldete sich eine Stimme aus der Gruppe.

»Es scheint so. Stellen Sie sich jetzt bitte dort an«, sagte er mit einer Geste auf den Wachtisch am Eingang, »dort werden Sie Ihre Einsatzbefehle empfangen. Außerdem eine Phantomzeichnung des betreffenden Mannes. Er muß gefaßt werden, tot oder lebendig, aber das Kind — ich betone es noch einmal —, das Kind darf nicht in Gefahr gebracht werden.«

Plötzlich hallte ein Schrei zwischen den hohen Wänden wider, und hastige Schritte eilten auf die Halle zu. Alle Blicke wandten sich der Balustrade im zweiten Stock zu, wo die Frau stand und wild mit den Armen fuchtelte.

»Nein, nein, es ist zu spät. Er hat sie schon, er hat sie alle da drinnen, um sie fertigzumachen!«

»Wo?« fragte der Leiter.

»Dort drinnen, dort drinnen!« Anita deutete auf den Sitzungssaal D.

23. KAPITEL

Innerhalb von zwanzig Minuten bekam die Presse Wind von der Geschichte. Bis Douglas und Maggie den Gerichtshof betraten, waren vor dem Gebäude bereits Fernsehkameras aufgebaut, und Reporter hatten ihre Stellung bezogen; unter ihnen befanden sich ein Teil des Personals, das nicht nach Hause hatte gehen wollen, und ein paar Dutzend Schaulustige, die auf Sensationen aus waren. Einer der Reporter, der Anita interviewt hatte, erkannte Douglas und kam, ein Mikrofon in der Hand, auf ihn zugerannt.

»Leute, hier ist der Stellvertreter der Staatsanwaltschaft, Douglas Woods«, und dann, ihm das Mikrofon unter die Nase haltend, »Mr. Woods, unseren Informationen nach hält der Würger vom Gericht dort drinnen einen kleinen Jungen als Geisel gefangen. Können Sie uns sagen, wer der Junge ist und wie es zu dieser Entführung kam?«

Douglas schob das Mikrofon auf die Seite, packte Maggie am Arm und drängte sich mit ihr zusammen durch die Menge, die sich plötzlich um sie gebildet hatte. Fernsehkameras waren nun auf sie gerichtet.

»Ist das die Mutter des Kindes, Mr. Woods?« fragte der Reporter, auf Maggie deutend.

Keine Antwort.

»Wie lange hat das Büro der Staatsanwaltschaft Benny Shandling bereits überwacht, Mr. Woods?«

Douglas schob Maggie die Stufen zum Gerichtsgebäude hinauf.

»Können Sie uns sagen, weshalb, Mr. Woods? Was steckt hinter diesem Rachefeldzug, den Benny Shandling gegen die Richter am Vormundschaftsgericht führt?«

Der Leiter der Sicherheitsabteilung, der an der Tür stand, trat einen Schritt zurück, ließ Maggie und Douglas ins Haus und schloß die Tür hinter ihnen. Douglas, der die Nachricht über das Autoradio gehört hatte, wandte sich an den Wachbeamten.

»Wo ist er, Max?« fragte er.

»Er hat sich im Sitzungssaal D verschanzt. Mit den Richtern und dem Kind.«

Beide rannten die Treppen hoch . . . ein Seil sperrte den betreffenden Teil des Korridors vor dem Eingang zum Sitzungssaal ab. Ungefähr zwanzig Wachbeamte und die Männer von Douglas' Ermittlungsgruppe befanden sich dort. Douglas hielt Peterson fest.

»Hören Sie, ich kann Sie hier nicht gebrauchen«, sagte er. »Sie sollten lieber diese Daisey, seine Freundin, suchen. Sie könnte uns eine große Hilfe sein. Finden Sie sie, und bringen Sie sie hierher.«

Die vier Männer gingen, und der Lieutenant der Polizei — ein Mann mit einem müden, grauen Gesicht — kam auf sie zu.

»Woods, ich bin Lieutenant Thomas, ich leite die Operation hier.«

»Was geht dort drinnen vor sich?« fragte Douglas und deutete auf den Raum.

»Soweit ich es sagen kann, liest er den Richtern gerade die Leviten. Wir haben versucht, von hier draußen mit ihm in Kontakt zu treten — wir haben ein Mikrofon installiert —, aber er hat sich sofort mächtig aufgeregt und wollte in Ruhe gelassen werden. Er hört sich nach einem Kerl an, der eine Bombe zwischen den Zähnen hat, die jeden Augenblick

explodieren kann. Soweit wir das beurteilen können, hat er die Türgriffe mit einer Art Eisenstange verbarrikadiert, so daß man nicht hinein kann.«
»Gibt es irgendwelche anderen Zugänge?«
»Keine ... da ist noch ein kleines Zimmer, aber der einzige Zugang führt durch den Sitzungssaal. Um ehrlich zu sein, wenn wir nicht das ganze Gebäude hier in die Luft sprengen wollen —«
»Nein!« rief Maggie.
Douglas warf Maggie einen Blick zu und wandte sich dann wieder an Thomas. »Das hier ist Maggie Grant, die Mutter des kleinen Jungen.«
»Ich verstehe. Nun, ich wollte eben sagen, Mrs. Grant, ich würde nicht dazu raten. Soweit ich informiert bin, hat der Mann dort drinnen so etwas Ähnliches wie ein Maschinengewehr. Und diese Türen sind sehr solide, kein billiges Zeug, wie man es heutzutage einbaut. Es gibt keine Möglichkeit, zu ihm zu gelangen, ohne daß vorher ein paar Menschen getötet werden.«
»Was ist mit den Fenstern?«
»Wir überprüfen diese Möglichkeit momentan, aber sehr vielversprechend sieht das nicht aus. Es gibt nur zwei Fenster — beide liegen an derselben Wand, direkt nebeneinander. Aber beide bieten eine schlechte Ausgangsposition ... das heißt, wenn er dort sitzt, wo wir glauben; uns steht nämlich eine zwei Meter breite Wand im Weg, die uns daran hindert, ihn ins Visier zu nehmen.«
»Wo ist das genau?« fragte Douglas.
»Nun, dem Klang seiner Stimme nach zu schließen, sitzt er auf dem Platz des Richters. Und nach Aussage eines der Wachbeamten hier ist der gesamte Ausschnitt — der Zeugenstand und die Richterbank — von den Fenstern aus unmöglich einzusehen.«

Maggie holte tief Luft. »Und mein Sohn, wo ist er?«
»Man hat bis jetzt nichts von ihm gehört, aber ich würde annehmen, daß er dort oben bei ihm sitzt.«
»Aber ihm geht es doch gut?« fragte sie.
Thomas nickte. »Die Putzfrau hat ausgesagt, daß er aus freien Stücken und unverletzt hineingegangen ist. Ihren Worten nach zu schließen, klingt es mir ganz so, als stünde er unter Schock.«
»Ich will dort hinein«, sagte Maggie.
»Was erzählst du da?« meinte Douglas.
»Begreifst du nicht, Douglas, der Mann will eine Gerichtsverhandlung. Was er wirklich will, ist doch, das Sorgerecht über seinen Sohn zu bekommen. Einmal angenommen, ich biete mich an, ihn zu vertreten, als seine Anwältin.«
»Das ist doch verrückt. Nein, das ist das Verrückteste, was ich jemals gehört habe.«
»Nein, das ist es nicht. Wenn ich ihn überreden kann, mich hineinzulassen, um seinen Fall zu vertreten, dann kann ich ihn dazu bewegen, sich neben mich an den Tisch auf den Platz des Klägers zu setzen.« Sie schaute Thomas an. »Könnten Ihre Männer ihn da gut genug sehen?«
Thomas schaute sie verwundert an.
»Antworten Sie mir, bitte. Das ist mein Kind da drinnen!«
Er nickte. »Ja, soweit ich weiß, könnten sie das.«
Sie sah Douglas an. »Okay?«
»Nein, es ist nicht okay. Verdammt, du weißt doch gar nicht, ob er sich dort hinsetzt, wo du willst. Himmel, Maggie, du weißt doch genau, mit wem wir es hier zu tun haben. Du könntest das Faß zum Überlaufen bringen. Außerdem möchte ich zuerst noch etwas überprüfen.«
»Was denn?« wollte Thomas wissen.
»Ich möchte vorher noch einmal anrufen, um herauszu-

finden, ob ich die frühere Mrs. Shandling dazu überreden kann, Bennys Sohn hierherzubringen.«
»Jesus, das könnte gefährlich für das Kind werden.«
»Nein, nicht, wenn wir es richtig anstellen. Du bleibst hier, Maggie, während ich telefoniere.«
Maggie packte ihn am Arm und hielt ihn fest.
»Warte, Douglas. Wenn es nicht funktioniert, dann möchte ich, daß du mir versprichst, über meinen Vorschlag nachzudenken.«
»Hör mal, hast du es schon vergessen . . . vor nicht einmal vierundzwanzig Stunden hatte Benny Shandling dich im Visier.«
»Aber jetzt nicht mehr, Douglas. Jetzt bin ich einfach eine Anwältin, jemand, der ihm helfen kann, das Sorgerecht für sein Kind zu bekommen.«

»Sie sehen also, was Sie angerichtet haben?« sagte Benny, dessen Hände Richies Rücken streichelten. »Dieser Junge hier . . . Sie haben ihm den Vater weggenommen. Sie haben ihn getötet, als hätten Sie selbst den Abzug gedrückt. Und draußen laufen noch Hunderte von anderen Kindern herum, denen es genau wie diesem hier geht; Kinder, die ihre Väter sehen wollen und nicht können, weil solche gedankenlosen Menschen wie Sie daran schuld sind. Aber wir sind jetzt alle hier, um dafür zu sorgen, daß so etwas nie mehr passiert.«
Benny nahm die oberste Akte von dem Stapel und las den Namen vor.
»Frank Chandler gegen Sondra Chandler. Malcolm Greenspon, bitte in den Zeugenstand.«
Greenspon rührte sich nicht, und Benny hob die Waffe.
»He, haben Sie mich vielleicht nicht gehört?« sagte er.

Greenspon erhob sich. »Aber das ist doch verrückt . . . Sie haben kein Recht —«

»Das hier ist ein Gerichtssaal, Mr. Greenspon, mein Gerichtssaal. Ich erwarte von Ihnen, daß Sie sich dementsprechend benehmen.«

»Und wenn nicht?«

»Wenn nicht . . . warten Sie, wenn nicht? O ja, Mr. Greenspon, dann werde ich Sie ohne Verhandlung töten. He, kommen Sie schon, ich glaube an die Gerechtigkeit, ich will nicht gezwungen sein, so etwas tun zu müssen.«

Greenspon lief rot an — an seiner Schläfe fing eine Ader zu pochen an. Er trat in den Zeugenstand, und Benny wies Farswick an, die Bibel zu nehmen und ihn zu vereidigen. Als Greenspon ordnungsgemäß vereidigt war, ergriff Benny das Wort.

»Mr. Greenspon, können Sie sich an den Fall Chandler gegen Chandler erinnern?«

Greenspon nickte, während Benny die dicke Akte aufschlug.

»Warten Sie«, rief Campbell. »Vielleicht können wir ja darüber reden. Ich habe den Eindruck, als hätten Sie eine berechtigte Klage vorzubringen, da Ihnen ein ordentliches Verfahren verweigert wurde. Es gibt einen Weg, das wieder in Ordnung zu bringen, einen richtigen Weg.«

»He, seien Sie still«, sagte Benny. »Ich habe hier einen Fall zu verhandeln, und Sie stören mich in meiner Konzentration. Es ist nicht immer leicht für mich, Mr. Campbell, die richtigen Gedanken zu fassen. Sie müssen wissen, ich habe einen Gehirntumor.«

Douglas saß im leeren Büro des Geschäftsstellenleiters, den Telefonhörer in der Hand. Er hatte Claire Cranston Shandling eben die Situation erklärt.

»Und, was erwarten Sie jetzt von mir?« fragte sie.
»Ich möchte Ihre Erlaubnis, Adam hierherzuholen.«
»Was, sind Sie verrückt?«
»Mrs. Cranston, wir haben nicht die Absicht, Adam irgendeiner Gefahr auszusetzen. Aber wenn Adam über Mikrofon mit ihm reden könnte, damit Benny weiß, daß er da ist, dann hätten wir vielleicht eine Chance, alle unverletzt aus diesem Sitzungssaal zu bekommen.«
»Und was ist mit meinem Sohn?«
»Benny liebt das Kind, er wird ihm nicht weh tun. Außerdem würden wir ihn nie einer so gefährlichen Situation ausliefern. Wenn wir sehen, daß es nicht funktioniert, daß Benny nicht positiv darauf reagiert, mit Adam zu reden, dann werden wir den Jungen keinesfalls in die Nähe des Sitzungssaales lassen. Vergessen Sie nicht, Benny hat sechs Geiseln, eine davon ist ein Junge in Adams Alter.«
Claire war aufgebracht. »Sie müssen ja glauben, daß ich genauso verrückt wie er bin. Sie verlangen doch wohl nicht von mir, daß ich meinen Sohn in ein Gerichtsgebäude zu einem Wahnsinnigen schicke, oder?«
»Wie ich bereits sagte, er würde nicht in seine Nähe kommen. Sie können natürlich mitkommen und alles überwachen.«
»Mr. Woods, Sie verlangen nichts Geringeres von mir, als daß ich mein Kind der Gefahr aussetze, einen Schock zu erleiden. Adam hat seit über einem Jahr seinen sogenannten Vater weder gesehen noch mit ihm gesprochen. Er erkundigt sich überhaupt nicht mehr nach ihm. Wissen Sie, wie lange es gedauert hat, das zu erreichen?«
Nach einer Pause meinte er: »Wollen Sie damit sagen, daß es Zeiten gegeben hat, zu denen er seinen Vater sehen wollte ... nachdem dieser ihn nicht mehr regelmäßig besuchte?«

»Sie wissen doch, wie Kinder sind, mal so, mal so. Aber wichtig ist doch, daß Adam jetzt nicht mehr will. Und ich habe nicht die Absicht, diesen Zustand wieder zu ändern, weder so noch so.«
»Gibt es nichts mehr, womit ich Sie überzeugen kann —«
»Nichts. Und lassen Sie mich Ihnen eines klarmachen, Mr. Woods, für den Fall, daß Sie mich nicht richtig verstanden haben. Sie haben nicht das geringste Recht, meinen Sohn irgendwohin zu bringen ... wenn Sie das täten, würde das einer Entführung gleichkommen ... und glauben Sie mir, ich würde Sie verklagen.«
»Mrs. Shandling, vielen Dank, aber ich kenne die Gesetze.«
Douglas knallte den Hörer auf die Gabel.
So ein Mist! Jetzt mußte er sich mit Maggie auseinandersetzen. Er konnte es doch nicht zulassen, daß sie sich als lebende Zielscheibe dort drinnen neben ihn setzte. Was war denn mit ihm ... warum sollte er Benny eigentlich nicht vertreten können?

Daisey hatte eben einen Kunden zu Ende bedient, als Liz aus dem Hinterzimmer nach ihr rief: »Daisey, komm sofort hierher!«
Daisey rannte zu ihr. »Was ist los?«
Liz deutete auf den Fernsehapparat.
»Sie haben gerade das Programm unterbrochen ... für eine spezielle Durchsage, und dabei wurde Bennys Name erwähnt. Hör zu.«
Eine Reporterin, ein Mikrofon in der Hand, war auf dem Bildschirm zu sehen.
»Wir befinden uns hier auf dem Pemberton Square, im Hof des Bezirksgerichts von Suffolk. Die Geschichte, die sich hier abspielt, übersteigt jede Vorstellungskraft. In diesem

Gebäude«, die Kamera schwenkte auf das Gerichtsgebäude, »befindet sich ein Mann . . . ein Vater, der verzweifelt danach ruft, gehört zu werden. Er fordert Gerechtigkeit — nicht für sich selbst, meine Damen und Herren, nein, für alle Väter, die von dieser Justiz schlecht behandelt wurden. In seinem verzweifelten Kampf hat dieser Mann einen sechsjährigen Jungen namens Richard Grant — einen Jungen, dem erst letzte Woche verboten wurde, seinen Vater zu sehen — und fünf Richter, alle am Vormundschaftsgericht tätig, als Geiseln genommen. Dieser Mann, Benny Shandling, der davon überzeugt ist, daß die Rechte der Männer in unserem Justizsystem mit Füßen getreten werden, ist derselbe Mann, von dem man nun annimmt, der Würger vom Gericht zu sein. Der Mann, der im vergangenen Jahr fünf Frauen ermordet hat . . . Frauen, die in ihrem Kampf um das Sorgerecht überlegen waren —«

Daisey beugte sich vor und schaltete den Apparat aus.

»Warum hast du das getan?«

»Ich habe genug gehört. Das ist ein Irrtum, das ist nicht Benny!«

»Sei doch vernünftig, Daisey. So häufig ist der Name auch nicht.«

Daisey schüttelte den Kopf; sie spürte, wie ihr Tränen des Zorns in die Augen stiegen.

»Ich kenne ihn, Liz, ich weiß, was für ein Mensch er ist . . . Ich könnte doch keinen Mann lieben, wenn ich nicht wüßte, was für ein Mensch er ist.«

Liz zuckte mit den Schultern. »Vielleicht ist er durchgedreht. Du hast mir doch erzählt, wie sehr er darunter leidet, seinen Sohn nicht mehr sehen zu können . . .«

Tränen fingen an, ihr über die Wangen zu laufen, und sie wischte sie mit geballten Fäusten fort.

»Ich muß ihm helfen, Liz«, sagte sie schließlich. »Irgendwie muß ich ihm helfen. Wenn er wirklich dort ist und das tut, was die Leute behaupten, dann nur deshalb, weil er nicht anders kann.«

»Wenn er nicht anders kann, wieso solltest du dann seine Meinung ändern können? Ich sage ja nicht, daß er dich nicht liebt, aber trotzdem, wenn ein Mensch so weit geht ... Daisey — du hast doch gehört, was sie in den Nachrichten gesagt haben —, sie glauben, daß er der Würger vom Gericht ist!«

Daisey sagte ein paar Minuten gar nichts und meinte dann: »Ich kann das nicht glauben, ich kann einfach nicht. Und selbst wenn, ich glaube, selbst das würde nichts ändern. Liz, er braucht meine Hilfe, er braucht jemanden, der ihn zur Besinnung bringt, bevor er noch etwas anrichtet, was so schrecklich sein würde, daß er sich das nie verzeihen könnte. Falls Benny die Kontrolle über sich verloren hat ... falls er wirklich durchgedreht ist, dann muß ich ihn wieder auf die Erde zurückholen.«

»Aber wie?«

Sie nahm ihre Tasche. »Spring du hier für mich ein, Liz.«

»Was ... wo gehst du hin?«

»Ich hole Adam und bringe ihn zu Benny.«

»Aber das kannst du nicht, seine Mutter wird es nicht zulassen, daß du einfach hergehst und den Jungen mitnimmst.«

»Ich habe nicht vor, seine Mutter zu fragen. Adam ist momentan in der Schule.«

»Daisey, du überlegst nicht mehr richtig, was du da vorhast, das ist ein Verbrechen ... man könnte dich wegen Entführung einsperren!«

»Das ist mir egal.«

»Außerdem werden die Lehrer dich nicht so einfach in die Schule spazieren und ihn herausholen lassen. So einfach ist das nicht.«

»Das werden sie, wenn ich ihnen erzähle, daß ich eine Freundin seiner Mutter bin und daß sie mich gebeten hat, ihn abzuholen.«

»Also einmal angenommen, du schaffst es, sie davon zu überzeugen, was dann? Dann kommt Adam heraus, sieht dich und sagt: 'Tut mir leid, diese Dame kenne ich nicht', und weigert sich, mit dir zu gehen. Hast du dir das schon mal überlegt?«

»Das wird er nicht, er wird sich an mich erinnern«, sagte sie. »Adam wird sich an mich erinnern.«

Mit diesen Worten nahm sie ihre Autoschlüssel und rannte davon.

Benny hatte Greenspon mehr als eine Viertelstunde lang befragt. Trotz der stechenden Schmerzen, die durch seinen Kopf schossen, war er den Fall sorgfältig durchgegangen und hatte Greenspon nach den Gründen für die Entscheidungen befragt, die dieser während der Verhandlung gefällt hatte. Und Greenspon hatte sein Vorgehen mit seiner trockenen, förmlichen Stimme verteidigt.

»Sagen Sie doch mal, Mr. Greenspon«, meinte Benny schließlich, »warum wollten Sie nicht mit Andrew reden und sich anhören, was er wollte?«

»Weil es ganz gleich war, was er wollte. Der Junge war noch so klein ... neun, zehn Jahre alt oder so ähnlich. Kinder verfügen nicht über die Erfahrung oder das Wissen, um beurteilen zu können, was für sie am besten ist.«

»Woher wollen Sie das wissen?«

»Es ist meine Aufgabe, das zu wissen.«

Benny nickte. Er konnte es ganz deutlich hören, ein undeutlich brausendes Geräusch in seinen Ohren, als würde jeden Moment ein Orkan in seinem Kopf losbre-

chen. Er blickte von einem Richter zum anderen, dann wieder auf Greenspon.
»Erheben Sie sich und gehen Sie auf Ihren Platz zurück«, forderte Benny ihn auf.
Greenspon verließ den Zeugenstand und wollte zur Zuschauerbank zurück.
»Nicht hinsetzen«, sagte Benny laut genug, um den Sturm in seinem Kopf zu übertönen.
Greenspon wandte sich um und sah ihn an. »Warum nicht?«
»Ich habe mein Urteil jetzt gefällt«, sagte Benny und hob die Waffe. »Ich habe Sie für schuldig befunden . . . Sie haben die Todesstrafe verdient.«
Greenspons Augen traten aus ihren Höhlen. »Nein, warten Sie. Tun Sie das nicht, Sir, bitte, tun Sie das nicht! Wenn Sie mich töten, werde ich keine Gelegenheit mehr haben, meine Verfehlungen wiedergutzumachen. Ich meine, ich möchte mir alles noch einmal überlegen. Ja, ich muß alles noch einmal überdenken. Es sind Fehler gemacht worden, Sir, und ich hätte gern die Chance, das wieder in Ordnung zu bringen . . . Bitte —«
Benny blickte zu Boden, stemmte sich in seinen Sitz, holte tief Luft . . .
Plötzlich ging die Uzi los, und die Wände des Sitzungssaales erbebten — die Gewalt der Geschosse warf Greenspon in die Luft. Seine Brust klaffte auf wie ein kaputter Kopfkissenbezug, und sein Körper wirbelte in die Höhe und landete schließlich mit einem dumpfen Laut in der vierten Bankreihe.
Campbell schloß seine feuchten Augen. Leeder, Cagney und Farswick senkten die Köpfe und fingen leise zu beten an.

24. KAPITEL

Stille ... Eine Stille, die endlos zu sein schien.

Schließlich schaute Maggie zu Douglas hinüber, der im Augenblick des Gewehrfeuers aus dem Büro des Geschäftsstellenleiters gelaufen war.

»Greenspon«, flüsterte sie ihm zu, »er hat eben Greenspon exekutiert.«

Douglas sah Lieutenant Thomas an. »Geben Sie mir das Mikrofon.«

Er reichte es ihm hinüber.

Douglas holte tief Luft ... er konnte hören, wie Benny Gerard Campbell in den Zeugenstand rief. Herr im Himmel ... was sollte er nur sagen?

»Benny«, setzte er schließlich an.

Benny sah sich um ... woher kam diese Stimme?

»Kein Grund, nervös zu werden, Benny, ich bin hier draußen, auf dem Korridor. Und ich habe ein Mikrofon, damit Sie mich besser hören können.«

»Wer sind Sie?«

»Mein Name ist Douglas Woods, ich bin Rechtsanwalt. Ich will mit Ihnen sprechen, das ist alles. Sie müssen nicht viel sagen, wenn Sie nicht wollen, hören Sie einfach zu, was ich Ihnen zu sagen habe. Werden Sie das machen, Benny?«

Benny nickte.

»Ich habe Sie nicht verstanden, Benny.«

»Ja«, sagte er schließlich.

»Möchten Sie nicht den Jungen gehen lassen? Sie brauchen ihn dort drinnen doch gar nicht, oder?«

»Nein, nein, das geht nicht. Sehen Sie, der Junge gehört hierher zu mir. Adam hilft mir beim Nachdenken. Ich kann ihn nicht weglassen . . . verstehen Sie das nicht?«

»Okay, okay, ich habe verstanden. Sie fühlen sich wohler, wenn er bei Ihnen ist, richtig?«

Nach einer Pause: »Ja, ich glaube, so ist es.«

»Dann muß er bei Ihnen bleiben, nehme ich an. Aber darüber wollte ich eigentlich gar nicht mit Ihnen sprechen. Sehen Sie, Benny, als diese ganze Sache angefangen hat, habe ich mir die Mühe gemacht und mir Ihre Akte angesehen, Ihre Scheidungsakte. Und ich habe mich über diese jämmerliche Scheidungs- und Umgangsvereinbarung informiert, die Sie mit Ihrer Frau getroffen haben. Himmel, was für eine schlechte Vereinbarung. Wer hat Sie denn dazu überredet, solch einem Handel zuzustimmen?«

Eine weitere Pause, länger diesmal. »Mein Anwalt, Millerman.«

»Barry Millerman?«

»Sie kennen ihn?«

»Ich habe von ihm gehört. Sagen Sie das nicht weiter, Benny, aber dieser Bursche sollte überhaupt keinen Menschen vor Gericht vertreten. Als Rechtsanwalt taugt er nicht viel. Wenn Sie mein Mandant gewesen wären, dann hätte ich Ihnen geraten, um Ihr Recht zu kämpfen. Mit all Ihrer Kraft.«

»Haben Sie ein Kind?«

»Nein, Benny, aber ich hätte gerne eines. Es muß einem Mann ein gutes Gefühl geben, wenn er weiß, daß er einen Sohn hat, der zu ihm aufsieht. Wie alt ist Ihr Junge, Benny?«

Benny sah Richie an und sagte dann: »Fast sechs Jahre.«

»Ah, das ist ein gutes Alter. Sie hätten es bestimmt gerne, wenn der Junge bei Ihnen leben könnte.«

»Er ist ja bei mir, hier neben mir.«

»Sicher. Aber ich meine nicht hier im Gericht ... ich meine, zu Hause bei Ihnen. Ich meine, daß er für immer bei Ihnen und Daisey leben könnte. Das würde Ihnen doch noch besser gefallen, oder nicht?«

Er kannte Daisey ... woher wußte er von Daisey?

»Sind Sie noch da, Benny?«

»Sie wollen mich doch nur austricksen, stimmt's?«

»Warum sollte ich das tun?« Als er keine Antwort erhielt, fuhr er fort ... »Hören Sie, Benny, ich frage doch nur, ob Sie um Ihren Jungen kämpfen wollen, ich meine, hier im Gericht, wo es zählt.«

»Es hat keinen großen Sinn, vor Gericht etwas zu erkämpfen«, sagte Benny. »Ein Vater hat doch gar keine Chance.«

»Ich verstehe, was Sie meinen, Benny, und Sie haben gar nicht so unrecht. Einige der Richter hier am Gericht kneifen, wenn es um die Rechte der Väter geht. Es ist fast so, als hätten sie bis jetzt noch nicht begriffen, daß ein Vater ein Kind ebenso gut wie eine Mutter erziehen kann. Als würden sie noch im vorigen Jahrhundert leben. Aber es gibt auch eine Ausnahme hier, ich weiß nicht, ob Sie schon bemerkt haben ...«

Schweigen.

»Ich werde Ihnen jetzt mal etwas sagen — und das weiß wirklich nicht jeder, aber jeder Scheidungsanwalt, der sein Geld wert ist, ist darüber im Bilde; nur, es gehört nun mal zu jenen Dingen, über die man nur ungerne spricht. Wann immer ein Anwalt einen Vater vor Gericht zu vertreten hat und eine faire Behandlung seines Mandanten erreichen möchte, dann setzt er Himmel und Hölle in Bewegung, um es so hinzudrehen, daß sein Fall vor Campbell verhandelt wird ... Richter Gerard Campbell.

Das ist der Mann mit dem dunklen Haar und den grauen Schläfen. Der, den Sie gerade in den Zeugenstand gerufen haben.«

Benny schaute auf Campbell, der neben ihm saß, und schaute dann wieder weg.

»Ja, das dachte ich mir auch, als ich ihn zum erstenmal bei einer Verhandlung gesehen habe. Aber dann habe ich ihn in einem anderen Fall erlebt. Ich weiß nicht mehr, welcher das war . . . Aber da hat er sich nicht so angestrengt.«

»Ich glaube, ich weiß, welchen Fall Sie meinen. Aber bei der eigentlichen Verhandlung waren Sie doch gar nicht, oder?«

Nein, der Typ mit der tiefen Stimme da hatte recht — er war nicht bei der Verhandlung gewesen.

»Ich habe den Vater draußen im Gerichtshof gesehen«, sagte Benny. »Hinterher.«

»Ja, und er war ziemlich enttäuscht, möchte ich wetten . . . nicht, daß ich ihm das zum Vorwurf mache. Aber die Sache ging so aus, daß er, obwohl er ein ziemlich großes Alkoholproblem hatte, wie sich herausstellte, dennoch die Erlaubnis bekam, seinen Sohn einmal wöchentlich zu sehen. Unter Aufsicht zwar, aber auch das war nur vorübergehend so geregelt. Campbell hat einen Jugendamtsvertreter für den Jungen bestellt . . . Wissen Sie, was das ist, Benny?«

Benny nickte. »Ja, das weiß ich«, sagte er schließlich.

»Das überrascht mich nicht. Ich kann mir vorstellen, daß Sie sich inzwischen ziemlich gut in unserer Rechtssprache auskennen. Nun, auf jeden Fall wurde ein Jugendamtsvertreter bestellt, der die Aussagen der beiden Parteien überprüfen sollte. Und nach Ablauf eines Monats wollte Campbell die Sache noch einmal beurteilen.«

Benny gab keine Antwort.

»Sie sehen also, so schlecht ist der Vater gar nicht weggekommen. Wenn man die Umstände berücksichtigt, natürlich. Aber ich garantiere Ihnen, wenn er so ein Vater gewesen wäre, wie ich sie mir vorstelle, dann wäre er als Sieger hervorgegangen. Campbell hat einen guten Ruf, was zwei Dinge anbelangt: Er kann zuhören, und er hat Einfühlungsvermögen. Ich will gar nicht versuchen, Ihnen etwas vorzumachen, Benny, das sind heutzutage Qualitäten, die man bei Richtern nur selten antrifft. So, wie ich es sehe, werden sie immer tauber, je länger sie da oben auf ihrer Richterbank sitzen. Und sie halten an ihren puritanischen Vorstellungen fest und weigern sich, mit der Zeit zu gehen.«

Hatte er in diesem Fall einen Fehler gemacht . . . hatte er die Waffe vorschnell besorgt? Der Kerl da draußen konnte ja auch lügen, aber er wußte von Daisey und daß er — Benny — nicht bei der Verhandlung gewesen war. Im Moment konnte er sich nicht erinnern . . . warum war er nicht dort gewesen?

»Hören Sie mir noch zu, Benny?«

Nach einigen Momenten des Zögerns meinte er: »Ja, ich höre Ihnen noch zu.«

»Okay, dann mache ich Ihnen mal einen Vorschlag, Benny. Der Gedanke, der mich beim Lesen Ihres lausigen Scheidungsurteils nicht mehr losgelassen hat, war folgender: 'Dieser arme Kerl hatte ja nicht einmal Gelegenheit gehabt, vor Gericht sein Glück zu versuchen.' Ich möchte Ihnen jetzt vorschlagen, daß Sie das nachholen. Und zwar sofort. Campbell steht vor Ihnen und ist bereit, sich Ihren Fall anzuhören.

Und Sie haben ja auch noch diese anderen Richter da, die vielleicht etwas lernen können, wenn sie sehen, wie man es richtig macht. Und das ist sehr wichtig, Benny, diese Richter müssen das lernen, damit sie beim nächsten Mal, wenn sie wieder ein Urteil fällen, wissen, was sie tun. Natürlich können Sie so weitermachen, wie Sie angefangen haben — das liegt ganz bei Ihnen. Aber ich würde sagen, so ist es besser — Sie bekommen eine Chance, um Ihr Kind zu kämpfen, und gleichzeitig können Sie diesen Leuten da zeigen, wie man es richtig macht.«

Keine Antwort.

»Also, was sagen Sie dazu, Benny. Wollen Sie, daß man Sie anhört?«

Wieder war es still, absolut still . . . bis auf das Tosen in Bennys Kopf, wo der Sturm weiter wütete.

Die Vorstellung von Benny, wie er in diesem Gerichtssaal stand und diese Geiseln festhielt, ging Daisey nicht mehr aus dem Kopf, als sie auf der Schnellstraße entlangraste. Wie war es dazu gekommen, und warum hatte sie das nicht kommen sehen? Doch wenn er tatsächlich der Würger vom Gericht war, dann hatte das eine lange Vorgeschichte, die vor ihrer Zeit angefangen hatte. Die Tränen, die sie weinte, galten ihr selbst . . . sosehr sie Benny auch liebte, sie hatte ihn zu spät kennengelernt. Keiner war fähig gewesen, ihm das zu geben, was er am meisten brauchte und was sie ihm nun geben würde: seinen Sohn.

O bitte, lieber Gott, laß es klappen.

Es waren ganze fünf Minuten vergangen, bevor Douglas wieder in das Mikrofon sprach.

»Okay, Benny, wir warten, um Ihre Antwort zu hören. Haben Sie Ihre Entscheidung getroffen?«

»Ich weiß nicht, ich kann meine Gedanken nicht immer so gut ordnen. Manchmal fällt mir das schwer.«

»Das geht uns doch allen so, Benny. Deswegen gibt es ja Rechtsanwälte, damit sie einem Mandanten helfen, sich richtig auszudrücken, wenn ihm seine Gefühle im Weg stehen. Sicher, Sie brauchen jemanden, der Sie vertritt, und ich werde mich darum kümmern, daß Sie jemanden bekommen.«

»Einen Anwalt . . . wen?«

»He, wie wär's mit mir?«

»Nein, nein, Sie nicht. Sie will ich nicht.«

»Warum nicht, ich bin Anwalt, und noch dazu ein guter.«

»Es gibt da eine Anwältin, die kenne ich, mir fällt nur der Name momentan nicht ein. Sie hat dunkles Haar, glatt, ziemlich lang. Die will ich.«

Maggie ergriff Douglas' Hand und versuchte, ihn dazu zu zwingen, sie anzusehen, aber er schob sie fort.

»Hören Sie, Benny«, sagte er, »ich verspreche Ihnen, daß ich mich für Sie einsetzen werde.«

»Nein«, sagte Benny, »ich will die Frau. Ich habe sie vor Gericht erlebt, ich weiß, wie sie kämpfen kann. Sie will ich und sonst niemanden.«

»Geben Sie mir eine Minute Zeit, damit ich sehen kann, was sich machen läßt . . . okay?« Douglas schaltete das Mikrofon aus und sah Maggie an.

»Douglas, ich muß es tun«, sagte sie. »Er will mich, und ich werde gehen. Jetzt schaltest du das Mikrofon wieder an und sagst ihm, daß ich einverstanden bin, bevor er es sich anders überlegt und die ganze Sache abbläst.«

Douglas seufzte. »Er hat noch einmal getötet, Maggie, da ist nicht mehr sehr viel Logik übrig, auf die man zählen könnte.«

»Das weiß ich, um so dringender ist es, daß ich jetzt hineingehe. Ich muß Richie da herausholen, bevor Benny alle anderen auch noch ermordet oder sich entschließt, sich selbst umzubringen und Richie vielleicht mitzunehmen.«

Douglas nickte. »Wenn du dort drinnen bist, dann will ich, daß du dich vom Anwaltstisch fernhältst — das ist sein Platz. Du stellst dich vor die Richterbank und befragst ihn von dort aus. Hast du verstanden?«

Maggie nickte, und er streckte die Hand aus und berührte ihr Gesicht. »Sag, daß du mich morgen heiraten wirst.«

»Morgen . . . ich werde dich morgen heiraten.«

Er nickte und schaltete das Mikrofon wieder ein.

»He, Sie haben Glück, Benny. Die Dame, von der Sie gesprochen haben . . . nun, sie heißt Maggie. Sie ist wirklich eine gute Anwältin, Benny, ich kann verstehen, warum Sie nach ihr fragten. Und Sie hat zugestimmt, Sie zu vertreten. Aber auf einer Sache besteht sie.«

»Was ist das?«

»Daß Sie ihre Position als Ihre Anwältin respektieren und ihr gegenüber ehrlich sind. Maggie muß an ihre Mandanten glauben können. Wenn Sie einer davon sein wollen, dann müssen Sie tun, was sie sagt, und sich an die Wahrheit halten. Hören Sie mich, Benny?«

»Ich höre Sie.«

»In Ordnung. Ich vermute, daß die Tür verriegelt ist . . . Jetzt sagen Sie uns noch, wie soll Maggie hineinkommen?«

Die Scharfschützen — Phillips und Sinclair —, die mit Gewehren bewaffnet auf den Fensterbrettern vor dem Aufenthaltsraum der Richter hockten, stiegen in die Ledergurte, die an einer Seilrolle vom Dach des Gebäudes herabgelassen wurden, und schnallten sie um ihre Hüften.

Die Betonvorsprünge vor den Fenstern waren ungefähr

zwanzig Zentimeter breit und boten kaum Platz zum Stehen. Der Plan sah vor, daß die beiden sich so weit außen am Gebäude abseilten, bis sie vor den Fenstern des Sitzungssaales D angelangt waren. Von dort aus sollten sie auf ihre Gelegenheit warten . . .
An ihren Ledergurten waren auch zwei Walkie-talkies befestigt.

Benny gab folgende Anweisungen: Richter Campbell sollte zur Tür gehen, die Eisenstange aus den Türgriffen ziehen und dann warten, bis Maggie drinnen war. Dann sollte er die Stange wieder befestigen und ebenfalls zurückgehen.
Als die Tür aufging, konnte Douglas nur einen kurzen Blick auf Benny Shandling erhaschen, der auf der Richterbank saß und etwas in der Hand hielt, das wie eine Uzi aussah, eine der tödlichsten Waffen überhaupt.
Richie saß direkt neben Benny auf der Bank, und seine Augen erwachten plötzlich zum Leben, als Maggie den Raum betrat.

Als Daisey den Parkplatz der Grundschule von Salem erreicht hatte, zitterten ihre Hände. Sie mußte sich erst beruhigen, sonst würde ihr niemand ein Wort glauben. Auf dem Weg hierher hatte sie sich mehrere Geschichten überlegt und versucht, die beste, die überzeugendste auszuwählen.
Sie hatte vorher an einem Drugstore angehalten und einen Kugelschreiber und einen Schreibblock gekauft. Auf den Block kritzelte sie nun ein paar Zeilen und unterschrieb sie mit Claire Cranston. Damit ermächtigte sie die Schulleitung, Adam in Daisey Bradleys Obhut zu entlassen. Der Benachrichtigung war weiter zu entneh-

men, daß Adams Großmutter gestorben sei und daß Claire ihn deshalb bei sich haben wolle.
Nachdem Daisey die Nachricht zu Ende geschrieben hatte, las sie sie noch einmal durch. Sie konnte nicht glauben, da sie tatsächlich so etwas machte . . . aber sie tat es. Und sie tat es für Benny. Sie steckte die Benachrichtigung in einen Umschlag, klebte ihn zu und steckte ihn in ihre Tasche. Dann stieg sie aus dem Wagen und ging zum Eingang der Schule.
Als sie vor dem Sekretariat stand, holte sie tief Luft und trat ein.
»Ich hätte gerne mit der Rektorin gesprochen«, sagte sie.
»Wie ist bitte Ihr Name?« fragte die Sekretärin.
»Daisey . . . Daisey Bradley.«
»Einen Moment bitte.« Die Sekretärin drückte auf die Leitung zum Büro der Rektorin. »Hier ist eine Dame, die Sie sprechen möchte, Mrs. Altman.«
Die Sekretärin lauschte einen Augenblick und schaute dann Daisey an.
»Um welchen Schüler handelt es sich denn?«
»Um Adam —« Sie wollte schon Shandling sagen, hielt aber inne, denn plötzlich war ihr eingefallen, daß sie ja nicht wußte, unter welchem Nachnamen Adam hier eingeschrieben war. Sie räusperte sich und sagte: »Claire Cranston hat mich gebeten, Adam abzuholen.«
Die Sekretärin lächelte und sagte dann in das Sprechgerät: »Es geht um Adam Cranston.«
Die Sekretärin deutete auf Mrs. Altmans Büro, und Daisey stand auf. Die Erkenntnis, wie nahe sie daran gewesen war, alles zu ruinieren, war ihr auf den Magen geschlagen. Sie schöpfte ein paarmal tief Luft, betrat das Büro der Rektorin und zwang sich zu einem Lächeln, als sie den Brief aus ihrer Tasche holte.

»Ich bin Daisey Bradley«, stellte sie sich vor. »Claire Cranston hat eben erfahren, daß ihre Mutter gestorben ist . . . sie bat mich, Adam abzuholen.« Sie überreichte ihr den Brief. »Ich glaube, das hier wird Ihnen alles Nähere erklären.«

Die Rektorin öffnete den Umschlag, las die Zeilen und schaute dann Daisey an.

»Vielleicht sollte ich besser bei Mrs. Cranston anrufen, um mich selbst zu überzeugen. Nicht, daß ich Ihnen nicht glauben würde, es ist nur so, daß man heutzutage nie wissen kann.« Sie wollte nach ihrer Sekretärin läuten.

»Das ist schon in Ordnung, aber wenn Sie mit ihr reden wollen, dann müssen Sie im Massachusetts General anrufen, dort ist ihre Mutter. Sie ist wahrscheinlich dort, um alle nötigen Formalitäten zu erledigen.«

Daisey wagte kaum zu atmen, und schließlich zog Mrs. Altman ihre Hand von dem Knopf zurück.

»Nein, wenn ich es mir genau überlege, dann lieber nicht. Ich würde sie nur ungern in einem solchen Moment belästigen. Hören Sie, können Sie sich vielleicht irgendwie ausweisen?«

»Selbstverständlich.« Daisey zog schnell ihre Brieftasche hervor und zeigte ihr ihren Führerschein. »Kein sehr gutes Foto, fürchte ich.«

Mrs. Altman lächelte. »Die Fotos, die man in diesen Meldestellen bekommt, sind doch nie besonders gut, oder? Das ist schon in Ordnung, Miss Bradley«, sagte sie mit einem kurzen Blick auf das Foto und dann auf den Namen, »ich bin nur ungern so hartnäckig, aber wir müssen in solchen Dingen vorsichtig sein.«

Daisey steckte ihre Brieftasche wieder fort. »Das verstehe ich. Ich bin sicher, daß Claire Ihre Umsicht zu schätzen weiß. Ich würde das.«

Mrs. Altman bat die Sekretärin, Adam und all die Sachen, die er übers Wochenende mit nach Hause nehmen sollte, ins Büro zu bringen. Daisey setzte sich in einen Stuhl und wartete; sie überlegte, wie leichthin Claire den rechtmäßigen Nachnamen ihres Sohnes aufgegeben hatte.

»Richten Sie Mrs. Cranston doch aus, wie sehr wir alle hier Ihren Verlust betrauern.«

Schweigen. »Miss Bradley —«

Daisey schaute die Rektorin an. »O ja, selbstverständlich«, meinte sie.

Plötzlich hörte sie Adam in dem Büro nebenan. Sollte sie hinausgehen? Nein, sie würde lieber warten. Sie war so sicher gewesen, daß er sich an sie erinnern würde . . . war sie zu sicher gewesen? *Bitte, Adam, bitte erinnere dich an mich.*

Dann wurde der Junge — so dunkelhaarig und hübsch — ins Büro geführt, und zunächst schaute er die Rektorin an.

»Adam, deine Mutter hat darum gebeten, daß du heute eher gehen kannst. Sie hat eine Freundin geschickt, die dich heimbringen wird«, sagte die Schulleiterin und deutete dann mit einer Kopfbewegung auf Daisey . . .

Adam schaute sie an, lächelte und zeigte seine Zahnlücke, in der zwei Zähne fehlten. »Oh, ich kenne dich doch«, sagte er zu ihr. »Hallo, Daisey.«

25. KAPITEL

Maggie war langsam den Gang hinuntergegangen, auf die Richterbank zu — sie hatte sich zusammengerissen, damit das Zittern ihrer Knie nicht allzu deutlich auffiel. Sie sah, daß Richie nicht mehr wie am Abend zuvor leer vor sich hinstarrte, sondern sie beobachtete. *Es wird alles wieder in Ordnung kommen, Richie, Mommy ist jetzt da. Und bald wird dieser Alptraum ein Ende haben . . .*

Als sie den Gang hinunterging, rutschte sie aus — sie fing sich gerade noch und schaute auf den Boden. Sie war in Greenspons Blut getreten. Einen Augenblick stand sie da, unfähig, sich zu rühren . . . aber sie konnte sehen, wie Benny sie beobachtete. Sie schluckte schwer, trat aus der klebrigen Pfütze voll Blut und ging weiter.

Sie war jetzt direkt vor der Richterbank.

»Hallo, Benny«, sagte sie, das Zittern in ihrer Stimme unterdrückend.

Er nickte.

»Ich denke, wir setzen uns und fangen sofort an. Geben Sie die Robe doch Richter Campbell.« In diesem Augenblick trat Richter Campbell neben sie. »Und Sie und ich, wir beide setzen uns an den Tisch des Klägers«, meinte sie, auf den Tisch hinter sich deutend.

Benny stand auf, schlüpfte aus der Robe und reichte sie Campbell hinunter. Er nahm sein Gewehr und zog Richie an sich.

»Mein Junge und ich werden zusammen in den Zeugenstand treten«, sagte er.

Sie deutete auf den Tisch hinter sich.
»Es wäre mir lieber, wenn Sie sich zuerst an den Tisch setzen würden. Sie können den Jungen ja da oben lassen, wenn Ihnen das lieber ist.«
»Nein, ich habe die anderen Verhandlungen gesehen ... Ich weiß, wie das vor sich geht. Ich will mit Adam zusammen in den Zeugenstand.«
Maggie musterte seinen Gesichtsausdruck ... die Anspannung, die sich darauf abzeichnete, nahm merklich zu. Sie sollte lieber nicht mit ihm streiten, jetzt noch nicht. Zuerst mußte sie sein Vertrauen gewinnen. *O Gott, würde sie dazu fähig sein?*
»In Ordnung«, sagte sie, und plötzlich bebte ihre Stimme. Sie atmete tief ein und wieder aus.
Benny wartete, bis Campbell die Robe übergestreift hatte, und trat dann zurück, als Campbell seinen rechtmäßigen Platz auf der Bank einnahm. Dann ging Benny zum Zeugenstand und setzte sich dorthin, das Gewehr unter dem Arm und Richie auf dem Schoß.
Maggie sah ihrem Sohn in die Augen. Er war vielleicht einen Meter von ihr entfernt und doch so unerreichbar ...
Halte durch, Richie ... nur noch ein kleines Weilchen.

Erst als Adam sicher angegurtet auf seinem Platz saß und Daisey den Wagen aus dem Parkplatz der Schule lenkte, da wurde ihr in vollem Ausmaß bewußt, was sie eben getan hatte. Sie schaute zu Adam hinüber, der sie ebenfalls ansah.
»Wo fahren wir hin?« fragte er.
Sie hatte nicht darüber nachgedacht, wie sie ihm die Situation erklären sollte, aber jetzt blieb ihr nichts anderes übrig. Sie holte tief Luft und fragte dann:

»Adam, kannst du dich überhaupt noch an deinen Vater erinnern?«
Er neigte den Kopf, sah sie von unten her an und schüttelte ihn dann verneinend.
»Meine Mommy mag es nicht, wenn ich über ihn rede.«
»Warum nicht?«
Er zuckte mit den Achseln. »Ich glaube, er ist böse.«
»Ich kenne ihn, Adam. Ich bin sogar seine Freundin. Und er ist nicht böse . . . er ist ein sanfter, netter, wunderbarer Mensch.«
Er schaute sie weiter unverwandt an, und sie fuhr fort. »Weißt du, seit ich ihn das erste Mal gesehen habe, hat er mir immer von dir erzählt. Er hat mir sogar ein Foto von dir gezeigt . . . er trägt es in seiner Brieftasche. Er ist so stolz auf dich.«
»Warum?«
»Weil du sein Sohn bist, weil er dich liebt.«
»Warum besucht er mich dann nicht?«
»Oh, das will er doch, Adam. Er will dich ja besuchen, mehr als alles andere auf der Welt. Aber eines Tages, als er kam, um dich zu sehen, da wolltest du nicht mit ihm gehen. Du schienst Angst zu haben. Kannst du dich erinnern, daß du Angst hattest?«
Er schüttelte den Kopf.
»Nun, ich glaube, das hatte eine Menge mit deiner Mutter zu tun. Du weißt doch, was eine Scheidung ist, oder?«
»Ja, sicher . . . neun Kinder in meiner Klasse haben eine.«
»Nun, manchmal, wenn zwei Menschen sich scheiden lassen — so, wie deine Mommy und dein Daddy es getan haben —, dann können sie ihre Kinder nicht teilen.«
Adam schaute sie verwirrt an, und sie begann von vorne. »Was ich damit sagen will, Adam, ist, daß manchmal ein

Elternteil versucht, das Kind gegen den anderen Elternteil aufzubringen.«
»Du meinst, daß das Kind ihn dann nicht mehr mag?«
»Ja, so ähnlich. Und siehst du, das, glaube ich, hat deine Mommy getan. Vielleicht wollte sie es ja gar nicht, ich weiß es nicht. Aber weil sie deinen Daddy nicht mehr mag, wollte sie, daß du ihn auch nicht mehr magst.«
Adam dachte eine Weile darüber nach und sagte dann: »Wie sieht mein Daddy denn aus?«
Daisey deutete auf ihre Tasche.
»Ich habe ein Bild von ihm in meiner Brieftasche, Adam. Mach meine Tasche auf und hol es heraus.«
Adam durchsuchte die Handtasche, zog die Brieftasche heraus und schaute hinein. Er entdeckte das Foto.
»Das hier?« fragte er und hielt es hoch.
Sie nickte; am liebsten hätte sie geweint, aber sie konnte nicht, nicht vor Adam.
»Ja, das ist er.«
Adam musterte das Foto eine Weile und meinte dann: »Ich kenne ihn.«
»Tatsächlich?«
»Ja . . . er hat mich einmal zu einem Platz mitgenommen, wo ich Flugzeuge sehen konnte.« Dann schaute er sie an. »Bringst du mich zu ihm?«
»Ja, das tue ich. Ist das in Ordnung?«
»Weiß meine Mommy, wo ich hingehe?«
»Nein, sie weiß es nicht.«
Er seufzte. »Okay, dann sagst du es ihr besser nicht.«

Maggie hatte Benny vereidigt — die eine Hand lag dabei auf der Bibel, während er mit der anderen immer noch sein Gewehr festhielt — und dann mit dem Verhör

begonnen. Sie hatte Benny bereits über den Verlauf seiner Ehe befragt und wollte nun wissen:
»Mr. Shandling, wie alt war Ihr Junge, als Sie das eheliche Heim verließen?«
»Zwei Jahre. Claire hat mich davongejagt, als er zwei Jahre alt war.«
»Warum wollte sie, daß Sie gehen?«
Er zuckte mit den Achseln. »Ich weiß nicht, sie hat es mir nicht gesagt. Eines Tages hat sie gemeint, das war's . . . geh jetzt.«
Maggie nickte. »Okay. Bis zu diesem Zeitpunkt, bis Sie das Haus verließen, was haben Sie da für Ihren Jungen alles getan?«
»Ich verstehe nicht ganz.«
»Zum Beispiel, haben Sie Adam mal die Windeln gewechselt, Mr. Shandling?«
Er nickte. »Natürlich, wenn ich von der Arbeit nach Hause kam. Claire hat immer lange geschlafen, also habe ich ihn gefüttert und gewickelt. Und ich bin jeden Tag mit ihm spazierengefahren. Manchmal sind wir die Commons hinuntergegangen . . . wir haben auf dem Weg immer bei Kurtzners Bäckerei angehalten, und ich habe dort zwei Weißbrote gekauft. Eines für Adam, das andere für mich, und dann haben wir damit die Enten im Teich gefüttert.«
Benny sah Richie an. »He, kannst du dich noch erinnern?«
Richie hörte nicht auf, sie anzustarren, und sie sagte:
»Bitte, Mr. Shandling, richten Sie Ihre Antworten bitte an mich.«
»Ja, natürlich.«
»Sie erzählen dem Gericht also, daß Sie ein enges Verhältnis zu Ihrem Sohn hatten, Mr. Shandling. Daß Sie ein liebender Vater waren, der sich um ihn gekümmert hat. Warum glauben Sie dann —«

»Ich hatte selbst nie einen Vater«, unterbrach Benny sie.
»Ich verstehe. Und deshalb wollten Sie, daß Adam seinen Vater kennt . . . ist das richtig?«
»Meine Mom wollte mich nicht gehen lassen.«
»Wie bitte?«
»Er wollte mich doch nur ein paar Stunden mitnehmen. Nur ein paar Stunden, das war alles. Vielleicht, um in den Park zu den Schaukeln zu gehen . . . die mochte ich so.«
Maggie musterte Benny; obwohl seine glasigen Augen auf sie fixiert waren, schienen sie sie nicht wahrzunehmen.
Der Mann hatte dunkles Haar, so wie der kleine Junge, und er war viele Male gekommen, um sie zu besuchen. Diesmal stand er vor der Tür der Wohnung im zweiten Stock, und als die Dame mit ihm sprach, konnte der Junge das hammerförmige Muttermal an seinem Handgelenk sehen . . . dieselbe Art von Muttermal, wie es der Junge an seinem eigenen Handgelenk hatte.
»Ich will mitkommen«, sagte der kleine Junge, aber die Dame stieß ihn zurück und sagte ihm, er solle ruhig sein.
Dann waren da Schreie, viele, entsetzliche Schreie, so daß der Junge sich die Ohren mit beiden Händen zuhielt. Trotzdem konnte er die haßerfüllten Worte hören und die wütenden Gesichter sehen.
Der Mann streckte seinen Arm aus und griff nach dem Jungen . . . Der Junge schaute zu der Dame hoch, in ihr rotes, wütendes Gesicht, und drückte sich an sie. Aber die Dame hatte immer noch die Hände ausgestreckt und schob den Mann . . . schob ihn in den Gang hinaus. »Laß dich hier ja nie mehr blicken«, schrie sie.
Der Mann bückte sich, um sich von dem Jungen zu verabschieden . . . er weinte, Tränen kullerten über seine Wangen. Der Junge rannte zu ihm, streckte die Hand aus

— er wollte doch nur die Tränen wegwischen, das war alles, was er wollte —, und in diesem Augenblick stürzte der Mann. Rückwärts die nächste Treppe hinunter. Dann die nächste Treppe, dann die nächste, dann die nächste ... bis er am Fuß der Treppe lag ... Der Mann war fort. Als die Polizisten kamen, saß der Junge da und nickte zu ihren Fragen. Er mußte, weil die Dame ihn ansah, ihn beobachtete. Die Dame wußte, daß er böse war, so, wie er es wußte ... aber sie sagte es nie, und er sagte es auch nie.

»Ich habe Daddy umgebracht!« schrie Benny.

Maggie starrte ihn an.

»Mommy ... sie schrie ihn an, sie brachte ihn zum Weinen, dann streckte ich die Hand aus, und er stürzte. Ich wollte es nicht, ich schwöre, daß ich es nicht wollte!«

Douglas hatte all das nicht gehört ... aber jetzt hörte er Bennys Schreie. So wie alle anderen auch, die mit ihm da draußen standen. Verdammt, das funktionierte gar nicht so, wie sie es geplant hatten. Phillips und Sinclair hatten sich gemeldet und gesagt, daß weder Benny noch Richie in die Nähe des Tisches oder sonstwie in Sichtweite gekommen seien.

Sollte er ihnen die Anweisung geben, durchs Fenster zu stürmen und das Feuer zu eröffnen? Doch wo war Richie ... saß er neben Benny? Douglas konnte seinen Herzschlag spüren, als er darauf wartete, mehr zu hören. Würde Maggie in der Lage sein, ihn zu beruhigen? Würde sie fähig sein, in ihm ein letztes Quentchen an geistiger Gesundheit zu mobilisieren?

Sie hatten gerade die Mystic River Bridge überquert, als Adam Daisey fragte:

»Wo ist er jetzt?«

»Dein Daddy ist zur Zeit im Gerichtsgebäude.«
»Ist das so etwas wie ein Gefängnis?«
»Nein, Adam. Das ist ein Ort, wo Leute ihre Streitigkeiten regeln.«
»Ist mein Daddy böse auf jemanden?«
»Nun, so könnte man das sagen. Er ist böse, weil er dich nicht mehr bei sich hat. Aber eigentlich ist er eher traurig. Und er sitzt jetzt im Gerichtssaal und erzählt den Richtern vielleicht gerade, daß er dich sehen will.«
»Muß ich auch dorthin?«
»Nur, wenn du möchtest, Adam. Aber ich weiß, daß es deinem Daddy eine Menge bedeuten würde, wenn du kämst.«
»Wirst du auch zu ihm gehen?«
»O ja. Ich liebe ihn, Adam. Und wenn man jemanden liebt, dann hält man zu ihm, wenn er einen braucht.«

Bennys Gesicht war puterrot angelaufen, und seine Muskeln waren so verkrampft, daß Maggie dachte — hoffte, darum betete —, er würde gleich ohnmächtig werden. Aber es geschah nichts . . . Mit seinem freien Arm drückte er Richie nur noch fester an sich. Sie bemerkte, wie der Junge zusammenzuckte. Gerade als sie den Arm nach Richie ausstrecken wollte, wurde sie von dem Klang des Hammers aufgeschreckt . . .
Sie blickte zu Campbell hoch.
»Hören Sie auf damit!« schrie er Benny an.
Endlich hob auch Benny die Augen.
»Das hier ist ein Gerichtshof, Mr. Shandling, solche Ausbrüche können wir hier nicht dulden. Sie müssen diesen anderen Fall vergessen. Der hat zu einer anderen Zeit und an einem anderen Ort stattgefunden, wir werden später darauf zurückkommen und uns damit befassen. Aber zuallererst

müssen wir uns hier auf diesen Fall konzentrieren . . . damit Sie das Sorgerecht über Ihren Sohn bekommen.«

Benny biß sich auf die Lippe, und eine dünne, blutige Linie zeichnete sich ab.

»Haben Sie mich verstanden, Mr. Shandling?« fragte der Richter.

Ein paar Augenblicke lang herrschte Schweigen, dann nickte er endlich.

»Ja, Euer Ehren, okay . . .«

Campbell wandte sich an Maggie. »Frau Anwältin, die Aussage Ihres Mandanten hat mich sehr beeindruckt. Es klingt, als sei er ein vorbildlicher Vater gewesen, ein Vater, der im Leben seines Kindes eine wichtige Rolle spielen sollte. Aber das würde ich gerne direkt von dem Jungen hören. Vielleicht kann Mr. Shandling am Tisch des Klägers Platz nehmen, während der Junge sitzen bleibt und seine Aussage macht.«

Maggie sah Benny an, ihre Augen flehten ihn an . . .

»Nein, nein. Ich werde mich nicht mehr so aufführen. Das verspreche ich. Aber ich muß hier bei Adam bleiben.«

Daisey parkte in einer der Seitenstraßen, und dann stiegen sie und Adam aus.

»Komm«, sagte sie, nahm ihn an der Hand und rannte mit ihm auf den Gerichtshof zu. Ein paar Dutzend Personen liefen davor hin und her, in erster Linie Reporter. Ungefähr fünfzehn Meter vor dem Haupteingang war dieser mit Seilen abgesperrt. Ein Wachbeamter stand daneben.

»Ich muß dort hinein«, erklärte Daisey ihm.

»Tut mir leid, Lady, aber da kann niemand hinein.«

»Aber Sie verstehen nicht ganz.«

»Nein, Sie sind diejenige, die nicht versteht. Das Gericht kann von keinem Menschen betreten werden.«

»Dann muß ich mit einem Verantwortlichen reden.«

»Hören Sie, Lady, wenn Sie schlau sind, dann nehmen Sie das kleine Kind und machen sich so weit wie möglich aus dem Staub. Es ist ziemlich gefährlich, was da drinnen vor sich geht.«

»Nein, ich kann nicht. Ich muß Benny sehen!«

Ein paar der Reporter, die den Streit mit angehört hatten, kamen zu ihnen.

»Vielleicht kann ich Ihnen helfen«, sagte eine Frau.

Daisey blickte hoch, es war dieselbe Frau, die sie in der Sondersendung gesehen hatte. Sie schaute dem Wachmann hinterher, der ihr bereits den Rücken zugekehrt hatte, und sah dann wieder die Reporterin an.

»Ich muß dort hinein, um Benny Shandling zu sehen«, sagte sie schließlich.

»Warten Sie eine Minute«, meinte die Frau, während sie ihr Mikrofon einschaltete, es Daisey unter die Nase hielt und ihrem Kameramann ein Zeichen gab. »Okay, wie ist Ihr Name, Miss?«

»Daisey Bradley. Ich muß mit einem Verantwortlichen sprechen, um diese Barrikade zu überwinden.«

»Wie kommen Sie auf die Idee, daß Sie dort drinnen von Nutzen sein könnten?«

Daisey schaute in die Kamera . . . O Gott, so wollte sie eigentlich nicht ans Ziel kommen, aber was blieb ihr sonst übrig? Sie konnte entweder eine Szene machen oder aber hier draußen bleiben und nicht weiterkommen. Sie schaute in die Kamera und sagte:

»Ich bin Bennys Freundin, und das hier«, sie blickte auf den Jungen hinunter, dessen große, dunkle Augen sie vertrauensvoll ansahen, »das hier ist Adam, Benny Shandlings Sohn.«

26. KAPITEL

»Nur zu«, sagte Benny und deutete auf den Jungen, der immer noch auf seinem Schoß saß. »Fragen Sie ihn nur, das macht ihm nichts aus.«
»Ich halte das nicht für eine gute Idee«, sagte Maggie.
»Warum nicht? Der Richter möchte es von ihm selbst hören, das hat er doch gesagt.«
Richter Campbell blickte zu Boden. »Ich habe meine Meinung geändert, Mr. Shandling. Es wird nicht nötig sein, den Jungen zu befragen.«
»Doch, ich glaube schon.« Er sah Maggie an. »Machen Sie schon, fragen Sie ihn.«
Maggie blickte in Richies grüne Augen. *Achte einfach nicht darauf, Richie . . . ganz gleich, was ich dich frage, achte nicht darauf.*
»Wie dein Vater ausgesagt hat«, begann sie, »hattet ihr immer ein sehr enges, liebevolles Verhältnis. Wie würdest du selbst das Verhältnis zu deinem Vater beschreiben?«
Richie machte den Mund auf, schloß ihn wieder und sagte dann mit einer sehr kleinen, dünnen Stimme: »Als gut . . . wirklich gut. Ich liebe ihn.«
Maggie starrte ihn an . . . überrascht von seiner Antwort. Sie konnte spüren, wie Tränen in ihren Augen brannten. Er hatte so auf die Frage geantwortet, als hätte sie ihn über Paul befragt.
»Fragen Sie ihn, bei wem er leben will«, sagte Benny.
»Ich bin der Anwalt, Benny. Ich weiß, daß Sie unter

großem Druck stehen, aber lassen Sie mich die Sache bitte so angehen, wie ich es für richtig halte.«
»Aber das ist wichtig, ich will, daß Sie das fragen.«
»Wir kommen später noch einmal darauf zurück, Benny. Nach den anderen Fragen.«
Würde sie später noch dazu kommen? Sie hatte Richie oder einem anderen Kind in diesem Alter nie eine solche Frage gestellt ... das war nichts, was ein Sechsjähriger entscheiden sollte, er sollte sich nicht zwischen Vater oder Mutter entscheiden müssen. Und obwohl das alles nur eine Farce war, antwortete Richie auf die Fragen, als ob sie ernst gemeint wären.
Sie sah sich im Sitzungssaal um, von ihrem Platz am Tisch aus konnte sie die Fenster sehen. Sie konnte sogar den Umriß des Gewehrs ausmachen, das nur darauf wartete, abgefeuert zu werden ... wenn sie Benny nur an den Tisch bekommen würde. Und zwar ohne Richie ...

Douglas erfuhr vom Leiter der Sicherheitsabteilung von Daiseys Anwesenheit im Gerichtshof. Er verließ auf der Stelle seinen Posten im Korridor und rannte nach unten, um sie zu sehen.
»Mr. Woods«, näherte sich ihm einer der Reporter, »stimmt es, daß einer der Richter erschossen wurde?«
»Gehen Sie mir aus dem Weg«, sagte er und hob das Absperrseil, um Daisey und Adam durchzulassen. Unmengen von Fragen prasselten auf sie nieder, bis sie endlich in der Halle des Gebäudes waren und die Tür geschlossen hatten.
»Sind Sie Daisey, Bennys Freundin?« fragte Douglas.
Sie nickte. »Daisey Bradley, und das ist Adam, sein Junge. Wir wollen mit Ihnen sprechen, Mr. Woods.«
Douglas legte seine Hand auf die Schulter des Jungen

und sagte dann zum Leiter der Sicherheitsabteilung: »Max, bringen Sie Adam zum Kaffeeausschank. Vielleicht möchte er ein Glas Milch und Kekse.« Sobald Adam weg war, fragte Douglas: »Haben Sie die Erlaubnis seiner Mutter, ihn hierherzubringen?«

»Ich kann mir eigentlich nicht vorstellen, daß Sie noch auf irgendwelche Formalitäten Wert legen. Benny ist da drinnen und hat Geiseln genommen, und ich will sie herausbekommen. Nicht so sehr um ihretwillen, sondern Bennys wegen. Ich will nicht, daß er noch etwas anrichtet, was er später bereuen wird.«

»Glauben Sie mir, das wollen wir auch.«

»Aber die erste Frage, die Sie mir stellen, ist die: 'Haben Sie die Erlaubnis seiner Mutter?' Nun, ich habe sie nicht, also was? Ich bin bereit, die Konsequenzen zu tragen, und Sie? Vergessen Sie nicht — ob Ihnen das nun gefällt oder nicht —, daß Benny der Vater dieses Jungen ist. Tun wir doch einfach so, als dürfte Benny ihn heute sehen, was ihm vorher immer verweigert wurde.«

Douglas nickte. »Sind Sie bereit, in den Sitzungssaal zu gehen und mit Benny zu reden?«

»Aber natürlich, was glauben Sie denn, warum ich hier bin? Und Adam auch.«

»Warten Sie, bevor Sie weiterreden, lassen sie mich noch etwas erklären. Im Augenblick befindet sich Benny dort mit einem sechs Jahre alten Jungen, dessen Mutter und vier Richtern. Anfangs waren es noch fünf Richter . . . vor ungefähr einer Stunde hat Benny einen erschossen.«

»O Gott.«

»Wir reden hier also über eine sehr gefährliche Mission. Ich weiß nun nicht, wie gut Sie Benny vor diesen Ereignissen kannten, aber momentan ist er ziemlich ver-

wirrt. Er glaubt, daß der Junge dort drinnen Adam ist. Er glaubt, daß die Frau eine Anwältin ist, die ihn in seinem Sorgerechtsfall um Adam vertritt.
Sie sind vielleicht bereit, Ihr Leben aufs Spiel zu setzen, und dafür danke ich Ihnen. Falls es Ihnen gelingen sollte, ihn durch Reden da herauszubringen, dann wäre ich Ihnen für immer zu Dank verpflichtet. Aber ich kann Ihnen nicht erlauben, Adam dieser Gefahr auszusetzen.«

»Sie begreifen nicht ganz ... wenn er Adam sieht, dann ist alles vorbei. Das ist doch das einzige, was Benny immer wollte: seinen Sohn sehen. Er hat doch nur sowenig gefordert und noch weniger bekommen.«

»Nun, er glaubt ja bereits, daß er Adam dort drinnen hat, und es ist keineswegs vorbei, Miss Bradley. Ich wünschte wirklich, es wäre so.«

»Das liegt nur daran, weil er weiß, daß es in Wirklichkeit gar nicht Adam ist. Mir ist egal, was er Ihnen oder den anderen sagt, aber er weiß, daß der Junge, den er da bei sich hat, nicht sein Sohn ist.«

Douglas schüttelte den Kopf.

»Ich kann nicht ... tut mir leid, ich kann es nicht riskieren, daß Sie den Jungen mit hineinnehmen. Wenn Sie dort hineingehen und ihn überreden, herauszukommen und sich zu stellen, dann verspreche ich Ihnen, daß er seinen Sohn sehen wird. Aber zuerst muß er entwaffnet und unter Bewachung gestellt werden.«

Daisey überlegte einen Augenblick.

»Okay«, sagte sie schließlich. »Wo ist er?«

»Erzähl mir von den anderen Dingen, die du zusammen mit deinem Vater unternommen hast«, fragte Maggie.

»Einmal hat er mich zum Fischen auf einem großen Boot

mitgenommen«, sagte der Junge. »Wir haben drei Thunfische und einen Katzenfisch gefangen.«

Wann war das gewesen . . . warum konnte Benny sich nicht daran erinnern? Und warum konnte er sich an all die anderen Dinge nicht mehr erinnern, die Adam noch so genau zu wissen schien? Hatten sie nicht dieselben Erinnerungen?

Allmählich fühlte er sich ziemlich benommen . . . sein Hemdkragen war naß, und er spürte die Schweißtropfen über seinen Rücken laufen.

»Fragen Sie ihn, bei wem er leben will«, wiederholte Benny, der versuchte, sich auf etwas anderes als die vergessenen Erinnerungen zu konzentrieren.

»Jetzt noch nicht.«

Benny richtete sein Gewehr auf Maggie. »Jetzt . . . ich will es jetzt hören!«

Plötzlich hörte er eine Stimme: »Benny . . .«

Benny sah sich im Raum um. »Wer ist da?«

»Ich bin es, Benny, Daisey. So was Dummes . . . erkennst du meine Stimme nicht mehr?«

Er stand langsam auf und ließ den Jungen vorsichtig zu Boden. Maggie streckte sofort den Arm aus und zog Richie an sich. Benny sah es, reagierte aber nicht.

»Wo bist du, Daisey? Es tut mir leid, ich hätte dich angerufen, als ich wußte, daß es spät werden würde, aber wir haben ja kein Telefon. Ich habe mir überlegt, daß wir uns eines besorgen sollen.«

»Ich habe mir genau dasselbe überlegt, als ich daheim auf dich wartete und mir Sorgen machte.«

»Woher wußtest du, wo ich bin?«

»Das habe ich mir gedacht . . . ich weiß doch, wie gerne du dich hier aufhältst. Benny, willst du mich nicht hereinlassen, damit wir reden können?«

»Ich weiß nicht, ob du hier sein solltest, Daisey. Es ist gefährlich. Vielleicht solltest du besser heimgehen und dort auf mich warten.«

»Das kann ich nicht, Benny. Wie könnte ich jetzt daheim sitzen, während du hier allein bist und dich wahrscheinlich ganz miserabel fühlst, so, wie ich dich kenne. Hast du Kopfschmerzen?«

»Ich glaube, mein Gehirntumor platzt gleich . . . ich höre so seltsame Geräusche in meinem Kopf.«

»Dann ist es um so wichtiger, daß ich bei dir bin.«

Benny sah Richter Cagney an, der die ganze Zeit über wie erstarrt auf seinem Platz zusammengesunken war.

»He, Sie, wie heißen Sie?«

»Äh, Cagney«, sagte er, und sein Körper schnellte plötzlich in die Höhe. »Oscar Cagney.«

»Okay, gehen Sie und machen Sie Daisey die Tür auf.«

Adam deutete Daisey an, sich zu ihm hinunterzubücken. Sie bückte sich, und er flüsterte ihr ins Ohr:

»Ich will mit dir dort hineingehen.«

Sie schaute erst ihn, dann Douglas und die anderen Männer, die hinter Adam standen, an und nickte.

Schließlich ging die Tür auf, und bevor noch jemand reagieren konnte, nahm Daisey Adam an die Hand und zog ihn mit sich nach drinnen. Douglas stürzte in den Sitzungssaal, Adam am Arm packend.

»Tür zu!« rief Benny, und Cagney knallte die Tür hinter Douglas zu, der jetzt ebenfalls im Raum war.

»Verriegeln Sie sie«, sagte Benny.

Cagney steckte die Eisenstange zwischen die Türgriffe.

Daisey stand da, Adam immer noch an der Hand haltend.

»Schau mal, wen ich hier habe, Benny«, sagte sie.

Benny sah den Jungen und dann verwirrt Richie an, der bei Maggie stand und seine Arme um ihre Hüften geschlungen hatte. Schließlich kehrten seine Augen wieder zu dem dunkelhaarigen Jungen zurück, der neben Daisey stand.
»Ich habe ihn von der Schule abgeholt. Und weißt du was — er sagte mir, daß er dich sehen wollte.«
Benny richtete den Lauf der Uzi zu Boden ... er konnte die Augen nicht abwenden.
Daisey schaute Adam an. »Adam, warum erzählst du deinem Daddy nicht, was dir eingefallen ist, als ich dir sein Bild zeigte?«
Adam schluckte. Er betrachtete die Leute, die ihn schweigend musterten, und schließlich blieben seine Augen auf seinem Vater ruhen.
»Ich weiß noch, wie du mich mitgenommen hast, um die Flugzeuge anzuschauen. Es hat geregnet, und wir standen im Regen und winkten den Piloten zu.«
Immer noch hielt das Schweigen an.
Daisey ergriff Adams Handgelenk und hielt es in die Höhe.
»Sieh mal, Benny ... der Hammer. Genau wie der Hammer seines Vaters.« Daisey wartete ab. Als Benny nichts erwiderte, sagte sie: »Benny, Adam hat den weiten Weg nur gemacht, um dich zu sehen ... willst du ihm denn nichts sagen?«
Benny nickte und räusperte sich dann.
»He, kannst du dich daran noch erinnern?« fragte Benny, verzog seinen Mund und produzierte erst kurz, dann länger laute, quietschende Geräusche.
Adam lächelte.
Benny gab noch mehr Geräusche von sich, und Adam fing zu lachen an. »Ja, daran kann ich mich auch erinnern.«

»Ja . . . weißt du noch, wie es heißt?«

»Natürlich . . . das ist der Schrei der Maus.«

Lautlos rollten Tränen — als würde ein Staudamm brechen — über Bennys Wangen. Er ließ die Waffe zu Boden fallen, und die nassen Augen auf den Jungen gerichtet, als fürchtete er, das Bild könne plötzlich verschwinden, fing er an, auf ihn zuzugehen.

»Du hast mir so gefehlt, Adam. Himmel . . . wie hast du mir gefehlt.«

Genau in dem Augenblick, als Benny am Tisch des Klägers vorbeikam, ging das Gewehr los, durchschlug die Glasscheibe und dann Bennys Brust. Benny faßte sich an die Brust, und sein Körper glitt, von Zuckungen geschüttelt, zu Boden.

»Warum?« schrie Daisey Douglas an. »Warum mußten Sie das tun?« Sie rannte zu Benny und ließ sich neben ihm zu Boden fallen. Sie bettete seinen Kopf in ihre Arme, und ihre Tränen fielen auf sein Gesicht, während sie ihn hin und her wiegte.

»O Benny, nein. Stirb nicht, bitte, stirb nicht.«

Er blickte zu ihr hoch, hob die Hand zu ihrem Gesicht, streichelte es und lächelte dann. Sein Arm sank zu Boden, und seine Augen schlossen sich. Durch einen Tränenschleier konnte Daisey sehen, wie Adam sich neben sie kniete — sie nahm seine Hand und drückte sie.

Vor der Richterbank standen Douglas, Maggie und Richie Arm in Arm.

Die vier Richter erhoben sich und verließen schweigend den Raum.

Es war vorbei . . .